中国古代文史经典读本

苏轼诗词文 选评

王水照　朱刚　撰

上海古籍出版社

图书在版编目(CIP)数据

苏轼诗词文选评／王水照,朱刚撰. —上海:上
海古籍出版社,2019.4(2023.10 重印)
(中国古代文史经典读本)
ISBN 978-7-5325-9187-9

Ⅰ.①苏… Ⅱ.①王… ②朱… Ⅲ.①苏轼(1036-
1101)-诗词研究②苏轼(1036-1101)-古典散文-古典
文学研究 Ⅳ.①I206.2

中国版本图书馆 CIP 数据核字(2019)第 060263 号

中国古代文史经典读本

苏轼诗词文选评

王水照 朱 刚 撰

上海古籍出版社出版、发行

(上海市闵行区号景路 159 弄 1-5 号 A 座 5F 邮政编码 201101)

(1) 网址:www.guji.com.cn
(2) E-mail:guji1@guji.com.cn
(3) 易文网网址:www.ewen.co

上海中华印刷有限公司印刷

开本 787×1092 1/32 印张 11.25 插页 3 字数 150,000

2019 年 4 月第 1 版 2023 年 10 月第 9 次印刷

印数:24,601—34,700

ISBN 978-7-5325-9187-9

I·3370 定价:35.00 元

如有质量问题,请与承印公司联系

出 版 说 明

　　上海古籍出版社成立六十多年来形成了出版普及读物的优良传统。二十世纪，本社及其前身中华书局上海编辑所策划、历时三十余年陆续出版的《中国古典文学作品选读》与《中国古典文学基本知识》两套丛书各八十种，在当时曾影响深远。不少品种印数达数十万甚至逾百万。不仅今天五六十岁的古典文学研究者回忆起他们的初学历程，会深情地称之为"温馨的乳汁"；而且更多的其他行业的人们在涵养气度上，也得其熏陶。然而，人文科学的知识在发展更新，而一个时代又有一个时代的符号系统与表达、接受习惯，因此二十一世纪初，我社又为读者奉献了一套"新世纪文史哲经典读本"，是为先前两套丛书在新世纪的继承与更新。

　　"新世纪文史哲经典读本"凝结了普及读物出版多方面的经验:名家操作、深入浅出、知识性与可读性并重固然是其基本特点;而文化传统与现代特色的结合,更是她新的关注点。吸纳学界半个世纪以来新的研究成果,从中获得适应新时代读者欣赏习惯的浅切化与社会化的表达;反俗为雅,于易读易懂之中透现出一种高雅的情韵,是其标格所在。

　　"新世纪文史哲经典读本"在结构形式上又集前述两套丛书之长,或将作者与作品(或原著介绍与选篇解析)乳水交融地结合为一体,或按现在的知识框架与阅读习惯进行章节分类,也有的循原书结构撷取相应内容并作诠解,从而使全局与局部相映相辉,高屋建瓴与积沙成塔相互统一。

　　"新世纪文史哲经典读本"更是前述两套丛书的拓展与简约。其范围涵盖文学经典、历史经典与哲学经典,希望用最省净的篇幅,抉示中华文化的本质精神。

　　该套丛书问世以来,已在读者中享有良好的口碑。为了延伸其影响,本社于2011年特在其中选取十五种,请相关作者作了修订或增补,重新排版装帧,名之为"中国古代文史经典读本",以飨读者。出版之后,广受读者的好评,并于2015年被评为"首届向全国推荐中华优秀传统文化普及图书"。受此鼓舞,本社续从其中选取若干种予以改版推出,并得到国家有关部门的支持,多种获得2016年普及类古籍整理图书专项资助。希望改版后的这套书能继续为广大读者喜欢,为弘扬中华优秀传统文化作出贡献。

上海古籍出版社

2017年6月

目　录

导　　言

野雁见人时，未起意先改。

君从何处看，得此无人态？

——《高邮陈直躬处士画雁二首》之一

一位画家朋友请苏轼为他的画雁题诗，苏轼起笔便写下了以上的四句。意谓：鸟类有自我保护的本能，一旦有人出现，就会有所警觉，随时准备飞走，那么，其无所担忧、自由自在的真实姿态，只在无人的场合才会展现；另一方面，画家要画出这自由自在的真态，却必然要去观察，而一旦有画家在场，雁鸟的真态便不会展现。画家应如何去观察，才能得到雁鸟的真态呢？

这真是一个艺术的悖论：艺术家追求着真实和自由，希望能够表现这真实和自由，然而，正是艺术家作为一个人的存在，妨碍了真实和自由的展现。人为了满足自己的欲望，对一切自然物都产生贪餍之心，从而使人与自然的亲切关系被割裂，自然的真态被自己障蔽起来，无法看到。那力图掀开这层障蔽的人，是否都知道障蔽正是来自他自己呢？

如此说来，人竟是一种无用且有害的东西。为我们所赞叹的自然之美，是自然的"无人态"，即不受人干扰的自然的本态，人的出场在这里岂止是破坏而已？人和自然相处得如此失败，使人成为一种本不该有的东西，则人生的意义又该从何处去追寻呢？

其实，比起和自然的相处来，人和人之间的相处似乎更为失败。现代人经常慨叹"人心不古"，可能以为古人的情形要好一些，但生活在宋代的苏轼就曾如此慨叹处世的艰难："我少即多难，邅回一生中。百年不易满，寸寸弯强弓。"（《次前韵寄子由》）因为处世的艰难，竟觉得不足百年的生命是一种延续着的煎熬，犹如用力拉开一张强弓，一点一点地拉开，越来越紧张，越来越吃力，越来越难以忍受。这样的慨叹出现在以豁达乐观著名的苏轼笔下，令人感觉活着好像真是没有什么乐趣可言。那还谈得上人生意义的追寻吗？

然而，另一方面，优秀的作家创造他的作品，其创造的生命历程经常被我们形容为对人生意义的追寻。苏轼自然也不例外，而且，他如何面对人生的困境，还成为后人津津乐道的话题。他那竹杖芒鞋、吟啸徐行于风雨之中，而回首一笑，渺然如梦的人生境界，影响了一代又一代的中国文人，究竟他如何解开由他自己提出的关于"人"的悖论呢？相比于概括其创作经验，揭示其艺术特征，确定其历史地位等等"文学史"的标准课题来，走进他的人生，走进他的世界，感其所感，思其所思，如果可以从而领略到他追寻一生的结果，那会是一件更有兴味的事吧。

如果你听惯了"乱世出诗人"或者"国家不幸诗家幸"之类的论调，则面对苏轼不免会无话可说，因为苏轼生活的时代不但不属山河破碎的乱世，而且正是太平富裕的北宋盛世；如果你以为古代作家的创作动力一定是封建社会士人的怀才不遇，那在苏轼身上也显然错了,科举入仕的一帆风顺,兄弟同朝的意气飞扬,皇帝、宰相、老师的赏识,朋友、学生、子弟的仰慕,金殿议政,北门拟诏,旧时代文人的梦想不过如此而已。拥有了这一切的苏轼,即便也有赤壁矶头的贬居,沧海鲸波的放逐,亦是宦场沉浮的常情,不能一概地说"不遇"了。平心而论,盛世何负于诗人? 完备的教育体系、优越的读书环境、拥有书籍购买力的读者,以及稳定的创作交流所需要的物质条件,对乱世文人而言都只是遥远的梦想,而社会整体在安定发展的态势下所呈现的丰厚的文化积累,无疑是那种登峰造极的艺术所必要的依托。如果说没有"安史之乱"就没有杜甫的诗歌,那么没有"开天盛世"也同样不会有杜甫的诗歌。对于苏轼来说,北宋百年太平所造就的高度发达的士大夫文化和丰富多彩的市民文化,使他的艺术之旅在出发的时候便拥有了很高的起点。而与那些真正怀才不遇、终生潦倒的文人相比,曾经进入权力中枢而且一生都卷在党争漩涡之中的苏轼,当然更了解政治。集权社会造成了文艺与政治的千丝万缕的联系,也造成了人们了解政治事件的权力不平等，苏轼笔下描绘的复杂险恶的政治斗争，对一般人来说大多是高层的"秘闻"，他们既没有了解真相的权力，当然就不可能加以真实地刻画，而这类题材在中国文学中的分量之重轻，可谓尽人皆知，毋庸多论。

　　所以，并不是只有乱世或者怀才不遇才能造就大作家。因为山河未尝破碎，身世也会有沉浮；仕途有顺有逆，敢于追求真实的人不会停止他的思考。一位哲人说过，人是一支会思考的芦笛。人生遭遇的处境，大多不是本人能够决定或改变的，但是否认真去感受，去思考，却决定他是否迷失，而只有不迷失于外界的人，才能寻找到内在的永恒。"我思故我在"，思考才是真正的生存。苏轼有时感叹："人生识字忧患始。"所谓的"识字"，实际上是指学会了思考，而感受到"忧患"，正是因为清醒。他也曾在《洗儿》诗中说："人皆养子望聪明，我被聪明误一生。惟愿孩儿愚且鲁，无灾无难到公卿。"这愤激的话表达了清醒者的痛苦，但毫不夸张地说，清醒者的痛苦，才是艺术之根。

　　太平的时代也并不十分宁静，与其他时代一样，苏轼的时代里也有许多事情在发生。这些事情或大或小，与他的个人生活历程交织在一起。表面看去，这些事情决定着苏轼的人生波折；但深入的观察会令我们不断地亲近那一幕幕人生活剧的主人公，他的贯穿始终的人生思考才是他留下的真正的生命痕迹。而这本小书的目的，也就是从他的各阶段的文学作品中，去探寻这生命痕迹，去重温那个在我们千年以前的生命的思考。

一、苏贤良的雪泥鸿爪(1037—1068)

　　北宋的第四个皇帝宋仁宗,并不是像汉武帝、唐太宗那样有名的君主,但今天的人们经常可以在包公戏里看到他。实际上,他曾经拥有范仲淹、欧阳修那样在历史上远比包拯重要的大臣,而且主持了中国史上少见的四十余年太平政治,统治着一个包含了不少隐患但大体上经济繁荣、生活安定的升平世界。一般的皇朝,生养积聚到了这个阶段,不是忙于建功立业、开疆拓土,便是贪于享受、腐败堕落,但这位宋仁宗却既不雄心勃勃,也不甘于堕落。他也曾极不情愿地应付邻国的挑衅,却讨厌战争,选择了用"赐予"大量钱财来解决边疆争端的"屈辱"方式。他也曾任用范仲淹等大臣企图改革政治上的某些弊端，但在遭到另一部分官员反对时，他便放弃这种改革，同时却能保护那些改革者，使他们的仕途渐入佳境。他喜欢读书，把儒家的经典抄写了发给臣子们去看，自己也愿意遵守古训，那些资深的大臣经常限制他的权力，年轻的御史们经常批评他的行为，他一概予以容忍。他似乎不太为政府连年出现的财政赤字担忧，毫不吝啬地取出皇宫里深藏的帝室财货去补贴政府的支出，而个人的生活据说非常节俭。对于政事，他很少自作主张，而是不厌其烦地听着朝官们的商议甚至争吵，只要提出意见，不管采用与否，他不会忘记给予鼓励，有时竟充当起婆婆妈妈的调停人的角色。正如我们在包公戏里看到的那样，这个时代的大臣们比皇帝更具有鲜明的个性和人格魅力，却都心甘情愿地效忠于这位缺乏个性的皇帝。他的无所作为使士人们被有为之心鼓动得几乎无法忍耐，而他的宽仁态度又总给人希望。

就在这位宋仁宗登基十余年后，景祐三年（1036）的十二月十九日（西历 1037 年 1 月 8 日），苏轼（字子瞻）出生在四川眉山城内纱縠行的家宅。他的父亲苏洵字明允，弟弟苏辙字子由，父子三人合称"三苏"，在所谓唐宋古文八大家中，一家人就占了三位。据司马光为苏轼母亲程夫人作的墓志铭，这程夫人也知书识礼，而且很支持丈夫和儿子去实现其有为于当世的理想。可以想见，苏轼兄弟幼年所受的教育是十分良好的。

而在苏轼接受教育的年岁里，他的前辈范仲淹、欧阳修等人正崛起于政坛、文坛，并越来越具有深广的社会影响，正如苏轼后来的评价："宋兴七十余年，民不知兵，富而教之，至天圣、景祐极矣，而斯文终有愧于古，士亦因陋守旧，论卑气弱。自欧阳子出，天下争自濯磨，以通经学古为高，以救时行道为贤，以犯颜纳说为忠。长育成就，至嘉祐末，号称多士，欧阳子之功为多。"（《六一居士集叙》）原来，北宋的政治、行政制度，多是宋太祖、宋太宗时根据实用的需要建立的，谓之"祖宗家法"，但时移势易，日久不免生弊；而且，安定的时代里逐步发展起来的文化氛围，使范、欧一代士人们不再满足于那种只随实用而转移的政治，认为那是毫无理想可言的"苟且"政治。他们要求"通经学古"，建立宋代的新儒学,按照新儒学的理想进行政治制度的建设;并鼓唱士人的"气节",按照个人的道德良心和他信奉的学说来进行政治和文化活动,用当时的话讲,就是以"道"自立,壁立千仞,绝不阿合苟容。这当然会与既定的社会秩序有所冲突,连宋仁宗也只给予了软弱的支持,但范、欧等人的努力使社会风气得到改变,从建国初的实用主义转向了高昂的理想主义,士气空前振作。"先天下之忧而忧,后天下之乐而乐",正是这样的时代精神,激发着幼年苏轼的人生志向。

他与苏辙一道在宅内的南轩读书,此南轩又名来风轩,是个书堂,置有苏洵亲自校读过的藏书。据苏辙的回忆,兄弟俩当时在南轩所读的主要是历史书,所谓"闭门书史丛,开口治乱根"(苏辙《初发彭城有感寄子瞻》)。从历史事迹中探讨政治的得失,这不但成为苏轼成年以后古文写作的重要内容,也展现着北宋书生型政治家特有的风范。

到宋仁宗年近半百时,欧阳修进入了其仕途生涯的黄金时期,而21岁的苏轼也于嘉祐元年(1056)随其父、弟走出四川,到达北宋的京师开封府。翰林学士欧阳修的赏识和推荐使苏洵的文章几乎风靡了京城,名声大振;苏轼、苏辙兄弟也在次年举行的科举考试中,被身任主考的欧阳修录取,同时成为进士,可谓一举成名。据说,这两位年轻的新进士也得到了仁宗皇帝的青睐,他的妻子曹皇后后来回忆,当年仁宗回宫后曾兴奋地说,他为子孙得了两位宰相。当时掌管政权的宰相富弼、掌管兵权的枢密使韩琦,都是范仲淹、欧阳修的同志和至交,他们都接见了苏轼,在一起怀念已经去世的范仲淹,对苏轼则充满了期望。

然而,正当苏轼初入仕途一帆风顺之际,他的母亲程夫人在家乡眉山病逝。消息传来,父子三人仓惶离京,回乡奔丧。这位程夫人在人世的最大期望就是想看到丈夫、儿子成名,但她还未听到喜讯,就离开了人世。对于苏轼来说,无疑是在一举成名的喜乐得意之际,遽然听到丧钟的敲响,领略到生命的本然的悲剧底蕴。按当时礼制,儿子须为母亲服丧二十七个月,即"守制"或"丁忧"。因此,苏轼便丁忧家居。直至嘉祐四年

（1059）十月，三苏才带轼妻王弗、辙妻史氏，第二次出川赴京。此时的苏轼已经有了"人生本无事，苦为世味诱"、"今予独何者，汲汲强奔走"(《夜泊牛口》)这样略带苍老的感慨。

这次走的是水路，他们舟经嘉、泸、渝、忠、夔等州，出三峡至江陵（今属湖北），已是岁末。这无疑是一次绝佳的旅行，一路上山川文物、名胜古迹甚多，激发起他们的才思，于是有了包含三个人一百多篇诗文的《南行前集》，编成于江陵的驿舍里。其中有苏轼诗四十余首，是现存苏轼诗中的最早一批作品，可以看作其诗歌创作的起点。这一年，王弗生下了长子苏迈。

嘉祐五年（1060）二月，三苏到达京师。因欧阳修等人的推荐，苏轼兄弟得以参加一次皇帝特别下诏举行的叫"贤良方正能直言极谏科"的考试，简称"贤良科"，倘被录取优等，就可期望得到较快的升擢，故俗称"大科"。按此科考试制度的要求，苏轼事先向朝廷献上他所作的策、论五十篇，系统地表达了他对历史和现实的看法，及对今后施政的建议。制科考试在次年九月结束,苏轼的对策考入第三等。这是极高的成绩,因为按宋代制科评定对策成绩的惯例,一、二等皆为虚设,实际等级最高的就是第三等,自北宋开制科以来,唯有一个吴育获得过第三次等,其余皆在四等以下,故苏轼这次的成绩是破天荒的。同时,苏辙的对策却因指斥时弊过于激烈,被一些大臣认为涉于不逊,主张黜落,但因为考官司马光的坚持,仍被取在四等。他们的荐主欧阳修高兴之极,在书信中写道:"苏氏昆仲连名并中,自前未有,盛事盛事!"(欧阳修《与焦殿丞》)兄弟二人再次给京师带来了轰动。

这样,在仁宗皇帝治世的最后几年里,苏轼得到了"贤良科"三等的光荣出身,成为一颗令人瞩目的新星。他被委任为大理评事、凤翔府(今属陕西)签判,于嘉祐六年(1061)将近年底的时候,告别父、弟单独赴任,正式开始了仕宦生涯。直到宋仁宗去世的嘉祐八年(1063),苏轼仍在凤翔任上。对于这位仁宗皇帝和他信任的大臣韩琦、欧阳修等,苏轼怀有父师一般的感情,因为他们给予他的记忆,不单是青年时代的一段值得骄傲的经历,还有宽厚谦逊的君主和敢于担当的大臣这样一种理想的配合模式。这种模式所造就的比较宽松自由的氛围,在后来越来越严酷的政治环境里,无疑成为最温馨的追忆。我国古代正史中对这一代君臣的肯定之辞,考其来源,很多出自苏轼的笔下。可以说,这位苏贤良是仁宗朝文化的产物,在以后的政治生涯中,他不止一次地担当了仁宗朝政治的辩护人。

宋代官僚的差遣一般是三年一任,苏轼在凤翔任满三年还朝,已到了宋英宗治平二年(1065)正月。苏轼还朝后,以殿中丞差判登闻院,又经过一次学士院的考试,授职直史馆。从当时仕途常况论,他的升迁可算顺利,宋英宗对他也比较重视。但此时他家里又接连发生变故,先是妻子王弗于治平二年五月病卒,然后是父亲苏洵于次年(1066)四月逝世。苏洵之死震动朝野,朝廷给予了颇高的哀荣,由政府负责准备船只送灵柩还乡。这样,苏轼兄弟扶柩上船,由京师出发,下汴河,经淮河,转长江,再逆水而上,途经几千里,送归故乡安葬。

苏轼兄弟居丧二十七个月，到熙宁元年（1068）的下半年服满。此后苏轼续娶王弗的堂妹王闰之为妻，到十二月与弟辙一起还朝。这次走陆路，先至长安过了年，次年二月才达京师。这是苏轼最后一次出川，此后再未还乡。他告别四川的时候年 33 岁，距初次出川已逾十年，期间两返三出，进士及第，制科高等，名震天下，仕途顺利；不幸的是父母双亡，发妻早逝；不幸中之幸是一直有个兄弟相伴，才华相埒，学力相当，在以后的政治风波中，将出处相同，荣辱与共。

白　帝　庙①

朔风催入峡，惨惨去何之②？共指苍山路，来朝白帝祠。荒城秋草满，古树野藤垂。浩荡荆江远，凄凉蜀客悲③。迟回问风俗，涕泗悯兴衰④。故国依然在，遗民岂复知⑤。一方称警跸，万乘拥旌旗⑥。远略初吞汉，雄心岂在夔⑦。崎岖来野庙，闵默愧当时⑧。破甑蒸山

麦,长歌唱《竹枝》⑨。荆邯真壮士,吴柱本经
师⑩。失计虽无及,图王固已奇⑪。犹余帝王
号,皎皎在门楣。

① 白帝庙:在今重庆奉节东白帝山上。西汉末年,公孙述割
　据蜀地,自称白帝,在此筑白帝城,公元 35 年被刘秀所灭,
　蜀人在城中建白帝庙祭祀。至明代,因三国时刘备在白帝
　城托孤的故事广为流传,白帝庙遂改为祭祀刘备、诸葛
　亮等。

② 朔风二句:点明时节,在冬季的一个黄昏。朔风,北风。
　峡,三峡。惨惨,昏暗貌。

③ 荆江:指长江流经湖北的一段。蜀客:苏轼是四川人,
　故称。

④ 迟回:迟疑,徘徊。涕泗:眼泪。

⑤ 故国:曾经有政权存在的地方,此指白帝城。遗民:亡国
　后遗留之民,此指当地的百姓。

⑥ 一方二句:指公孙述割据蜀地,自立为帝。警跸,古时帝王
　出入须警跸,左右侍卫为警,止人清道为跸。万乘,代指天子。

⑦ 远略二句:指公孙述志在天下,不满足于割据一方。远略,

宏远的计划。吞汉，吞并汉朝。夔，白帝城所在之奉节，春秋时为夔子国。

⑧ 闵默：默默哀伤。愧当时：因自己生当盛世无所作为而感到惭愧。

⑨ 甑（zèng）：古代的蒸食炊器。《竹枝》：即《竹枝词》，重庆一带的民歌。

⑩ 荆邯、吴柱：西汉末人，事见《后汉书·公孙述传》。荆邯曾建议公孙述由江陵和汉中两路出兵，与刘秀争夺天下，吴柱则认为应该先修德服人，像周武王那样"八百诸侯不期同至"，才可用兵。二句赞赏荆邯的主张，认为吴柱是迂腐无用的经生。

⑪ 失计：计谋失误，此指公孙述没能采用荆邯的计谋。图王：企图称王于天下。

　　嘉祐四年（1059）十月，苏轼为母亲守孝完毕，同苏洵、苏辙一起从水路出三峡，赴京师，一路上父子三人多有创作，于年底在江陵驿站编成《南行前集》，这首《白帝庙》就是其中的作品。一般认为，《南行前集》里的诗歌是苏轼诗歌创作的起点，所以特别值得重视。

　　粗略地看，此诗大致可以分作两半，上半首是描写，下半首是议论。时届岁末，又当黄昏，来到荒芜寂静的古祠，感怀历史上的兴衰。苏轼首先以时节和景物描写营造出昏暗荒凉的氛围，然后进入历史情境，辨析历史人物的得失。得失一明，门楣上的帝王之号也就显得皎然清晰，驱散了那一片昏暗荒凉。而仔细读去，前后描写和议论之中，又以凭吊者的移动和感慨相贯穿，先是寻路而入，然后在庙中炊食、长歌，最后写到门楣，表示着出庙离去。寻路而入时的昏暗荒凉，庙中长歌的无限感慨，与最后的皎然清晰，又暗示着一种心理过程，确实深具匠心。

　　不过最可注意的还是议论的内容。西汉之末，王莽篡位，天下群雄纷起，刘秀在中原征战时，隗嚣亦占有关陇，而公孙述则雄踞蜀中，三人皆有"图王"之势。公孙述手下的荆邯，"见东方渐平，兵且西向，说述曰：'……宜及天下之望未绝，豪杰尚可招诱，急以此时发国内精兵，令田戎据江陵，临江南之会，倚巫山之固，筑垒坚守，传檄吴楚，长沙以南必随风而靡；令延岑出汉中，定三辅,天水、陇西拱手自服。如此海内震摇,冀有大利。'"
(《后汉书·公孙述传》)此一战略,是从江陵和汉中两
路出兵夺取中原,与后来诸葛亮为刘备设计的方案完全
相同。这个早产的"隆中对",显然令苏轼为之激动,虽
然由于公孙述的迟疑不决,这一方案在历史上未起作
用,但苏轼仍忍不住为荆邯叫好。所以,这白帝庙祭祀
的虽是公孙述,而苏轼所敬慕的历史人物却是荆邯。

　　由于地形的关系,四川盆地与外界相对隔绝,自古
便易于割据。然而,或安于割据,或以此为根据地进图
统一,两者又显然不同。刘邦是进图统一而成功者,诸
葛亮则是失败者,都得到尊敬;而安于割据的如五代时
的前后蜀政权,便少获同情。公孙述的情况介于两者之
间,他立国称君,自有"图王"之志,得到苏轼的肯定;但
没能采用荆邯的主张,结果无成,又令苏轼感到惋惜。
由此可见,苏轼的历史观,与坚持中原王朝正统地位的
一般文人有所区别,联想到他在《念奴娇·赤壁怀古》
中对周瑜的神往缅怀,则此诗对荆邯的赞赏也不难理
解。他心目中的历史是人的历史,不管最后的结果如

何,那些曾有杰出表现的人物,是他仰慕的对象。所以,苏轼笔下的历史画卷中,最精彩的是人物的形象。人从历史中凸现出来,成为历史剧的主人公,这是苏轼思考历史的独特处吧。

策　略　一

臣闻天下治乱,皆有常势。是以天下虽乱,而圣人以为无难者,其应之有术也。水旱盗贼,人民流离,是安之而已也;乱臣割据,四分五裂,是伐之而已也;权臣专制,擅作威福,是诛之而已也;四夷交侵①,边鄙不宁②,是攘之而已也③。凡此数者,其于害民蠹国为不浅矣④,然其所以为害者有状,是故其所以救之者有方也。天下之患,莫大于不知其然而然。不知其然而然者,是拱手而待乱也。

国家无大兵革,几百年矣,天下有治平之

名，而无治平之实，有可忧之势，而无可忧之形，此其有未测者也。方今天下，非有水旱盗贼、人民流离之祸，而咨嗟怨愤⑤，常若不安其生；非有乱臣割据、四分五裂之忧，而休养生息，常若不足于用；非有权臣专制、擅作威福之弊，而上下不交，君臣不亲；非有四夷交侵、边鄙不宁之灾，而中国皇皇⑥，常有外忧，此臣之所以大惑也。

今夫医之治病，切脉观色，听其声音，而知病之所由起，曰"此寒也，此热也"，或曰"此寒热之相搏也"，及其他，无不可为者。今且有人，恍然而不乐⑦，问其所苦，且不能自言，则其受病，有深而不可测者矣。其言语、饮食、起居、动作，固无以异于常人，此庸医之所以为无足忧，而扁鹊、仓公之所望而惊也⑧。其病之所由起者深，则其所以治之者，固非卤莽、因循、苟且之所能去也⑨。而天下之士，方且掇拾三代之遗文⑩,补葺汉唐之故事⑪,以为区区之论可以济世,不已疏乎?

方今之势,苟不能涤荡振刷⑫,而卓然有所立,未见其可也。臣尝观西汉之衰,其君皆非有暴鸷淫虐之行⑬,特以怠惰弛废,溺于宴安,畏期月之劳,而忘千载之患,是以日趋于亡而不自知也。夫君者,天也。仲尼赞《易》⑭,称天之德曰:"天行健,君子以自强不息。"⑮由此观之,天之所以刚健而不屈者,以其动而不息也。惟其动而不息,是以万物杂然各得其职而不乱,其光为日月,其文为星辰,其威为雷霆,其泽为雨露,皆生于动者也。使天而不知动,则其块然者将腐坏而不能自持⑯,况能以御万物哉⑰?苟天子一日赫然奋其刚健之威,使天下明知人主欲有所立⑱,则智者愿效其谋,勇者乐致其死⑲,纵横颠倒,无所施而不可。苟人主不先自断于中,群臣虽有伊、吕、稷、契⑳,无如

之何。故臣特以人主自断而欲有所立为先，而
后论所以为立之要云。

① 四夷交侵：国境四周的夷狄都来入侵。

② 边鄙：近边界的地方。

③ 攘：排斥。

④ 蠹：蛀蚀，败坏。

⑤ 咨嗟：叹息。

⑥ 皇皇：惶惶不安。

⑦ 恍然：好像，仿佛。

⑧ 扁鹊、仓公：古代名医。

⑨ 去：去病，治好病。

⑩ 掇拾：摘取。三代：指上古夏、商、周三代。遗文：此指儒
家经典。

⑪ 补葺：补充整理。汉唐之故事：此指前代事迹。以上两句
是说，仅根据经史旧文，而不思考现实的局势。

⑫ 涤荡振刷：清除旧习，振作刷新。

⑬ 暴鸷：残暴、凶猛。

⑭ 仲尼：孔子。赞《易》：为《周易》作传，旧传《易传》为孔子

所作。

⑮ 天行二句:见《周易》乾卦的象辞。乾卦代表天,象辞是
《易传》的一种。句意是:天运动不息,君子也要像天那样
自强不息。

⑯ 块然:独立貌。

⑰ 御:驾驭。

⑱ 人主:皇帝。

⑲ 乐致其死:甘于为之效命。

⑳ 伊、吕、稷、契:上古时代的四位贤臣。

宋代建立的完备的文官体制,是以科举取士为基础
的。科举当中,除了进士、明经等通常科目外,也有根据
朝廷的特殊需要,由皇帝临时下令举行的特别考试,谓
之"制科"。苏轼于嘉祐六年(1061)所应的"贤良方正
能直言极谏科",就是北宋制科中最重要的一科,专门
用来录取政治方面的优秀人才。按照当时的规定,在制
科考试举行的前一年,应试者必须先向朝廷交上平时所
作的策、论五十篇,考评合格后才可以参加考试。这五

十篇策、论，当时称为"贤良进卷"，一般是由论和策各二十五篇组成。论一般以经典、历史、人物或哲学概念为题目，如《春秋论》《唐论》《韩愈论》《性论》之类；策一般针对现实政治中的各种问题，如官制、朋党、财用、边防之类，展开讨论，提供建议。这样，一部贤良进卷，往往是作者的哲学、历史、政治、文艺等各方面观点的全面反映，就其实质来说，等于是一部专著，虽然现在大都只见于作家的别集，宋代时却曾有单行的本子，如苏轼、苏辙兄弟的《应诏集》，就是他们的贤良进卷。由于制科出身的官员较受朝廷重用，所以能文之士多应制科，如张方平、苏氏兄弟、李清臣、秦观等人都作有贤良进卷，曾巩的集子里也有一卷为作贤良进卷而收集的材料。现在看北宋的古文，其策论一体的名篇基本上都出自贤良进卷。

苏轼的二十五策，分为策略五篇、策别十七篇、策断三篇。其中策略是其政治观点的总体阐述，策别提供具体的措施，策断则专为如何对付辽和西夏的问题而作。《策略一》就是策略部分的第一篇，也是二十五策的开篇，所以纵论"天下治乱"与"方今之势"，提出宏观战略，就是要"涤荡振刷，而卓然有所立"，简单说就是要改革。范仲淹、欧阳修以来知识分子的高昂理想主义与"以天下为己任"的强烈责任感，在这里得到了充分的体现。而苏轼古文那种海涵地负的大气，与辞锋凌厉的锐气，也初步得以展现。

这篇《策略一》也给今天的苏轼研究带来一个有争议的问题，即苏轼政治态度前后变化的问题。按照他在《策略一》中的说法，他对现状很是担忧，并明确要求改革，但后来苏轼反对王安石变法，却是众所周知的事实，这其间的矛盾，令今天的研究者觉得费解。实际上，自范、欧振起士风以来，仁宗朝后期的知识分子，几乎没有完全满足于现状而不思进取的，即便被今人认作"保守派"首领的司马光，也在为谋求更良好的政治局面而劳心焦虑。苏轼的同僚刘安世曾回忆说："天下之法，未有无弊者。祖宗以来，以忠厚仁慈治天下，至于嘉祐末年，天下之事似乎舒缓，萎靡不振。当时士大夫亦自厌之，多有文字论列。"（马永卿《元城语录》卷上记刘安世语)可见仁宗朝后期以来,改革的呼声曾充满朝野,这当然也成为王安石变法的舆论基础。然而,那些曾经呼吁改革的人,后来多有反对王安石变法的,不独苏轼为然。因此,这段时期内的政治态度的变化,并不是苏轼身上的特殊现象,而是一个群体现象,值得作更深入的研究。

当然,呼吁过改革的人,也自有一部分是赞成王安石变法,后来参与到变法集团中去的。苏轼的同年进士吕惠卿、曾布,朋友章惇等,就是王安石的得力干将,以后成为"新党"的宰执大臣。连苏辙也一度被派入变法集团,参与讨论,只是后来议论不合,主动脱离了。年轻而有声望的苏贤良,为何与他的那些同年朋友走上了不同的道路?下面这篇《贾谊论》,或许对解答这一问题有所启示。

贾 谊 论[①]

非才之难,所以自用者实难[②]。惜乎,贾生王者之佐③,而不能自用其才也。夫君子之所取者远,则必有所待;所就者大,则必有所忍。古之贤人,皆有可致之才,而卒不能行其万一者④,未必皆其时君之罪⑤,或者其自取也。

　　愚观贾生之论,如其所言,虽三代何以远过⑥?得君如汉文⑦,犹且以不用死,然则是天下无尧舜,终不可以有所为耶?仲尼圣人,历试于天下,苟非大无道之国,皆欲勉强扶持,庶几一日得行其道。将之荆,先之以子夏,申之以冉有⑧。君子之欲得其君,如此其勤也。孟子去齐,三宿而后出昼,犹曰:"王其庶几召我。"⑨君子之不忍弃其君,如此其厚也。公孙丑问曰:"夫子何为不豫?"孟子曰:"方今天下,舍我其谁哉?而吾何为不豫?"⑩君子之爱其身,如此其至也。夫如此而不用,然后知天下之果不足与有为,而可以无憾矣。若贾生者,非汉文之不用生,生之不能用汉文也。

夫绛侯亲握天子玺，而授之文帝⑪，灌婴连兵数十万，以决刘、吕之雌雄⑫，又皆高帝之旧将⑬，此其君臣相得之分，岂特父子骨肉手足哉？贾生，洛阳之少年，欲使其一朝之间，尽弃其旧而谋其新⑭，亦已难矣。为贾生者，上得其君，下得其大臣，如绛、灌之属，优游浸渍而深交之⑮，使天子不疑，大臣不忌，然后举天下而唯吾之所欲为，不过十年，可以得志。安有立谈之间，而遽为人痛哭哉⑯！观其过湘，为赋以吊屈原，纡郁愤闷，趯然有远举之志⑰。其后卒以自伤哭泣，至于夭绝。是亦不善处穷者也。夫谋之一不见用，安知终不复用也？不知默默以待其变，而自残至此。呜呼！贾生志大而量小，才有余而识不足也。

古之人有高世之才，必有遗俗之累⑱，是故非聪明睿智不惑之主，则不能全其用⑲。古今称苻坚得王猛于草茅之中，一朝尽斥去其旧臣,而与之谋⑳。彼其匹夫略有天下之半㉑,其以此哉!

愚深悲贾生之志㉒,故备论之。亦使人君得如贾谊之臣,则知其有狷介之操㉓,一不见用,则忧伤病沮㉔,不能复振。而为贾生者,亦慎其所发哉㉕!

① 贾谊:西汉初洛阳人,少年以才学闻名,得汉文帝召用,提出一系列政治改革主张。由于老臣周勃、灌婴等人的排挤,被贬长沙,后悲郁而死。

② 非才二句:谓获得才学不难,如何自用其才学,才是真正的难事。

③ 王者之佐:君王的辅佐,指贾谊具有担任执政大臣的才学。

④ 可致之才:可以取得成功的才学。卒:结果。行其万一:发挥其才学的万分之一。

⑤ 时君:当世的君主。

⑥ 三代何以远过:意谓记载在儒家经典里的夏、商、周三代盛世的政教,也不比贾谊的主张高明多少。

⑦ 汉文：汉文帝刘恒，历史上"文景之治"的开创者。

⑧ 将之三句：用孔子之荆事，见《礼记·檀弓下》。孔子将到楚国去谋求官职，先后派弟子冉有、子夏去表明心愿。

⑨ 孟子四句：事见《孟子·公孙丑下》。孟子离开齐国之前，特意在齐国境内的昼（今山东临淄）停留三天，希望齐王能召见他。

⑩ 公孙丑六句：见《孟子·公孙丑下》，原文为孟子弟子充虞问孟子。豫，高兴。

⑪ 绛侯：周勃，刘邦旧臣。刘邦死后，吕后专权，重用吕氏子弟，周勃等吕后一死，便率兵诛灭诸吕，迎立代王刘恒为天子（即汉文帝），跪上天子玺。玺：皇帝的印鉴。

⑫ 灌婴：亦刘邦之旧臣，与周勃联兵诛灭吕氏，拥立刘恒。

⑬ 高帝：汉高祖刘邦。

⑭ 尽弃句：意谓抛开所有旧臣而信用新进之人。

⑮ 优游句：从容交游，慢慢影响他们，获得深厚的交情。

⑯ 立谈之间：马上。遽：急忙。痛哭：指贾谊《治安策序》所言，当今的政治有"可为痛哭者一，可为流涕者二，可为长太息者六"。苏轼意谓，贾谊不必一上来就急急忙忙指责当局的错误，以致老臣们与之为敌。

⑰ 观其四句：用贾谊过湘事，见《史记·屈原贾生列传》。贾谊被贬长沙，渡湘水，作《吊屈原赋》，以屈原的怀才不遇自喻。纡郁，忧愁。趯然、远举，高高飞去，谓离世绝俗。

⑱ 遗俗之累：遗弃世俗的缺点，指才华杰出的人往往不通世故。

⑲ 全其用：始终信用。

⑳ 古今三句：用苻坚得王猛事，见《晋书·苻坚载记》。苻坚是十六国时期前秦的皇帝，闻王猛之名，即召之，一见大悦，以为就像刘备得到诸葛亮那样。有些旧臣不服，苻坚将他们杀戮、贬斥，独与王猛谋划国事。

㉑ 彼其句：苻坚任用王猛后，国势日益强盛，先后攻灭前燕、前凉、代国，统一了北方大部分地区。匹夫，指苻坚。略，夺取。

㉒ 愚：我。

㉓ 狷介之操：孤高的品行，不肯苟同世俗。

㉔ 病沮：颓丧。

㉕ 发：即指如何"自用其才"。

　　苏轼的贤良进卷由策、论各二十五篇组成，这篇《贾谊论》便是二十五论之一。

自司马迁作《史记·屈原贾生列传》以来，贾谊一直被当作"怀才不遇"的典型，历代以贾谊为题作的史论也不乏其数，内容大多对他充满同情。苏轼这篇却较独特，他指出这是贾谊自身的问题。他首先肯定了贾谊的才学，然后以孔、孟圣人的处世之道为对照，结合贾谊所面对的具体政治环境，分析其人生悲剧的造成，有本人器量不足方面的原因。因为器量不足，所以不能等待、不能忍耐，也不肯讲究方法避免冲突，结果不能获取施展其才学的机会。当然，文中也以苻坚信用王猛的事作对照，对汉文帝之不用贾谊表示了遗憾。两处对照用得恰到好处，体现出高明的写作技巧；而从贾谊自身找到"怀才不遇"的原因，从而在"才"之外关注到"量"的问题，也传达出宋代书生型政治家走向成熟的消息。从现代的观点来看，造成贾谊人生悲剧的原因当然主要不在其自身，但平心而论，在君主专制的社会政治制度没有很大改变的前提下，苏轼把贾谊的悲剧当作失败的教训，为有志于用世的人探讨一种更为成熟的处世之道，对当代和后世都有不小的启发。因此，这篇《贾谊论》在后代颇受选家的青睐，进入多种古文选本，至今传为唐宋古文的名篇。

　　然而，从另一角度也可以说，《贾谊论》探讨的处世之道也预示着苏轼自己的政治道路充满坎坷。他为贾谊设计的方案是：与那些老臣们搞好关系，获得其支持，然后"不过十年，可以得志"。不难看出，这正是苏轼自己的办法。眉山少年一反洛阳少年所为，与宋仁宗信任的大臣如韩琦、富弼、欧阳修等人"优游浸渍而深交之"，从而获得了几乎整整一代前辈的赏识，初年的仕途十分顺利，既中进士，复举贤良，京城里的世家大族如晁氏、王氏，当代的名士如司马光等，都与他结交，似乎真的是"不过十年，可以得志"。但问题在于，这种良好的氛围并没有维持多久，随着宋仁宗的去世，仁宗的旧臣们便面临着与继位的新皇帝宋英宗合作的局面，而并非仁宗亲生儿子的宋英宗在此不愉快的合作中忍受了不到四年便怏怏死去，接下来的宋神宗却是英宗亲生儿子，不需顾忌，自登位伊始，就陆续将韩琦、欧阳修等老臣们赶到地方官任上去，开始物色和培养自己的大臣。苏轼"优游浸渍"而建立的关系，换了皇帝以后，几乎全归无效。真所谓"一朝天子一朝臣"，新皇帝重组其政治核心集团，自是势在必行，而王安石变法恰恰与朝廷大臣的更换过程结合在一起，于是，以神宗、王安石为首，主要由年轻的官员组成的新政治集团得以在改革中急速崛起。在此形势下，被旧君、老臣们赏识并视为接班人的苏轼，反会随同老臣们被一起淘汰。幸而局面没有完全一边倒，结果形成了连环不断的党争，命运也就注定苏轼要随着党争形势的变化而升沉不定，走上一条充满坎坷的政治道路。

当然，《贾谊论》也认为，贾谊经不起政治打击，郁闷而死，为"不善处穷"，是不可取的。所谓"处穷"，用今天的话说，就是应付人生的逆境。而善处逆境，恰恰正是苏轼的长处。

辛丑十一月十九日既与子由别于
郑州西门之外马上赋诗一篇寄之①

不饮胡为醉兀兀②，此心已逐归鞍发。归

人犹自念庭闱③，今我何以慰寂寞。登高回首坡陇隔，惟见乌帽出复没。苦寒念尔衣裳薄，独骑瘦马踏残月。路人行歌居人乐，僮仆怪我苦凄恻。亦知人生要有别，但恐岁月去飘忽。寒灯相对记畴昔，夜雨何时听萧瑟④。君知此意不可忘，慎勿苦爱高官职。

① 辛丑：宋仁宗嘉祐六年（1061）。此年苏轼被任命为大理评事、凤翔府签判，由京师前去赴任，苏辙为他送行，临别作此诗。既：已经。子由：苏辙字。

② 胡为：为何。兀兀：昏昏沉沉。

③ 归人：指苏辙。庭闱：父母的居处，此代指苏洵。

④ 畴昔：往昔。夜雨句：苏轼自注："尝有夜雨对床之言，故云尔。"唐代韦应物《示全真元常》："宁知风雪夜，复此对床眠。"苏轼、苏辙曾共读此诗，感慨甚深，约定以后要早日退官，兄弟回家团聚，对床而眠，共听潇潇夜雨。

嘉祐六年（1061），苏氏兄弟同应贤良制科，双双获中后，本来都应得到官职，但结果只有苏轼一人离京赴任。原因是当时任命官员并不是皇帝、宰相拟定了便算数的，还需要翰林学士或者中书舍人起草一个正式的"制"即任命状，如果起草的人认为这任命不合适，他可以拒绝起草，此任命便告流产。苏辙本来被委任为商州推官，但负责草"制"的王安石拒绝起草，使此事被长期搁置。苏辙也有骨气，他索性以父亲年老为理由，要求在家里伺候老父，辞去了官职。后来嘉祐八年苏洵作《辨奸论》一文攻击王安石，大概有为儿子报复的动机吧。无论对于三苏的研究，还是对北宋政治史的研究来说，"王苏交恶"都是一个重要的课题，遗憾的是我们至今不很清楚这"交恶"的起端——王安石不撰苏辙任命状是何原因。

反正，嘉祐六年苏轼离京赴任，正式踏上仕途之时，心中是并不愉快的。一个人靠自己的才学和努力，获得了应该获得的待遇时，突然感受到无端莫名的敌意朝自己袭来，这便是苏氏兄弟对官场的第一感受吧。而且，兄弟俩这是第一次分别，苏辙记挂着家里的父亲，不能再远送,于是,本来被送的苏轼反而要回头目送弟弟归去的背影。当这背影被一路山坡阻隔到望不见时,苏轼还要登高寻觅,却也只见高个子的弟弟头上戴的乌帽,在山坡间忽现忽没。时在岁末的夜里,他想到刚刚遭受打击的弟弟穿着单薄的衣裳,骑着瘦马踏着残月归去,心中万般不是滋味。生平第一次走马上任,竟是这样凄苦的景象,真令人在出仕之初便想着归隐之乐了。

和子由渑池怀旧①

人生到处知何似,应似飞鸿踏雪泥。

泥上偶然留指爪,鸿飞那复计东西②。

老僧已死成新塔③,坏壁无由见旧题④。

往日崎岖还记否,路长人困蹇驴嘶⑤。

① 和:对别人作的诗进行唱和,宋代的和诗一般要用原诗的韵脚,也叫"次韵"。渑池,今属河南。嘉祐元年(1056)三苏自蜀赴京,曾路过渑池,在当地的寺庙内借宿,并题诗壁

上。至嘉祐六年苏轼赴凤翔之任，又单独路过渑池，苏辙作有《怀渑池寄子瞻兄》，苏轼此诗即为其和作。

② 泥上二句：谓雪泥上偶然留下了鸿雁的指爪痕迹，但鸿雁却马上飞走，不知去向了。

③ 老僧：渑池寺庙的主持奉闲和尚。新塔：僧人圆寂后，弟子们建塔安置其火化后的骨灰。

④ 无由：无从。旧题：指嘉祐元年曾题在寺壁上的诗句。

⑤ 蹇驴：跛足的驴子，此指驴子步履疲艰。嘶：叫。作者自注："往岁马死于二陵，骑驴至渑池。"

　　和人作诗，因为受韵脚的限制，难成好诗；苏轼这一首却大大超过苏辙的原作，成为七律的名篇，尤其是雪泥鸿爪一喻，至今脍炙人口。这一联依七律的规则应该对仗，苏轼却用单行之句，正见其豪放的本色。然而，这雪泥鸿爪的喻义究竟为何，却费人寻思。古人注释苏诗，多引宋代天衣义怀禅师的名言"譬如雁过长空，影沉寒水，雁无遗踪之意，水无留影之心"（见惠洪《禅林僧宝传》卷十一）来注释此句，认为苏轼的比喻是受了这禅语的启发。从时间上看，义怀比苏轼年长数十岁，苏轼受他的影响不无可能。但也有人指出，嘉祐年间的苏轼还没有参悟禅学的经历，未必会在诗中用入禅语。我们且不管两者之间有否渊源关系，比较而言，潭底的雁影比雪上的鸿爪更为空灵无实，不落痕迹，自然更具禅意。而苏轼的诗意，恐怕不是要无视这痕迹，相反，他是在寻觅痕迹。虽然是偶然留下的痕迹，虽然留下痕迹的主体（鸿雁）已经不知去向，虽然连痕迹本身也将在时间的流逝中渐渐失去其物质的寄托（僧死壁坏，题诗不见），但苏轼却能由痕迹引起关于往事的鲜明记忆，在诗的最后还提醒弟弟来共享这记忆。所以，义怀和苏轼的两个比喻虽然相似，但禅意自禅意，诗意自诗意，两者并不相同。

是的，虽然人生无常，在这世上的行踪偶然无定，留下的痕迹也不可长保，但只要有共享回忆的人，便拥有了人世间的温馨。这不是禅，而是人生之歌。后来写出"但愿人长久，千里共婵娟"的，正是同一个作者。

王维吴道子画①

何处访吴画，普门与开元②。开元有东塔，摩诘留手痕③。吾观画品中，莫如二子尊。道子实雄放，浩如海波翻。当其下手风雨快，笔所未到气已吞。亭亭双林间④，彩晕扶桑暾⑤。中有至人谈寂灭⑥，悟者悲涕迷者手自扪。蛮君鬼伯千万万⑦，相排竞进头如鼋⑧。摩诘本诗老，佩芷袭芳荪⑨。今观此壁画，亦若其诗清且敦⑩。祇园弟子尽鹤骨⑪，心如死灰不复温。门前两丛竹，雪节贯霜根。交柯乱叶动无数⑫，一一皆可寻其源⑬。吴生虽妙绝，犹以画工论⑭。摩诘得之于象外⑮，有如仙翮谢笼樊⑯。吾观二子皆神俊⑰，又于维也敛衽无间言⑱。

---

① 王维：字摩诘，唐代著名诗人，亦善画。吴道子：又名道玄，曾任唐玄宗的宫廷画师，时称"画圣"，尤擅画佛像。

② 普门、开元：凤翔的两座寺院。

③ 手痕：手迹，即谓开元寺的东塔上有王维的画。

④ 亭亭：高高耸立。双林：两株娑罗树，释迦牟尼入灭处。

⑤ 扶桑：古代神话中东方日出之处的大树。暾：初升的太
    阳。以上两句描写画像中的佛祖在高大的两株娑罗树下，
    头上的光轮犹如初出的朝阳。

⑥ 至人：指佛祖。寂灭：即涅，超脱生死的境界。

⑦ 蛮君鬼伯：指画上描绘的听法人众，有许多是西域各族的
    君长，其形貌与汉族不同，故被形容为蛮、鬼。

⑧ 黿(yuán)：鳌，此处形容众人争先伸头听法。

⑨ 佩芷句：比喻王维气质和诗风的高洁绝尘。佩、袭，带。
    芷、荪，香草。

⑩ 敦：敦厚、朴实。

⑪ 祇园：全称"祇树给孤独园"，释迦牟尼在此宣扬佛法二十
    余年。鹤骨：比喻画中人物形象清癯。

⑫ 交柯：互相交错的枝干。

⑬ 一一句：谓枝叶虽然繁多杂乱，但叶从枝出，枝从干出，每
    枝每叶的笔画都很清楚。

⑭ 画工：画匠，作画的师傅。指为画而画，技巧高明却缺少精

神寓意。

⑮ 象外：形象之外。指不拘泥于形象本身，而着重于画家的
精神寓意。

⑯ 有如句：谓王维的画突破了形似的束缚。翮，鸟翎上的茎，
借指鸟。笼樊，笼子。

⑰ 神俊：天姿杰出，超越凡人。

⑱ 又于句：表示对王维尤为推重。敛衽，整理衣襟，表示尊
敬。间言，异议。

嘉祐六年冬天苏轼到达凤翔任上，首先去孔庙谒
圣，开始了做官的生涯，即所谓"冬十二月岁辛丑，我初
从政见鲁叟"（苏轼《石鼓歌》）。自此，苏轼在凤翔三年
有余。凤翔在唐代曾为陪都，地处"秦、蜀之交，士大夫
之所朝夕往来"（苏轼《凤翔八观·序》），名胜古迹、文
物遗存很多。其中秦刻"石鼓"、秦碑"诅楚文"、王维吴
道子画、唐代著名雕刻家杨惠之所作维摩像、东湖、真兴
寺阁、李氏园和秦穆公墓，被称为"凤翔八观"，苏轼曾
一一加以吟咏。

　　咏王维和吴道子画的这一首七古，虽然其中对画面的描写也颇为精彩，但总体上是以议论为主，品评两家绘画艺术的高下。其结构方式与《史记》的合传论赞相似，先用六句总叙两家，再各以十句分论、赞美，最后又以六句合评，且分出高下。这一定是有意安排的章法，苏轼似乎知道他将要发表的是一个影响中国艺术史上千年的观点，所以克制了他对奇特结构的喜好，而运用这种平稳的章法。

　　诗中所表彰的王维画风，突破形似的束缚，追求精神意韵，正是北宋以来"文人画"的要旨，与唐代以吴道子为高峰的"画工"之画分属不同的艺术范式。苏轼敏锐的艺术感知力使他发现了王维标志着画史转折的重大意义，自苏轼揭示以后，至今被广泛地接受。毫不夸张地说，此诗奠定了中国绘画史的一种基本观念。完成了这首诗的苏轼，已经跻身于历史上最重要的文艺批评家之列。

二、变法风潮中的京师内外（1069—1071）

中国诗歌的黄金时代可能要算唐代，但中国诗人的黄金时代毫无疑问是北宋，像王禹偁、杨亿、欧阳修、王安石、苏轼那样具有代表性的诗人，都曾做到翰林学士以上，执文化学术之牛耳，登高一呼，追随者云集，而王安石尤其是位极人臣，连皇帝也待以师礼。其他如梅尧臣、黄庭坚、秦观等虽然官做得小些，若比起唐代李白、杜甫那样寄人篱下的境况来，也好得多。另一方面，北宋中期以后的朝廷重臣，宰相如晏殊、韩琦、王珪、司马光、苏颂，执政如范仲淹、苏辙、陆佃等，也都留下不少诗作，不善写诗的也多学有特长、艺有专攻，即便像蔡京那样著名的"奸臣"、宋徽宗那样"昏庸"的皇帝，其书画艺术的水平亦决非停留在附庸风雅的程度。政治家、学者、诗人合为一体，是北宋士人的特点，他们使北宋的朝堂几乎成为诗坛和学界，他们之间学术思想、政治观点乃至文艺风格的差异，呈现出一道道个性的风景线，有时相交、有时相续、有时平行互衬、有时遥相呼应，也有时互不相容，激烈冲撞。宋仁宗时代长期的太平景象和他的"宽厚"养成了这种个性风景线，并纵容其发展，而个性的本质使冲撞成为必然的结果。以天下为己任的宏大抱负、学有根底的自信，激励着个性在冲撞中表现出一往无前、宁折不弯的强度，结果便多多少少带来或大或小的悲剧。而最大的悲剧，可能莫过于拥有无上权力的皇帝突然支持某一种个性，令被支持的个性独占其一往无前的强势，而其他的个性也就会因此共同表现出宁折不弯的本色。王安石变法所引起的政治风潮，以及随之而来的延续到北宋灭亡前夕的"党争"，就是这种最大的悲剧在集中上演。

有学问、有见解、有风格——无论支持或反对者都会这样评价王安石。嘉祐六年他拒绝起草苏辙的任命状，也许并没有人事原因，只是一如既往地表现他的个性。这种有制度保障的个性表现在北宋并不罕见，造成的矛盾也不难在制度内解决，因为可以起草任命状的人并不只有一个。实际上，宋仁宗也早习惯这样解决矛盾。但苏辙的反应岂会同于凡俗？他辞官不干。而个性更为强烈的苏洵，则于两年后写出一篇著名的《辨奸论》，将此个性冲突深深地镌刻到文化史上。当然，也因为苏、王之间后来发生了更大的、更为实质性的冲突，所以这一次冲突经常被当作序曲来看待，实际上类似的冲突应该是更普遍地存在的。当宋神宗被王安石的学问所征服，果断付以权力，要以王氏的"经术"来治国安民、富国强兵时，普遍存在的冲突就演变为所有不愿放弃自己见解的人群起与王氏抗争；然后王安石在神宗的支持下，将所有反对意见痛斥为"流俗"，强制实行"变法"，结果令反对者发言更为激烈；在这样纷乱的局面下，王安石无法贯彻他设计的"新法"，于是下一步必然就是打击异议，统一思想；这就使所有意见不同的人除了拂袖而去之外没有其他保持尊严的办法了，这样主动要求被清洗的言词便充满了这一时期的史料。苏轼守完父丧，回到京师的熙宁二年（1069），便正当这变法风潮的发生。命运注定他要卷入这场风潮，自此起直到他离世，其政治、学术和文艺创作，都与王安石的"新法"及变法理论"新学"密切相关。

讨论王安石"新法"的是非利弊是一件困难的事，此事只好留给经济史家去做。在政治史的范围内，我们只能指出，由此引起的风潮决非什么忠臣与奸臣，或者君子与小人之间的斗争，反对者的动机也决不是因为"新法"损害了他们的利益。卷在里面的人没有一个不想把国家搞好，而那些明确表示支持或反对的人绝大多数是不计个人祸福的高尚的人。就反对者来说，也不都是一开始便与之为敌。按说，"新法"引起朝廷官员们的讨论或争议，原是必然之事，因为仅其主要的内容，就有财政方面的青苗法、免役法、均输法、市易法、方田均税法、农田水利法，和军事方面的将兵法、保马法、保甲法等；为了统一指挥实施，还要专门成立一个叫作"制置三司条例司"的新核心机构；为了培养适于推行"新法"的人才,又要改变教育制度,实行"三舍法";与此相应,科举制度的改革也势在必行,取消诗赋,改试经义、策论,并制定经义(儒家经典的阐释)的标准答案,用以统一思想,这便是"新学"。虽然这些改革措施不可能在王安石开始执政的熙宁二年一举推出,但也足以让人感到"日新月异"了。揆于常情,这么多的新花样,几乎不可能有一个人从头到尾全部赞成,所以,每一条"新法"的提出,都会制造新的反对者。比如苏轼,就是从熙宁二年五月议论科举改革时,开始成为反对者的。

这一年的二月,苏轼兄弟到达京师,恰值王安石初任执政。按司马光的意见,"贤良方正能直言极谏"科三等出身的苏轼应该出任谏官,参与议论朝政。但据苏辙后来回忆,王安石认为其"议论素异",从来就见解不合,所以为了不让他来干扰自己的改革事业,就给他安排了一个闲职,叫作"值官告院"。倒是苏辙却被神宗皇帝指派到"制置三司条例司"工作,进入了变法的核心机构。在这种情况下,苏轼有三个月的时间保持了沉默,对众人议论纷纷的那些"理财"之法不发一言。直到五月份,科举改革的倡议出台,神宗要求官员们对此提出意见,苏轼才应朝廷的要求,奏上一份《议学校贡举状》。由于这份奏议,他得到了神宗皇帝的召见。

取消诗赋而代以经义、策论的科举改革主张,其实不始于此时。旨在录取政治方面人才的科举考试却以文学水平来定去取,早就引起很多人的不满。所以,对于这项改革,司马光的态度便有些暧昧。但苏轼却明确反对,认为诗赋优于策论。大概这是当时罕见的为文学取士辩护的议状,故引起神宗的重视。应该说,苏轼本身就是文学取士制度优越性的见证,为这个制度辩护的态度贯穿了他的一生,至死不改。当然,由于王安石的坚持,苏轼的意见虽然一度打动了神宗,却并未能阻止科举改革的进行。而且从此以后,史书上屡见神宗想起用苏轼而被王安石阻止的记载。

五月份也是反对"新法"的风潮开始走向波涛汹涌的一月。御史台的长官吕诲弹劾王安石,除了非毁"新法"外,还大肆攻击其人品。神宗不以为然,却也不愿扩大事端,就把弹章退还给吕诲。皇帝的这种依违两可的处置，使仁宗时代培养起来的个性风景线一时铮亮起来：御史的批评不被采纳，断然要求去职；被御史弹劾的执政在朝廷不予澄清是非的前提下，拒绝继续处理政务。双方坚执不屈，神宗被迫作出抉择，清洗吕诲领导下的御史台，坚定了王安石变法的信心。然而如此一来，此前关于"新法"诸措施的不同意见的争辩，就正式上升为政治斗争了。官员们依其对于"新法"的支持与否，分成"新党"和"旧党"两个党派，开始"新旧党争"。八月份，谏院长官范纯仁、刑部官员刘述、御史刘琦、钱颢等皆以反对王安石被罢免。此月苏辙因反对农田水利、免役、均输、青苗诸法，而自动离开"条例司"。到熙宁三年，朝内外的老臣韩琦、欧阳修、文彦博都反对青苗法，亦被责罚。司马光一直在神宗面前力争"新法"之非，并拒绝接受枢密副使的委任，但在神宗同意免去这一委任时，掌管颁发诏命的范镇又再三不肯颁发，结果神宗只好把诏旨直接交与司马光，于是范镇自请解职。然后孙觉、吕公著以反对"新法"被罢免，宋敏求、苏颂、李大临以反对王安石提拔李定被罢免，程颢、张戬（张载弟)、李常等亦纷纷斥罢。孔文仲应制科,原考为三等,以对策中反对"新法"被皇帝御批黜落,考官却将御批封还给皇帝,范镇上疏力争,皆不听,于是范镇要求致仕(退休),却被批准。司马光亦被派往长安,但在地方上更不堪被迫执行"新法"之苦,至熙宁四年六月获准到洛阳闲居,"自是绝口不言事"(《宋史·司马光传》)。这次反"新法"的风潮才逐渐退落,王安石得到专任。此后虽还有富弼因不肯于其辖区行青苗法而遭处分,刘挚、杨绘以指斥时政被贬等事,但那都已是余波了。

在这次反"新法"的政治风潮中,苏轼的"旧党"立场逐渐地明朗起来,而王安石也意识到苏轼正在成长为他的一个有力的政敌,故于熙宁二年冬天,派他去担任开封府推官,处理京城内外大量的民事诉讼,使他没有精力议论政治。出于他意外的是,这位文学家在处理民事诉讼上表现出少有的精明,变得更有影响,而且并不耽误议政,在十二月的严寒中,写出一封万言书给神宗,系统地阐明他反对"新法"的政见,把"新法"诸措施逐条地批驳、责难，一概否定，成为当时反"新法"的奏议中最系统、完整的一封。翌年二月，韩琦从河北交来一封奏疏，用大量实地调查的结果来证明青苗法害民。由于英宗、神宗并不是仁宗亲生的子孙，其登上皇帝宝座出于韩琦的"定策"，所以他的意见非同小可，朝内外马上传出韩琦要率兵入京"清君侧"的谣言。王安石以称病不出作为对抗，离职近二十天，使新旧党争处于白热化。苏轼于此时再次上书，借韩琦奏疏引起的倒王之势推波助澜，迫促神宗驱逐"小人"王安石。但神宗又一次扶持了王安石，一边同意司马光辞去枢密副使，一边让"条例司"做出一个驳斥韩琦奏章的文件，颁之天下。这是王安石一个具有决定性意义的胜利。但苏轼犹不服输。三月份进士殿试，苏轼作了《拟进士对御试策》进呈，巧妙地将策问内容引向对王安石和"新法"的攻击。

熙宁三年八月，王安石抓住了一个驱逐苏轼的机会。御史台的谢景温突然弹劾苏轼，说他从前往来于四川和京师之间时，往返挟带货物，沿途做生意，又冒称朝廷差遣,向地方官借用兵卒等。王安石立即下令调查,结果虽然查无实据,却也因此闹得沸沸扬扬。由于谢景温与王安石有姻亲关系,史书上说谢的弹劾为王所指使。此举激怒了以心平气和为特点的司马光,隔日面见神宗时,断然要求离开朝廷,因为反对王安石本来是个政见方面的问题,现在反对者在品德方面也被怀疑了,那么为了保持自己在品德方面的名声,只好离开朝廷。在神宗听来,这分明是在为苏轼说话,所以他的回答是:"苏轼非佳士,卿误知之。"(《续资治通鉴长编》卷二一四)皇帝对苏轼的印象已经坏了。在此情势下,被弹劾的苏轼当然就不敢自辩,只好乞补外任,离开朝廷。熙宁四年六月,他被任命为杭州通判,离开了危机四伏的京师。其离京时间约与司马光赴洛相近,这二人的离去标志着反对"新法"的政治活动归于失败。

苏轼走上政治舞台的第一幕,即扮演了失败者的角色,而且是被不正当的手段击败的。但这个失败者已经成长为具有影响力的政治家,为他以后成为元祐大臣打下了基础。

石苍舒醉墨堂①

人生识字忧患始,姓名粗记可以休。何用草书夸神速,开卷惝恍令人愁②。我尝好之每自笑,君有此病何年瘳③。自言其中有至乐,适意不异逍遥游④。近者作堂名醉墨,如饮美酒销百忧。乃知柳子语不妄,病嗜土炭如珍羞⑤。君于此艺亦云至⑥,堆墙败笔如山丘。兴来一挥百纸尽,骏马倏忽踏九州⑦。我书意造本无法,点画信手烦推求⑧。胡为议论独见假⑨,只字片纸皆藏收。不减钟张君自足,下方罗赵我亦优⑩。不须临池更苦学,完取绢素充衾裯⑪。

① 石苍舒:字才美,京兆人,善草书。苏轼有时称他"才翁"。
  醉墨堂:石氏居室名。

② 惝恍:精神不好,不太快乐的样子。

③ 瘳(chōu):病愈。

④ 至乐、逍遥游：都是《庄子》中的篇名，这里用字面意思，指最大的快乐和自由的境界。

⑤ 乃知二句：这才知道柳宗元的话不错，有的病人会把土炭当美食一样喜欢。柳宗元在《报崔黯秀才论为文书》中说，他曾见过一位内脏有病的人，想吃土炭，吃不到就很难受。比喻某种爱好，到了一定程度就会成为怪癖。

⑥ 此艺：指草书艺术。至：全力贯注，到了极致。

⑦ 兴来二句：形容石苍舒书写神速。

⑧ 我书二句：说苏轼自己的书法。意造，以意为之，随意写去，不受法规束缚。推求，指研究笔法。

⑨ 议论：指苏轼对书法的见解，即"意造无法"、"点画信手"之论。见假：被宽容，指石苍舒接受苏轼的见解。

⑩ 钟张、罗赵：汉末书法大家钟繇、张芝，名家罗晖、赵袭。方：比。

⑪ 不须二句：都用张芝故事，张芝临池学书，池水尽黑；家有绢帛，必先书写以后，再作他用。此意谓不要用白绢来练字，还是好好拿来做被单吧。衾裯，被单。

熙宁元年（1068）冬苏轼离川赴京，途经长安，拜见韩琦，并在韩琦的府上会见了石苍舒。次年到达京城以后，苏轼写了此诗寄示石苍舒，作为石家醉墨堂的题诗。

唐代杜甫《饮中八仙歌》曾写到擅长狂草的书法家张旭，谓"张旭三杯草圣传，脱帽露顶王公前，挥毫落纸如云烟"。酒酣耳热，挥笔作狂草，可以一气呵成，意象飘动。故酒与草书经常被看作密不可分，石苍舒将居室起名为"醉墨堂"，即是此意，同时也烘托着主人的狂放不羁。然而，在此狂放潇洒的外表底下，往往却是痛苦的心灵。因为获得这种艺术特长需要长期艰苦的努力，要不计世俗利害得失，全力以赴，全心投入，那就必然会与世俗背道而驰，造成痛苦。具有同样爱好特长和人格倾向的苏轼，自然体会得到其中的甘苦，所以全诗都以同病相怜的口吻来写。

一种值得肯定的爱好和值得骄傲的特长，被形容为不值得同情的疾病。虽然表面的否定反衬着内心的肯定，但采用这种"反笔"来写作，也寓示着此时苏轼内心与外部世界的不和谐。

送曾子固倅越得燕字①

醉翁门下士②，杂遝难为贤③。曾子独超轶④，孤芳陋群妍。昔从南方来，与翁两联翩⑤。翁今自憔悴，子去亦宜然⑥。贾谊穷适楚，乐生老思燕⑦。那因江鲙美，遽厌天庖膻⑧？但苦世论隘，聒耳如蜩蝉⑨。安得万顷池，养此横海鳣⑩。

① 曾子固：曾巩（1019—1083），北宋著名古文家。倅越：任越州（今浙江绍兴）通判。得燕字：分韵赋诗时抽到"燕"字为韵。

② 醉翁：欧阳修。门下士：学生。曾巩和苏轼同为嘉祐二年（1057）欧阳修主持科举考试时及第的进士。

③ 杂遝：也作"杂沓"，纷乱杂多。难为贤：难说都是好人。

④ 曾子：曾巩。超轶：高出尘表。

⑤ 翁：指醉翁欧阳修。联翩：鸟飞貌。欧阳修与曾巩都是江西人，故云"南方来"，曾经一起在京师任职，故云"两

联翩"。

⑥ 去：离开朝廷，任地方官。宜然：应该如此。

⑦ 贾谊句：指贾谊被权臣排斥，贬至长沙。长沙属楚地。适，
　到。乐生：指战国时的乐毅，虽然因为被燕王猜疑而逃到
　别国，但依然思念燕国。这两句谓曾巩虽离开京城，而仍
　会关心朝政。

⑧ 那因二句：仍喻曾巩不会因为身在地方而忘记对中央政治
　的关怀。那，哪。江鲶，长江里的鱼。鲙，同脍，将鱼肉细
　切作菜肴。邃，就。天庖，皇宫的御膳。

⑨ 世论：当代的舆论。隘：狭隘。聒耳：吵。蜩：蝉。

⑩ 横海鳣：贾谊《吊屈原赋》有"横江湖之鳣鲸"语，谓大鱼，
　比喻大才。

　　曾巩是王安石的挚友，但当熙宁二年（1069）王安
石主持变法之时，曾巩却因劝谏不果而被调离京师，出
任越州通判。同僚们分韵赋诗为他送行，苏轼抽到了
"燕"字韵，便写了这首诗。

　　宋代政界有一个不成文的规矩，凡与主政者持不同
政见的官员，可以相应的级别出任地方官，离开朝廷。

所以,出任地方官虽然并不是放逐,却包含了"政见不同于当局",或"因意见未被采纳而不满"这样的意思。而有才能、有声望的官员长期转任于地方,不被调往京城,往往便让人怀疑朝政的不合理。同时,为外任的官员赋诗送行,所作也就不是简单的送行诗,而是政治诗了。苏轼因曾巩的离去,想起了早在外任的欧阳修,此二人虽在地方,必然仍关怀朝政,他们不能在朝任职,就表示着朝政的不合理。迫使他们离开京城的是"世论",也就是当时的"变法"之论。苏轼在这里表达的是对王安石变法的不满,全诗开头"杂遝难为贤"的"醉翁门下士",指的也分明是那些参与变法的同年。

由于这首诗具有鲜明的政治含义,所以在后来的"乌台诗案"中,被举为苏轼的罪证之一。苏轼也如实交代了他的写作动机:"讥讽近日朝廷进用多刻薄之人,议论偏隘,聒喧如蜩蝉之鸣,不足听也。"(朋九万《东坡乌台诗案》)曾巩收到这样的赠诗,而没有及时主动上缴朝廷,案发后也受到较轻的责罚。

上神宗皇帝书①（节录）

士之进言者为不少矣②，亦尝有以国家之所以存亡、历数之所以长短告陛下者乎③？夫国家之所以存亡者，在道德之浅深，不在乎强与弱；历数之所以长短者，在风俗之厚薄④，不在乎富与贫。道德诚深，风俗诚厚，虽贫且弱，不害于长而存；道德诚浅，风俗诚薄，虽强且富，不救于短而亡。人主知此，则知所轻重矣。是以古之贤君，不以弱而忘道德，不以贫而伤风俗，而智者观人之国，亦以此而察之。齐至强也，周公知其后必有篡弑之臣⑤；卫至弱也，季子知其后亡⑥；吴破楚入郢，而陈大夫逢滑知楚之必复⑦；晋武既平吴，何曾知其将乱⑧；隋文既平陈，房乔知其不久⑨；元帝斩郅支，朝呼韩，功多于武、宣矣，偷安而王氏之衅生⑩；宣宗收燕赵，复河湟，力强于宪、武矣，销兵而庞勋之乱起⑪。故臣愿陛下务崇道德而厚风俗,不愿陛下急于有功而贪富强。使陛下富如隋,强如秦,西取灵武,北取燕蓟⑫,谓之有功可也,而国之长短,则不在此。夫国之长短,如人之寿夭,人之寿夭在元气,国之长短在风俗。世有尪羸而寿考⑬,亦有盛壮而暴亡。若元气犹存,则尪羸而无害;及其已耗,则盛壮而愈危。是以善养生者,慎起居,节饮食,导引关节,吐故纳新,不得已而用药,则择其品之上、性之良,可以久服而无害者,则五脏和平而寿命长;不善养生者,薄节慎之功,迟吐纳之效⑭,厌上药而用下品,伐真气而助强阳⑮,根本已空,僵仆无日。天下之势与此无殊,故臣愿陛下爱惜风俗,如护元气。

古之圣人,非不知深刻之法可以齐众⑯,勇悍之夫可以集事⑰,忠厚近于迂阔,老成初若迟钝。然终不肯以彼而易此者,知其所得小而所丧大也。曹参,贤相也,曰"慎无扰狱市"⑱;黄霸,循吏也,曰"治道去泰甚"⑲。或讥谢安以清谈废事,安笑曰:"秦用法吏,二世而亡。"⑳刘晏为度支,专用果锐少年,务在急速集事,好利之党相师成风㉑。德宗初即位,擢崔祐甫为相,祐甫以道德宽大,推广上意,故建中之政,其声蔼然,天下相望,庶几贞观㉒。及卢杞为相,讽上以刑名整齐天下,驯致浇薄,以及播迁㉓。我仁祖之驭天下也㉔,持法至宽,用人有叙,专务掩覆过失㉕,未尝轻改旧章。然考其成功,则曰未至:以言乎用兵,则十出而九败;以言乎府库,则仅足而无余。徒以德泽在人,风俗知义,是以升遐之日㉖,天下如丧考妣㉗,社稷长远,终必赖之。则仁祖可谓知本矣。今议者不察,徒见其末年吏多因循,事不振举,乃欲矫之以苛察㉘,齐之以智能,招来新进勇锐之人,以图一切速成之效,未享其利,浇风已成㉙。

① 神宗：北宋第六个皇帝赵顼的庙号。神宗死后才会有此称呼，故题中的"神宗"必是后来所加。这封上书也题为《上皇帝书》或《万言书》。

② 进言：给皇帝提供意见。

③ 历数：指朝代所享的时间。

④ 风俗：社会风气。

⑤ 齐至二句：周武王灭商后，封太公于齐，举贤能，尚功利，周公旦预言齐国后世必有弑君篡权之臣。后来，齐简公果然被权臣田常所杀。

⑥ 卫至二句：春秋时，吴国的公子季札到卫国，见卫国的贵族中多有贤人，就认为卫国不会有危险。

⑦ 吴破二句：春秋时，吴国攻陷了楚国的都城郢，陈国的大夫逢滑却认为，楚国国内没有祸败的末世气象，不会因为外来的军事打击而灭亡，所以预言楚不久将复国。楚果然于次年复国。

⑧ 晋武二句：西晋的武帝吞并了吴国后，举宴庆功，何曾宴后对家人说，皇上只夸耀一时的武功而不作长久之计，后世将出现危机。至晋惠帝时果然有八王之乱。

⑨ 隋文二句：隋文帝杨坚于 589 年平陈，统一天下，世人多以

为从此太平，但房乔（字玄龄）却私下对父亲说，杨氏本无功德，以权术取得天下，不足以保全家国，可以翘着脚看其灭亡。

⑩ 元帝四句：东汉的元帝攻击匈奴，郅支单于（匈奴首领）被斩首，其弟呼韩邪单于也被迫来朝见。军事上的成就超过了此前的汉武帝、汉宣帝，但外戚逐渐掌权，终于导致灾祸，让王皇后之侄王莽篡了帝位。

⑪ 宣宗四句：唐宣宗时，藩镇中的成德军（古赵地）和卢龙军（古燕地）一度听命于中央，而被吐蕃占据的西北河湟（黄河与湟水间）地区也得以收复，其武力比之前的唐宪宗、唐武宗增强了，但由于执行"销兵"政策，终于导致庞勋之乱。销兵，指军队的人员死亡或逃跑时，不予补充，由此逐渐减少军队人数、节约军费开支。这个政策使大量的流亡军人聚而为盗。苏轼指责"销兵"政策，可能是暗讽旨在以民兵取代正规军的保甲法。庞勋之乱，发生在唐懿宗时，桂林的戍军过期不得换防的命令，在庞勋的带领下自行北归徐州，沿途劫掠，造成大乱。

⑫ 西取二句：指消灭西夏和辽。灵武，今属宁夏，当时在西夏境内。燕蓟，今河北一带，当时属辽国。

⑬ 尪羸：瘦弱。

⑭ 薄：轻视。节慎之功：指上文"慎起居，节饮食"的功夫。
  迟：轻慢，延缓。吐纳：指上文"吐故纳新"。

⑮ 伐：削弱。真气：元气。强阳：指猛烈刚强的力量，用多了
  导致元气亏损。

⑯ 深刻：严峻苛刻。齐众：令众人言行归于一致。

⑰ 集事：成就事业。

⑱ 曹参：汉初贤相，曾在齐地任职，离开时嘱咐后任："以齐狱
  市为寄，慎勿扰也。"意谓刑狱和市场二事，多有小人参与其
  间，不可严加整顿，否则小人无处安身，将造成更大祸患。

⑲ 黄霸：汉代著名地方官，曾说："凡治道，去其泰甚者耳。"即
  治理的办法只是把太过分的东西去掉而已，不必过多干
  扰。循吏：奉职守法的官员。

⑳ 谢安：东晋政治家，爱清谈，王羲之劝他少空谈，多用心政
  务，他说："秦任商鞅，二世而亡。"意谓过于追求功利会使
  政权不长久。法吏：指商鞅。

㉑ 刘晏：唐代宗初年掌管国家经济事务，《旧唐书》说他"凡
  所任使，多收后进有干能者，其所总领，务乎急促，趋利者
  化之，遂以成风"。

㉒ 德宗：唐德宗李适。《旧唐书·卢杞传》谓唐德宗即位后，

"擢崔祐甫为相,颇用道德宽大,以弘上意,故建中初,政声蔼然,海内相望贞观之理"。上意:皇上的心意。建中:唐德宗的年号。贞观:唐太宗的年号,期间政治清明,史有"贞观之治"的美名。

㉓ 卢杞:唐德宗时期的宰相。讽:建议。上:皇帝。刑名:刑法名数。驯致浇薄:逐渐导致风气刻薄。播迁:指建中四年泾原兵变,唐德宗逃亡于奉天。

㉔ 仁祖:宋仁宗。

㉕ 掩覆过失:为臣僚掩盖过失,指仁宗的宽容政策。

㉖ 升遐:皇帝驾崩。

㉗ 考妣:父母。

㉘ 矫:纠正。苛察:苛刻繁琐,洞察小事。

㉙ 浇风:刻薄的风气。

　　熙宁二年十二月,苏轼在权开封府推官任上,写下这封著名的万言书。《宋史·苏轼传》用了很长的篇幅加以节引,但当初上进宋神宗后,却并没有得到理睬。实际上,这封上书虽然旨在否定"新法",但当年的"新法"在出台之初,大多先在开封府试行,身为开封府推官的苏轼,最直接地面对执行过程中产生的问题,他指出的许多"新法"的缺陷和施行方面的实际困难,以及当年推行"新法"过程中出现的不少行政失误,具有很多合理的成分,即使从完善"新法"的角度讲,也是值得重视的。然而,在"新旧党争"的背景下,任何意见都被从政治斗争的角度来对待,既然苏轼的上书旨在否定"新法",便必然为"变法"者所不容。

万言书的全文分为"结人心、厚风俗、存纪纲"三大段。"结人心"一段主要是从"人心不乐"的角度,逐条否定方田水利、免役、青苗、均输等"新法"。"存纪纲"一段是从维护朝廷风纪的角度,劝神宗保护提反对意见的官员。这里选的是"厚风俗"一段的上半部分,从政治学的基本理论上否定"新法"的宗旨"富国强兵"。苏轼从正、反两方面罗举史例,又以医喻政,雄辩地说明社会风气的善恶比国家经济、军事的实力更为根本地关系到兴亡盛衰。这一点,后来博得顾炎武的激赏,他在《日知录》的"宋世风俗"一条中说:"当时论新法者多矣,未有若此之深切者。根本之言,人主所宜独观而三复也。"

繁富的引证使文风显得庄重典实,但正反对举,并用比喻加以疏通,使之又不显得板滞,本文确实是苏轼用心的力作。值得注意的是,他在这里对宋仁宗所作的评价,也被《宋史·仁宗纪》所吸取。"变法"的合理性论证必须建立一个前提,即之前的社会状态不可以延续,也就是否定仁宗朝的政治,所谓"以仁庙为不治之朝"(《元城语录》卷上)。苏轼为仁宗朝政治作辩护,也正是针锋相对。

颍州初别子由二首①(选一)

近别不改容,远别涕沾胸。咫尺不相见,实与千里同。人生无离别,谁知恩爱重?始我来宛丘②,牵衣舞儿童③。便知有此恨,留我过秋风。秋风亦已过,别恨终无穷。问我何年归,我言岁在东④。离合既循环,忧喜迭相攻⑤。语此长太息,我生如飞蓬⑥。多忧发早白,不见六一翁⑦?

① 颖州：治所在今安徽阜阳。子由：苏辙。熙宁四年（1071）
七月，苏轼出任杭州通判，时苏辙在陈州任州学教授，轼先
到陈州与弟相会，九月离去，苏辙送兄至颖州而别。

② 宛丘：今河南淮阳，宋代为陈州的州治。

③ 牵衣句：谓儿女们牵着大人的衣服，手舞足蹈地欢迎。

④ 岁在东：岁星在东方，指寅年。苏轼自料归来必在三年任
满之时，三年以后的熙宁七年为甲寅年，故云。

⑤ 忧喜句：谓因离合循环而引起的忧喜交迭，对人生造成轮
番的攻击。

⑥ 飞蓬：指行迹不定。

⑦ 六一翁：欧阳修。熙宁三年七月欧阳修由青州知州改任蔡
州知州，作《六一居士传》，并自号六一居士。六一，指藏书
一万卷、集金石遗文一千卷、琴一张、棋一局、酒一壶和老
于此间的一老翁。苏氏兄弟至颖州后，曾拜见欧阳修。

《宋史·苏辙传》云："辙与兄进退出处，无不相同，
患难之中，友爱弥笃，无少怨尤，近古罕见。"苏氏手足
之情发自真性至爱，历久弥深，同气连脉，终生如一。史
臣所谓"近古罕见"，可能是有感而发。宋代兄弟同朝

者甚多，但像苏氏兄弟那样历经患难而始终一致的却甚少。如曾巩大致可以算"旧党"，他的弟弟曾布却是"新党"的中坚人物，另一个弟弟曾肇又是"旧党"的重要角色；蔡京、蔡卞兄弟虽然都是"新党"，但后来互不相容。盖一涉世途，利害交攻，人生若被利害转移，则肝胆亦不免楚越，只有藐视利害祸福的人，才能一生保持真性至爱，才能真正享受人生最美的东西。

不过，情到深处，也自有别离的怅恨。人生离多会少，若悲喜随之，则不免总是黯然销魂，情趣不佳。所以，苏轼这首诗从背面着墨：如果没有别离，怎知感情之深？儿女们的依恋，阻挡不了秋风西起，别离的时际总要到来，在这般飞蓬一样飘荡不定的生涯里，必须学会控制悲喜，过多的忧伤会令头发早白，就像恩师六一居士那样。全诗似乎是在努力论证超越悲喜的必要性，来劝谕苏辙，却又翻来覆去说"别离"一事，最后一句指东道西，仿佛想要出离原先的语境，却又刹住去势，归于无声。这超越悲喜的要求，原本就是因情而生，反复的劝慰是徒劳的。

苏轼早年便有"雪泥鸿爪"之喻,来描绘人生的到处偶然之感,此次遭逢"变法"风潮,失意出京以后,更是屡有飘荡不定之叹,像下面这首《龟山》,也是以"我生飘荡去何求"开头的。

龟　　山^①

我生飘荡去何求,再过龟山岁五周^②。

身行万里半天下,僧卧一庵初白头^③。

地隔中原劳北望,潮连沧海欲东游^④。

元嘉旧事无人记^⑤,故垒摧颓今在不^⑥?

① 龟山:宋代泗州盱眙县龟山镇,今属江苏。

② 岁五周:岁星五周,即五年。苏轼于治平三年(1066)载苏洵灵柩归蜀,途经龟山;熙宁四年(1071)赴杭州通判任再过龟山,前后相隔五年。

③ 僧卧句:谓隔了五年再见到当地庵中的僧人,这僧人的头发已经开始白了。

④ 东游：指到杭州去赴任。

⑤ 元嘉句：苏轼自注："宋文帝遣将拒魏太武，筑城此山。"元
　嘉，南朝宋文帝年号。

⑥ 故垒：指宋文帝当年所筑城。摧颓：倒坏。不：同"否"。

　　飘荡的生涯中，事隔多年重见某一处景物，从而有
物是人非之感，这本是诗歌的常见主题。苏轼此诗的特
点是善于映衬：先以僧人静卧庵中，闲散无事，初见白
发，来映衬自己的万里漂泊，一事无成，而身亦渐老；再
以古迹的荒废，引出对于古今兴亡的感慨，来映衬自己
一身的沉浮和所遭遇环境的变化。僧人的静卧仿佛含
有深邃的哲理，古迹的荒废又唤起苍凉的历史感，于是，
飘荡无定的人生感受之上，又多了一层反思和体悟。尤
其是第二联"身行万里"与"僧卧一庵"的对比，甚堪寻
味，由此还引来一段黄庭坚与张耒之间的争论。

　　张耒《明道杂志》云："苏长公有诗云：'身行万里半
天下，僧卧一庵初白头。'黄九云：'初日头。'问其义，但
云：'若此僧负暄于初日耳。'余不然。黄甚不平，曰：

'岂有用"白"对"天"乎?' 余异日问苏公,公曰:'若是黄九要改作日头,也不奈他何。'"黄庭坚认为"白"是"日"字之误,因为"白"与上联的"天"字不对仗。但据张耒问苏轼本人的结果,苏轼原作"白"字。从句意来看,谓自己飘荡多年,而僧人却一直在庵前晒太阳,当然也构成动静对比,但更添"白头"一层,则可见时间的流逝对于动者、静者都一样,区别只在于一个是万里奔波中耗费了光阴而一事无成,一个则是本无一事而静送时间的流逝,如此对举,意味更为复杂深刻。就结果说,一事无成等于本无一事,静既无所得,动亦是徒劳;就过程说,则身行万里,半于天下,其事业追寻达于何等阔远的境界,而坚卧一庵,全其终生,其心性修持又经历着何等漫长的考验。实在是两俱不易,却也不能互相代替:苏轼固然还要继续自己的宦途,东去如水,那僧人也还在庵中静卧,不动如山。

　　清代诗人查慎行将自己的居室命名为"初白庵",也出自此诗。

三、从二千石到阶下囚（1072—1079）

　　通判，本是为防止地方长官（知州）独揽一方大权而设立的官位，它的品衔虽较知州为低，但以联合签署公文的形式，对知州起到监督作用，所以也称为"监州"。苏轼到达杭州通判任上，已是熙宁四年（1071）的岁末。早在唐代，东南地区已是全国的经济中心，而杭州更有"东南第一州"之称。宋神宗、王安石的财政改革，以增加政府的收入为现实的目标，对东南地区自然不能轻易放过，他们派出了许多"提举"官，专门指挥当地的"新法"执行事宜，而且管理由"新法"而获得的收入。由于这部分收入的份额甚大，一般又不用于日常行政经费，而形为纯粹的"收入"，故"提举"者一定拥有远比原来的地方官显著的业绩,致使地方上的财政结构和权力结构被改变,"提举"官的权力常凌驾于地方官之上。所以,苏轼的东南之行虽然离开了京师的"变法"风潮,却无法摆脱"新法"及其"提举"者的压力。走马上任的他,立即碰上"提举两浙盐事"卢秉严厉打击盐贩子的政策,卢秉获得无数的盐税向朝廷报功,换来的是无数营销"私盐"的罪犯等着苏轼去审讯发落。然后,为了保证"官盐"的运输,还要开通一条"运盐河",苏轼受命巡行属县,去监视开河工程的进行,又被派往湖州,去"相度堤岸利害"。可以想象,被自己所反对的事弄得如此忙碌的苏轼,会以什么样的心情去工作。

不宁唯是,熙宁六年(1073),朝廷又设立了"经义局",在王安石的领导下,修订《诗经》、《尚书》、《周礼》三部经典的标准解释,当时谓之"三经新义",用于科举考试。如此一来,"新学"成为权威意识形态,所有希望通过科举走上政坛的年轻人都必须先接受和背诵王氏的"经义",形成思想文化的独断局面。这就使苏轼不但作为一个官僚陷入了困境,作为一个文化人亦面临着前所未有的桎梏。

江南农村的风光，千姿百态的西湖，秀丽如画的吴山和惊心动魄的钱塘江潮，本来是造物对诗人的最好馈赠。苏轼也无负于这番馈赠，他为杭州的山水留下了许多家喻户晓的名句，使这些山水永远跟他的名字联系在一起，也从此改变了杭州的形象：这个钱粮盐布的都会因为苏轼而转变成艺术和美的栖息地，至今神韵流溢，风月无边。除了诗歌外，他也开始了词的创作，这个新兴的文体将在他的手上大放光彩，成为宋代文学中最迷人的体裁。然而，自从科举改革以后，诗歌已经真正成为无用之物，迷恋诗歌艺术而不能接受"三经新义"的人将终生被关在科举大门之外，读书人若因为作诗而耽误了"经义"的功课，将被认为不求上进，难免像贾宝玉那样受父亲的棰楚。更令苏轼难堪的是，在"三经新义"被规定为唯一正确之观点的局面下，苏轼的思想、学识和才华不但妨碍了自己，对于被他感染、受他影响的人也是有害的。文化人所遭遇的不幸，大概莫过于斯。我们对于人生态度，大致以积极为可贵，以消极为不可取，但在某些时候，实在陷于两难的境地。比如以秦观的才华，尚且在科举中落第，苏轼只好劝他对"三经新义"也下点功夫，以利再考。这个时候他不能积极地勉励自己的学生去反对思想专制，为了秦观的前途，他必须背叛自己的思想。

不过，在更多的场合，苏轼选择了反抗。他有自己的交游圈，而且不断扩大，他的名声和才华，或许也得加上他的性格魅力，吸引着越来越多的年轻人成为他的赞同者、追随者。当异端思想拥有心甘情愿的殉葬者时，北宋的文化界开始出现在野的文化与朝廷的权威意识形态分庭抗礼的局面，而且，随着王安石的独特思想在继承者手上逐渐凝固为僵硬的原则，文化整体的重心便越来越由朝廷向民间转移。范仲淹、欧阳修给宋仁宗的朝廷带来的具有生气的文化精神，开始游离朝廷，经神宗、哲宗两代的裂变、动荡之后，至宋徽宗时，完全转移到了民间，而且远离京师，要经历山河破裂以后，栖身于南中国的江西诗派与福建道南学派才重新迎接南宋朝廷前来投奔。而苏轼对"新学"独断的反抗，可以认作文化精神由朝廷向民间转移过程开始的标志。与范仲淹、欧阳修相比，他必须走上一条更独立、更艰苦的旅途。

如果不是由于"新党"内部的裂变，这个转移过程可能很快完成。但在熙宁七年（1074）至九年（1076）间，王安石遭到以吕惠卿为代表的"新党"中少壮一代的惨重打击，两次罢相，最后闲居于江宁府（今江苏南京），变成了终日喃喃自语的骑驴病叟。失去了精神导师的宋神宗碰到前所未有的尴尬局面：为了对得起王安石，他不能起用吕惠卿，但剩下来出任宰相的，一个是王安石的亲家吴充，一个是几乎没有什么政见的王珪。于是，他不得不亲自主持政务。可是，在中国传统的政治格局中，皇帝亲自主持政务是极其危险的。当权力在宰相手上时，这权力是可以被批评的，批评者的安全由皇帝来保护；而一旦由皇帝亲自掌握大权，这权力便不可批评，即便那皇帝圣明无比，不可批评的权力也必然是悲剧的根源。从前针对王安石而发的许多不满，现在直接加在神宗头上，使他极易把所有异议和不满看作对他的皇权的蔑视。为了证明自己值得尊重,他无法克制迅速建功立业的欲望,积极向南方和西北用兵,还把年号由熙宁改为元丰。与此同时,对持有异议的人须给予惩罚,这惩罚要起到杀鸡儆猴的作用,又不能太得罪舆论,所以被挑选惩罚的对象既要有一定的影响力,又不能是司马光那样德高望重的人物。这样,苏轼大概是最好的对象了。

这个时候的苏轼,已经在杭州任满,于熙宁八年(1075)改任密州的知州,次年又移知河中府,熙宁十年(1077)二月,在赴河中府的路上接到命令改任徐州的知州。按惯例,他要先到京城述职,然后赴任,但到了开封城外,却被拒绝进城,所谓"有旨不许入国门"。这是一个警告,表示皇帝不想见到他。苏轼只好直接去徐州上任,却碰到黄河决堤,水汇徐州城下,于是这位诗人表现出了他作为"能吏"的一面,亲率当地军民筑堤救灾,还因为成绩显著而受到嘉奖。纵观苏轼的一生,他在地方官任上大抵都有些作为,而被当地的人民所喜爱,但这并不改变他在"党争"中的命运。新党的官员沈括、李定等人早就在收集他的"罪状"，就是他的诗词和散文中指责当前政策的文字。据宋人施宿《东坡先生年谱》记载，还在苏轼任杭州通判的时候，宋神宗就收到过沈括送来的揭发材料，只不过当时反对"新法"的大风潮刚刚过去，若遽然追究此事，可能又会引来一场争议，对新党未必有利；但时日既久，"新法"已经成为既定的政策，"新学"也占据了权威意识形态的地位，最关键的是，本来由王安石主持的可以批评的"新政"已经变成了由皇帝亲自主持的不可批评的"圣政"，苏轼非议"圣政"、指斥"乘舆"（皇帝）的罪名于是逃无可逃。

元丰二年（1079），宋神宗找到了一个愿意坚定地执行"新法"的大臣蔡确，将他从御史台的长官提拔为参知政事，阻止了宰相吴充改变"新法"以安抚人心的意图。御史台的长官由新党的李定代理，于是李定便纠集台中的御史舒亶、何正臣等，弹劾苏轼诗语讥讽朝廷，要求给予处分。其时苏轼已由徐州移知湖州，神宗就派御史台的皇甫遵火速前往，七月二十八日赶至湖州衙门，当场逮捕了苏轼。据目击者云："顷刻之间，拉一太守,如驱犬鸡。"(孔平仲《孔氏谈苑》卷一)"太守"是对知州的习惯称呼,汉代所谓"二千石"之官,但一转眼间,便成了阶下囚。苏轼被拘捕至京后,关押在御史台审理,由于御史台又称为"乌台",所以这场震惊朝野的文字狱史称"乌台诗案"。

　　"诗案"过去了许多年后,苏轼的政敌和朋友刘安世回忆说:"东坡何罪?独以名太高,与朝廷争胜耳。"(《元城语录》)这句简短的话击中了要害,"诗案"的本质,决不是几个"小人"对苏轼的嫉恨和陷害,而是神宗亲自主持的"朝廷"对这位声名藉甚的异议者的惩罚。在数年地方官期间,苏轼先后与晁补之、秦观、黄庭坚、张耒定交(四人后来被称为"苏门四学士"),与朝野上下一大批名流有诗酒往来,拥有越来越多的同情者和追随者,渐渐成为知识界的领袖人物。这领袖人物对"新法"、"新学"的反抗态度,等于在统一的政策和意识形态之外另立一帜,成了元丰"圣政"的对立面。所以这年七月初始见弹劾,不到月底即予逮捕,可谓雷厉风行。八月十八日苏轼被拘至御史台狱,御史们日夜拷问其诗句的讥讽含义，历时一百三十天，至十二月二十八日才结案出狱，其间诟辱备至，可谓命如悬丝。

不过，即便御史们力求证成其死罪，但负责法律裁断的大理寺、审刑院却认为苏轼所犯的"罪"可据朝廷历年颁发的"赦令"予以赦免。再加之亲朋好友、旧党臣僚的群起营救，苏辙呼天抢地的哀痛之声震撼着所有人的良知，而以文字狱的方式来加害苏轼也遭到了在朝任职的王安石弟弟王安礼的坚决反对。苏轼的罪名虽然是指斥"乘舆"（皇帝），到底是因"新法"而起，皇帝做错了事是无法追究的，倘若真将苏轼迫害致死，这笔账最后一定会算到王安石的头上去，王安礼无论如何要及时表明态度，屡次为苏轼求情。他的态度一明确，责任便全在神宗本人。神宗最终决定，加以"特责"，诏贬苏轼为检校水部员外郎、黄州团练副使，本州安置。同时，苏辙被牵连，责监筠州盐酒税，成了一个在当时士大夫看来有辱人格的税务官。与苏轼有文字往来而没有加以揭发的司马光等，原也被御史们打成死罪，结果是得了罚金处理。

朝廷惩罚异议者的目的已经达到,苏轼也由此迎来生平第一次贬谪生涯。

戏 子 由①

宛丘先生长如丘②,宛丘学舍小如舟③。常时低头诵经史,忽然欠伸屋打头④。斜风吹帷雨注面⑤,先生不愧旁人羞。任从饱死笑方朔,肯为雨立求秦优⑥?眼前勃谿何足道⑦,处置六凿须天游⑧。读书万卷不读律,致君尧舜知无术⑨。劝农冠盖闹如云⑩,送老齑盐甘似蜜⑪。门前万事不挂眼,头虽长低气不屈。余杭别驾无功劳⑫,画堂五丈容旗旄⑬。重楼跨空雨声远,屋多人少风骚骚⑭。平生所惭今不耻⑮,坐对疲氓更鞭箠⑯。道逢阳虎呼与言⑰,心知其非口诺唯⑱。居高志下真何益,气节消缩今无几。文章小技安足程⑲,先生别驾旧齐名。如今衰老俱无用，付与时人分重轻[20]。

① 戏：嘲弄。子由：苏辙字。

② 宛丘先生：指担任陈州州学教授的苏辙。陈州即古宛丘。

　　长如丘：谓苏辙身材高大。

③ 宛丘学舍：指陈州州学的房舍。

④ 忽然句：形容房舍低矮，高大的苏辙若伸直了身子，头便撞

　　在屋梁上。

⑤ 帷：帘幕。雨注面：雨水打到脸上。

⑥ 任从二句：任凭饱死的侏儒耻笑，也不肯为免除雨淋而向

　　侏儒优伶求助。方朔，东方朔，西汉人，他曾对汉武帝说，

　　自己身长九尺，而侏儒仅三尺余，两人的俸禄却相等，这样

　　侏儒会饱死，而我却会饿死。秦优，秦始皇的伶人优旃，亦

　　是矮子，曾用计使站在雨中执勤的卫士得到轮番休息。事

　　见《史记·滑稽列传》。

⑦ 勃谿：争吵。

⑧ 六凿、天游：皆出《庄子·外物》：“室无空虚，则妇姑勃谿；

　　心无天游，则六凿相攘。”意谓就好像房子太小会引起婆媳

　　争吵一样，内心如没有广阔的精神空间，则各种感官给人

带来的感受、信息等也会得不到妥善安置,互相干扰,乱如麻团。

⑨ 读书二句:针对科举改革而发,科举新制中有"新科明法",专门录取明习刑律的人才。苏轼对此不以为然。律,刑律、法律。致君尧舜,辅佐君主,使其如尧舜般圣明。此是大臣们的习用语。

⑩ 劝农冠盖:指朝廷派往各地监督执行"新法"的"提举"官。

⑪ 齑:切碎的酱菜。此形容清苦的生活。

⑫ 余杭:旧郡名,即杭州。别驾:通判的别称,指苏轼自己。

⑬ 画堂:雕梁画柱的屋宇。旌旄:古时的两种旗帜,此指仪仗。

⑭ 骚骚:风声。

⑮ 不耻:不以为耻。

⑯ 疲氓:困窘疲惫的百姓。鞭棰:刑具,此指施刑。

⑰ 阳虎:《论语》记载的孔子不愿见又不得不敷衍的人。

⑱ 诺唯:答应之词。

⑲ 程:程式,准则。

⑳ 付与句:意谓让人们去评论吧。

此诗为苏轼到达杭州通判任后所作，"乌台诗案"中被当作讥讽朝廷的罪状之一。据苏轼在"诗案"中的口供，诗中"平生所惭今不耻，坐对疲氓更鞭棰"一句，指的是"是时多徒配犯盐之人，例皆饥贫。言鞭棰此等贫民，轼平生所惭，今不耻矣。以讥讽朝廷，盐法太急也"（朋九万《乌台诗案》）。这应该是卢秉提举两浙盐事之后的情形，据《续资治通鉴长编》，卢秉提举在熙宁五年二月，所以此诗当作于苏轼到任的次年，即熙宁五年（1072）。苏辙的《栾城集》中有唱和之作，按该集的排列顺序，也应在熙宁五年。

"乌台诗案"是一场文字狱，但算不得"冤案"，像这首诗里，讥讽"新法"的意思十分明显，决不冤枉。揭发、弹劾、审讯苏轼的也并不一定是"小人"，他们认为苏轼对伟大的"圣政"和唯一正确的"新学"进行了猖狂的攻击，死有余辜。如果他们将"新法"、"新学"视为天经地义，则对苏轼理应义愤填膺。苏轼是否"讥讽"，他的"讥讽"对不对，都不值得讨论，一个士人可否持有和发表与朝廷不同的见解，这才是"乌台诗案"的问题所在。

诗题为"戏",其实是赞美苏辙。仅仅因为政见不同,他主动离开了新的政治核心机构"制置三司条例司",到陈州当一个州学的教授。苏轼曾经这样说弟弟:"至今天下士,去莫如子猛。"(《颍州初别子由》之一)没有人比你更勇决地离开政见不合的朝廷。苏辙高大的身躯虽然经常被"屋打头",却能坚持操守,比起自己堂堂一州通判而被迫执行本不赞同的政策,高下轻重,可谓相去甚远。在苏氏兄弟看来,士人保持和发表个人见解的权力是不容有任何怀疑的。就在赴任杭州之前,兄弟俩曾经拜见恩师欧阳修于颍州,苏轼后来回忆相见的情形:"多士方哗,而我独南。公曰子来,实获我心。我所谓文,必与道俱。见利而迁,则非我徒。又拜稽首,有死无易。"(《颍州祭欧阳文忠公夫人文》)在欧阳修看来,能够坚持独立的见解并为此不顾利害,才是有"道";为了利害而可以改变见解的,不是我的弟子。受此师训的苏轼当场表示"有死无易",他们是把独立的思想和见解看得远比生命重要的。这是欧苏的道统，与宋神宗、王安石"一道德而同风俗"，统一思想、统一认识搞"新法"的思想发生着尖锐的对立。这里不是"新法"好不好的问题，这与"新法"本身的问题无关，"乌台诗案"是专制对自由的打击。

这首诗还有一点值得注意，就是它提出了一个对于坚持独立思想的士人来说无法避免的问题：当自己的思想不被当世所容的时候，士人应该如何处世，如何调节自己的心态？苏轼的一生，都在寻求这个问题的答案。在这里，古代圣哲的智慧将因苏轼的博览兼取和融会贯通而万灯俱明。首先被点亮的一盏灯是庄子，"室无空虚，则妇姑勃谿；心无天游，则六凿相攘"，宋人大都用佛教所谓的"六根"（眼、耳、鼻、舌、身、意）、"六识"（色、声、香、味、触、法）来理解"六凿"，人的各种感官和知性把大量的感受和知识传入内心，纷繁复杂，源源不息，如果内心没有广阔的精神空间来容纳、安置，岂不互相纠缠矛盾，乱成一团？就像家里的空间不够大，必然引起婆媳争吵，内心的空间不够，就会被外界的信息扰乱，永不安宁。"天游"是说游心于天地般广阔的空间,心灵的内在空间只有像天地般广阔,才可泰然面对一切。"处置六凿须天游"是苏轼对弟弟的建议,也是他思考人生所得出的一个结论吧。

六月二十七日望湖楼醉书五绝①(选一)

黑云翻墨未遮山②,白雨跳珠乱入船③。
卷地风来忽吹散,望湖楼下水如天。

① 本诗作于熙宁五年(1072)。望湖楼:在杭州西湖边,五代时吴越王钱氏所建。
② 翻墨:好像泼翻了墨汁。
③ 跳珠:雨水落在湖面,反弹起来,犹如蹦跳的珠子。形容雨大而急。

　　这是夏日西湖的一场暴雨,随云起而来,随风吹而散。来时势如奔马,黑云尚未遮断山际,豆大的雨点已经阵阵打向湖面。雨点之大使人望之而觉其为白色,雨点之重使之从湖面又反弹起来,但反弹起来的水珠却又如此轻盈,犹如蹦跳的明珠纷纷撒落游船之上。然后又是一阵急风卷地而来,将暴雨吹散。雨过天晴,涨起的水面恢复了平静,倒映着一片蓝天。雨后的天无云,风过的水无澜,纯是水天一色的清清爽爽。这是一场暴雨的始末,岂不也是人生经历风雨的一个写照?令苏轼感触良深的西湖之雨,多年以后还会重现在他的笔下。其实,自然是人生的良师,所以自古就有"敬天亲人"的说法,但能从自然中感悟教益的人却并不多。

送杭州进士诗叙①

　　右《登彼公堂》四章,章四句,太守陈公之词也②。苏子曰③:士之求仕也,志于得也,仕而不志于得者,伪也。苟志于得而不以其道④,视时上下而变其学⑤,曰吾期得而已矣⑥,则凡可以得者,无不为也,而可乎?昔者齐景公田,招虞人以旌,不至,孔子善之,曰:"招虞人以皮冠。"⑦夫旄与皮冠，于义非大有损益也，然且不可，而况使之弃其所学，而学非其道欤？熙宁五年，钱塘之士贡于礼部者九人⑧，十月乙酉，燕于中和堂，公作是诗以勉之，曰："流而不返者水也，不以时迁者松柏也，言水而及松柏，于其动者，欲其难进也⑨；万世不移者山也，时飞时止者鸿雁也⑩，言山而及鸿雁，于其静者，欲其及时也。"⑪公之于士也，可谓周矣。《诗》曰："无言不酬，无德不报。"⑫二三子何以报公乎⑬？

① 旧例读书人上京赶赴进士考试，地方官要行饯送之礼，赋诗送行也是礼节之常。本篇即是为杭州知州所作的送行诗写的序。叙：即序，苏轼祖父名苏序，为了避讳，他用"叙"字来代替"序"字。

② 太守陈公：即杭州知州陈襄，《登彼公堂》四章是其熙宁五年为赴考进士所作送行诗，每章四句，见《古灵集》卷二十二《登彼公堂燕贡士》："登彼公堂，维水汤汤。君子燕湑，

其言有章。　登彼公堂,有松有柏。君子燕湑,其仪孔
特。　登彼公堂,维山崔嵬。君子燕湑,其志不回。　登
彼公堂,鸿飞戾止。君子燕湑,维其不已。"

③ 苏子:苏轼自称。

④ 苟:一旦,如果。

⑤ 视时句:谓随着形势的变化而改变自己的学问思想。其时
朝廷改革科举制度,以经义、策论取士,策论中支持"新法"
的容易获中。苏轼要求进士们须保持自己的独立思想,不
要为了考上而曲意附会。

⑥ 期得而已矣:只要考得中就可以了。

⑦ 昔者六句:事见《左传》鲁昭公二十年,"十二月,齐侯田于
沛,招虞人以弓,不进。公使执之,辞曰:'昔我先君之田
也,旃以招大夫,弓以招士,皮冠以招虞人。臣不见皮冠,
故不敢进。'乃舍之。仲尼曰:'守道不如守官。'"田,打猎。
招虞人以旃,用旃去招虞人前来。《左传》原文作"招虞人
以弓",但《孟子·滕文公下》引作"旃",苏轼当是根据《孟
子》。虞人,掌管山泽之官。

⑧ 钱塘:杭州。

⑨ 难进:不轻易进用。意即不要为了进用于朝而失去学问尊

严、人格操守。

⑩ 时飞时止：按时飞去，按时回来定居。指鸿雁随季节迁徙。

⑪ 及时：赶上时机。陈襄的四章诗，首章言水，次章言松柏，三章言山，末章言鸿。苏轼认为其中含有动静相补的教导，要进士们既保持自己的尊严，又及时为国家作贡献。

⑫ 无言二句：见《诗经·大雅·抑》，任何言行都必获回报之意。

⑬ 二三子：指赴考的进士们。

　　科举改革的目的，是要录取对"变法"有用的人才。从前进士考试以诗赋水平的高下为主要的录取依据，被认为是一种弊病，故用可以见出学术和政治观点的经义、策论来代替之。貌似合理的这种改革产生了两种可怕的结果：经义取士产生了中国文化的癌症八股文，策论取士则使文官考试失去力求客观的素养考核的本意，而被一时的政策和意识形态所左右，被政治斗争的阴云所笼罩。早在此种改革的设想酝酿渐起之际，欧阳修就曾加以反对；在王安石准备将之付诸实施的时候，苏轼也曾反对；熙宁四年，朝廷终于下了改革的决心，颁行"科举新制"，北宋的考场从此变成了一个"党争"的战场和独立思想的坟场；于是第二年，苏轼送杭州的考生进京之时，便写下这篇独立思想的辩护状。

全文的核心在"视时上下而变其学"一句。唐代的陆贽曾说过："吾上不负天子，下不负吾所学，不恤其他。"（权德舆《陆宣公文集序》）在学者型政治家看来，"学"是从政的根基，也是人格独立性的保证，如果为了迎合时势而歪曲学术，那就是"曲学阿世"，早就被司马迁批判过。所以苏轼直到晚年还在词中自述："新恩犹可觊，旧学终难改。"（《千秋岁·次韵少游》）在熙宁五年，他要对走向科举考场的士人说的话，就是保持所"学"的独立性，不随时势而改变。确实，人生在世，受天地父母社会之恩甚多，决不该拒绝为社会作贡献，但同时也不能失去自我的独立尊严，自己不赞成的事，即便可能是好事，也当让赞成的人去做，自己决不可违背"所学"。

然而，当年的策论如果不歌颂"新法"，怎么可能考中？苏轼的告诫对考生们来说分明是徒劳的,只是表白他自己的态度罢了。策论取士的弊病从实施的那天起就产生了,接下来经义考试也将被钦定的观点和千篇一律的写法所束缚,苏轼的独立反抗之路将越来越充满荆棘。

赠孙莘老七绝①（选一）

嗟予与子久离群②,耳冷心灰百不闻。

若对青山谈世事,当须举白便浮君③。

① 孙莘老:孙觉。

② 嗟:感叹词。子:您。离群:离开了原先一起在朝为官的同僚。苏轼的言下之意是,众人都追随王安石去搞"新法"了,他们两个却因为反对"新法"而离开了朝廷。

③ 白:大白,酒杯名。浮:罚酒,引申为满饮。

孙觉是王安石的好朋友,也因为反对"新法"而离朝,出任湖州的知州。熙宁五年十二月,苏轼从杭州被派往湖州,与孙觉协商河堤修筑之事,故有赠诗。

"乌台诗案"中,这首诗也成为罪状。据说,苏轼起初不肯承认其中有讥讽朝廷的意思,后来被一再逼问,方才招认:"轼是时约孙觉并坐客,如有言及时事者,罚一大盏。虽不指时事,是亦轼意言时事多不便,更不可说,说亦不尽。"(朋九万《乌台诗案》)确实,诗中并没有特别批判或反对什么,但即便不是当年的御史,也不难读出充满于诗中的反抗情绪。

从熙宁二年开始"变法"起,"新法"的是非利弊一直是被公开讨论的,苏轼虽不是最早参与讨论的官员之一,但从那年五月议论科举改革起,他便将自己的反对理由表述得很充分而明白,他一直在"言时事",一直在"说"。到了此时,局面却变到"言时事多不便,更不可说"的地步。这分明是权力压制言语,却说是言语得罪了权力,作为"言官"的御史本应站在言语这边的,但元丰御史别具风貌,他们另有一套权力语言。北宋朝廷的风气真是大大地变了,令爱好自由的人不免怀念仁宗朝的宽松气氛。

字面意思与真实情绪之间的矛盾张力，也是这首诗吸引人之处。嗟叹"离群"，仿佛自伤处境凄凉，其实是独立不倚的自我肯定；"耳冷心灰百不闻"，仿佛消极沉闷，其实并不是真的不管事，据《宋史》记载："时惟杭、越、湖三州格新法不行。"当时曾巩在越州抗拒免役法，苏轼与孙觉也分别在杭、湖二州抗拒盐法，故"百不闻"之语，其实是不听命令，二人之间，当自有会心；"若对青山谈世事，当须举白便浮君"，字面上是说回避不谈，实际上，读者都能感觉到，那语调间透着一股傲岸不屈的迈往之气。在如此青山面前，世事不值得一谈：这正是诗人的襟抱。

饮湖上初晴后雨二首①

朝曦迎客艳重岗，晚雨留人入醉乡②。
此意自佳君不会③，一杯当属水仙王④。

① 湖上：西湖边。

② 醉乡：醉中境界。唐代王绩有《醉乡记》。

③ 会：理解，懂。

④ 属：劝酒。水仙王：苏轼自注："湖上有水仙王庙。"

水光潋滟晴方好①，山色空濛雨亦奇②。

若把西湖比西子③，淡妆浓抹总相宜。

① 潋滟：水满而波动的样子。

② 空濛：雨雾迷濛。

③ 西子：西施，春秋时越国的美女。

这两首七绝作于熙宁六年（1073），本来一气呵成，后一首传为千古名作，前一首便不大被人提起。但我们若要理解诗意，其实应该两首一起读的。正如题目中所说，作者想表达的是对于"初晴后雨"这种天气变化的感受和思考。在大好的晴天，兴致勃勃跑到西湖边去饮酒赏景，却不料下起雨来。或许很多人会觉得扫兴，而苏轼却说"此意自佳"。他想告诉人们：晴天固然不错，雨天也有可爱之处。就眼前的西湖来说,晴光照水和雨雾迷濛各是一番胜景,比如美女或浓妆、或淡妆,都很可爱。所以遇到变化不要惊慌,也不必感觉扫兴,因为另一种胜景正等着你去欣赏。

子曰:"诗可以兴。""兴"是那种不落痕迹的比喻,是语义最富有诗意的延伸。其实不是延伸,是跳荡活泼的灵感沟通作者和读者。苏轼的诗意决不停留在西湖的晴雨两景,你可以读出一个诗人对于变化的心领神会。自然的变化、社会的变化、人生遭遇的变化,如果你面对变化而懂得说"此意自佳",那么你才是理解了这两首诗。

不过知音难遇,旁人大多惊慌失措,当时的苏轼举起酒杯,只好敬给水仙王。水仙王可能是水仙花的花神吧?也有人说那是龙王。据《咸淳临安志》所录南宋袁韶重建水仙王庙的记文,苏轼所见的原庙早已不存,时人也早不知水仙王为何种神灵。后来有一个注释苏诗的人,为此苦恼,夜里梦见了苏轼,去问他水仙王的事,也没有得到答案。水仙王可能是中国诗歌史的一个永恒的遗憾,在苏轼诗里惊鸿一现后,谁也不知他(她?)的去向了。

山 村 五 绝

竹篱茅屋趁溪斜①,春入山村处处花。
无象太平还有象②,孤烟起处是人家。

① 趁:追、赶。此谓紧靠溪边。

② 无象句:《旧唐书·牛僧孺传》:"一日延英对宰相,文宗曰:'天下何由太平,卿等有意于此乎?'僧孺奏曰:'臣等待罪辅弼,无能康济。然臣思太平亦无象,今四夷不至交侵,百姓不至流散,上无淫虐,下无怨仇,私室无强家,公议无壅滞,虽未及至理,亦谓小康。陛下若别求太平,非臣等所及。'"意谓"太平"之世并没有特别的表现。清代王文诰认为:"五绝并佳,而此篇第一。'还有象'亦带讽意,却以下句瞒过上句。如着意写炊烟,上句必不如是设想。"

烟雨濛濛鸡犬声，有生何处不安生①。

但令黄犊无人佩，布谷何劳也劝耕②。

① 有生：有生命者。

② 但令二句：大意是如果放宽盐禁，让人们不再佩戴刀剑去
贩卖私盐，那么他们就自然勤于耕作，无须布谷鸟的督劝。
布谷鸟比喻朝廷派往各地"提举"新法的使者，当时谓之
"劝农使"。黄犊，借指刀剑。西汉龚遂任渤海太守，那里
的人们喜欢佩剑带刀，龚遂劝他们卖掉刀剑而买牛犊，说：
"何为带牛佩犊？"佩，佩带。苏轼此处是指责盐法。当时
的盐法禁止私贩，民间的偷贩者于是佩带刀剑，以防官兵
拦截。

老翁七十自腰镰①，惭愧春山笋蕨甜②。

岂是闻《韶》解忘味③，尔来三月食无盐④。

① 腰镰：腰间佩着镰刀。

② 惭愧句：谓春天一到，满山都长出了甜嫩的笋蕨，却无盐烹

煮,愧对老天的好意。蕨,一种野生植物,嫩时可吃。

③ 闻《韶》、忘味:见《论语·述而》,孔子听了优美的《韶》乐后,沉浸在对音乐的体味中,三月不知肉味。

④ 尔来:近来。以上二句是说,食而无味,哪里是听了《韶》乐而忘了滋味,而是近三个月来都没有吃上盐了。此也是讽刺盐法为害。

杖藜裹饭去匆匆①,过眼青钱转手空②。

赢得儿童语音好,一年强半在城中③。

① 杖藜:拄着藜杖。

② 青钱:铜钱,此指青苗钱。新法中的"青苗法"规定,每年青黄不接时,由政府贷钱给农民,收获后加二分利归还。转手空:马上就用完了。农民到了城市,受到丰富的商品诱惑,把贷来的钱都用光了。

③ 赢得二句:谓"青苗法"每年两次发放贷款,两次收缴利息和本钱,再加上缴税、缴免役钱等等,使农民们一年倒有大半的时间要往城里跑,生产被耽误,徒然让小孩子学会了城里人的口音。语音好,学会了城里人的口音。强半,大半。

窃禄忘归我自羞①，丰年底事汝忧愁②。

不须更待飞鸢堕，方念平生马少游③。

① 窃禄：做官受禄的谦虚说法。

② 底事：什么事。汝：你。苏辙的集子里有这五首诗的唱和之作，想来苏轼写了诗寄给弟弟看，这里的"汝"应该指苏辙。

③ 不须二句：用《后汉书·马援传》的典故。马援素有大志，他的堂弟马少游却对他说：做人只要衣食无忧，乡里敬爱，就可以了，追求多余的东西只是苦了自己。后来马援出征打仗，在未开发地区毒气熏蒸的环境中，看到高飞的老鹰也被感染掉入水中，就回想起堂弟的话。鸢，老鹰。堕，掉落。马少游，马援的堂弟，此处代指苏辙。

　　本组诗作于熙宁六年（1073）的春天，其第二、第三、第四首，都以相当尖刻的反语讥讽"新法"，在"乌台诗案"中被指为罪状。作为一个地方官，苏轼亲眼看到"新法"为害乡村，看到王安石所深爱的农民们并没有从他的"新法"中受利，所以如实写在诗中。后来御史们也只说这是恶意的讥讽，却没说这是造谣。当时和现在为"新法"辩护的人，亦不能否定苏轼写的是事实，他们只辩护说："新法"的本意是好的，只是在执行过程中被官吏们搞坏了。若果然如此，则当初司马光、苏轼反对"新法"之时，亦何尝说"新法"的本意不好？他们反对的理由，本来就是预料执行过程中会出问题。"新法"由皇帝和宰相设计，发令实施，下层官吏和农民本没有参与讨论的权力，纯是被动执行，如何能把责任推在他们头上？一个人走路碰到了石头，伤了脚，只有小孩子会说他"被"石头撞坏了，若是大人，应该不能去责怪石头的。

御史们挑出三首，是用来做罪证的，其实，作为组诗，五首体现着完整的结构。第一首具有总纲的性质，从政治理论上否定"新法"；然后才是具体批评"新法"的中间三首，最后一首表明自己的不合作态度。第一首的诗眼正如王文诰所指出的那样，在"无象太平还有象"一句。真正的太平是无象的，苏轼的意思是，设计出那么多的"新法"来制造"太平"也是徒劳。这个想法不见得很正确,但也有其深刻之处。

江 城 子

乙卯正月二十日夜记梦①

十年生死两茫茫②。不思量,自难忘。千里孤坟,无处话凄凉③。纵使相逢应不识,尘满面,鬓如霜。　　夜来幽梦忽还乡。小轩窗④,正梳妆。相顾无言,唯有泪千行。料得年年肠断处,明月夜,短松冈⑤。

① 乙卯:熙宁八年(1075),时苏轼在密州任知州。

② 十年:苏轼第一位妻子王弗卒于宋英宗治平二年(1065),至此已满十年。两茫茫:谓生者与死者处在不同的世界,彼此没有消息,音讯渺茫。

③ 千里二句:谓亡妻身处千里之外的孤坟之中,其凄凉的心情无处诉说。

④ 轩：有窗的小屋。

⑤ 料得三句：是说料想到亡妻一定会年年在月夜孤坟中伤心
　断肠。短松冈，王弗的坟地。短松即矮小的松树。

　　这是苏轼悼念前妻王弗的词，也是这位以"豪放"
闻名的词人展现其"婉约"情怀的著名作品。不过，若
说这完全是一首"婉约词"，只怕也未必然。词里包含
着一个典故。在唐代孟棨所著的《本事诗》中，记载幽
州一个已亡的妇人，从墓中出来赠她丈夫一诗曰："欲
知肠断处，明月照孤坟。"苏词很明显用了这语句。诗
中所谓"肠断"者，是指死后孤处坟中的妇人，非指其
夫；苏词中"千里孤坟，无处话凄凉。纵使相逢应不识"
及"年年肠断处，明月夜，短松冈"等句，无论就用典言，
就上下文语意言，也都指亡妻，而不指自己。因为"尘
满面，鬓如霜"的是自己，那么"不识"者当指亡妻不识
自己；而"料得"的主语是自己，则所料者当是亡妻的情
形。所以，这不是单方面"悼念"的词，而是生者与死者
之间的一次感情交流，死者也是感情实体。那么，此词

的意脉如下:上阕从自己的难忘,说到亡妻独处墓中之凄凉无诉;然后假设相逢,从亡妻"应不识",说到自己的状貌处境。下阕从自己做梦还乡,说到亡妻的梳妆;然后达到全词的高潮,即二人相会,无言流泪;最后又从自己梦醒思量,料得亡妻也在彼处肠断。全词情意深沉,婉约多思,而笔势一来一往(自己、对方;聚、散;生、死),场景不断变换跳跃,却又萦回不断。尤其是以死者的凄凉、肠断,来反衬抒情主人公的铭心刻骨的思念,其艺术效果是极强烈的,这是用豪放的笔力、思力默运于婉约的情境,所以感人至深。就情境言,我们可以说这是一首婉约词;就笔力、思力言,我们也可以说这是一首豪放词。

江 城 子

密 州 出 猎

老夫聊发少年狂^①。左牵黄^②,右擎苍^③。

锦帽貂裘④，千骑卷平冈⑤。为报倾城随太守⑥，亲射虎，看孙郎⑦。　　酒酣胸胆尚开张⑧。鬓微霜，又何妨！持节云中，何日遣冯唐⑨？会挽雕弓如满月⑩，西北望，射天狼⑪。

① 老夫：苏轼自指，实际上写作此词的熙宁八年，作者年仅四十。聊：暂且。少年：年轻人。

② 黄；黄狗，猎犬。

③ 苍：苍鹰，猎鹰。

④ 锦帽貂裘：锦蒙帽，貂鼠裘。原为汉代羽林军装束，此指苏轼的随从。

⑤ 骑：一人一马为一骑。千骑形容随从之多，也暗示苏轼的知州身份。

⑥ 报：报答。倾城：全城人。太守：知州的习称，指苏轼自己。

⑦ 孙郎：孙权。据载，孙权年轻时曾亲自骑马射虎。

⑧ 酣：喝酒到酣畅的境界。尚：更加。开张：开阔豪壮。

⑨ 节：符节，古时使者所持的信物。云中：古郡名，治所在今

内蒙古托克托东北。冯唐：汉文帝时人。据载，魏尚担任云中太守，抵御匈奴，颇有战功，但因报功时略有误差，被汉文帝贬官削爵。后来，文帝听从冯唐的劝谏，并派冯唐持节到云中郡去赦免魏尚，官复原职。苏轼的意思是以魏尚自比，希望朝廷能派冯唐那样的使者来，委予重任。

⑩ 会：应当是。挽：拉。雕弓：有雕饰的弓。如满月：形容自己臂力很大，能把弓拉开，使之如满月般圆。

⑪ 天狼：星名，象征侵掠，这里指西夏和辽。

按一般的说法，苏轼是在杭州通判任上开始词的创作的，到了密州后则有意识地开启一种与传统的词风迥异的风格，也就是词史上所称的"豪放"一体。熙宁八年冬天的一次打猎活动，使他有了这第一首豪放词名作。写完以后，他自己也颇为得意，给朋友写信说："数日前猎于郊外，所获颇多，作得一阕，令东州壮士抵掌顿足而歌之，吹笛击鼓以为节，颇壮观也。"并自谓："虽无柳七郎风味，亦自是一家。"(《与鲜于子骏》)柳七郎是苏轼以前北宋最有名的词人柳永，擅长以传统的柔婉风格表现男女情爱题材,请妙龄的少女歌唱。苏轼有意另创一格,用豪放风格写狩猎题材,从历史上的英雄人物写到自己立功边疆的志向,并组织了壮士们来歌唱。就在这位太守词人的组织下,密州壮士们的一曲《江城子》,揭开了中国文学史上豪放词的序幕。

水 调 歌 头

丙辰中秋,欢饮达旦,大醉,作此篇,兼怀子由[①]

　　明月几时有?把酒问青天[②]。不知天上宫阙[③],今夕是何年?我欲乘风归去[④],又恐琼楼玉宇[⑤],高处不胜寒[⑥]。起舞弄清影[⑦],何似在人间[⑧]!　　转朱阁,低绮户,照无眠[⑨]。不应有恨,何事长向别时圆[⑩]!人有悲欢离合,月有阴晴圆缺,此事古难全。但愿人长久,千里共婵娟[⑪]。

① 丙辰:熙宁九年(1076)。达旦:到天亮。
② 把酒:端着酒杯。

③ 宫阙：宫殿。阙，宫门前的望楼。

④ 归去：返回天上。这种说法含有"我本来是天上仙人"的意思。

⑤ 琼楼玉宇：指月宫。

⑥ 不胜：禁受不住。

⑦ 起舞句：谓天上的人只能与自己的影子互相娱乐，形容清寂孤独。弄，戏弄。

⑧ 何似：哪像。意谓不如。

⑨ 转朱阁三句：写月光，转移到红色的楼阁上，低射进雕花的门窗，照着不眠之人。

⑩ 不应二句：说月亮应该没有离愁别恨这种人类的感情，可是为什么偏偏在人们离别的日子里呈现那象征团圆的圆形，来刺激人呢？

⑪ 婵娟：原指美女，此喻月亮。

月亮可能是中国诗人最好的伴侣，特别是中秋之月，更是诗人们喜欢吟咏的题材。但自苏轼此词问世后，其他的作品全都黯然失色了。

与唐代的李白一样，苏轼也从来就有"谪仙"之称。

人们认为他是天上的神仙,因了某种原因降落在世间。这可能是中国人以其特有的方式表达他们对天才的尊重。苏轼自己好像也接受这样的说法,所以此词一开头就以"谪仙"的口吻,向他原来的居所"青天"提问,想知道如今的天上是什么岁月,仿佛一个离家的游子询问家乡的消息。"我欲乘风归去",这"归"之一词就非"谪仙"不能有,而"乘风归去"的飘然洒脱,也符合人们对于"谪仙"的一般想法:他总有一天会厌离人间,回到天上去的。如果他在人间的遭遇并不如意,那么"归去"不单是一种绝妙的解脱,也是对使他不如意者的轻蔑和嘲弄。当苏轼后来颠沛流离之际,世间便有他白日仙去的传说;在他身后,人们也乐于听说他在天上做着神仙。一个富有才华的人应该得到的尊重,如果在人间失去,那就只能由老天来补偿了吧。

可是,苏轼的词意却从这里开始转折,他对"归去"的意义发生了质疑。天上原是一片凄清寒冷,到了那里恐怕也只能成个顾影自怜的寂寞仙子吧,那就还不如留在人间。人间的生活虽然不尽如意,但天上也并非完美,这不如意、不完美才是生活的本质,"人有悲欢离合,月有阴晴圆缺,此事古难全",从来如此,不但不该厌弃,正当细细品尝这人生原本的滋味。所以,"但愿人长久,千里共婵娟",他决心不去做那寂寞的神仙,而情愿永远留在世间。

词是因想念苏辙而作的,关于天上人间的这番思量和讨论,首先是用来安慰苏辙的。但我们从这里听见了"谪仙"的心声,他是如此留恋人世,尽管有许多不平,尽管人世间有许多人给予他的只是打击和伤害,他依然爱着人间,为人世的生活唱出衷心的赞歌。

李思训画长江绝岛图①

山苍苍,水茫茫,大孤小孤江中央②。崖崩路绝猿鸟去③,惟有乔木攒天长④。客舟何处来? 棹歌中流声抑扬。沙平风软望不到,孤山久与船低昂⑤。峨峨两烟鬟⑥,晓镜开新妆⑦。舟中贾客莫漫狂⑧,小姑前年嫁彭郎⑨。

① 李思训：唐代著名山水画家,被认为山水画北宗的创始人。

② 大孤小孤：大孤山和小孤山。大孤山在今江西九江东南鄱阳湖中,小孤山在今江西彭泽北、安徽宿松东南的长江水中。长江与鄱阳湖连成一片,两山屹立水中,遥遥相对。

③ 崖崩句：形容山崖险峻无路,连猿鸟也不来。

④ 搀：刺,直刺。

⑤ 孤山句：说船随着江波忽高忽低,人在动荡不定的船上所见的孤山,也是起伏不定的。昂,高。

⑥ 峨峨句：以女子的发髻比拟大小孤山水雾缭绕的峰峦。峨峨,高耸貌。

⑦ 晓镜：比喻江面。

⑧ 贾客：商人。漫狂：轻狂。

⑨ 小姑："小孤"的谐音,谓小孤山。彭郎："澎浪"的谐音,谓小孤山对面的澎浪矶。当地民间久有彭郎为小姑之夫的传说。苏轼此处是形容江山秀美,令人们生爱,但人们切莫轻狂,因为美丽的小姑早已嫁给彭郎了。

　　元丰元年（1078）,苏轼在徐州知州任上作此诗。因上年黄河决口,水淹徐州城下,苏轼于抗洪救灾以后,便进一步修缮城墙，以防河水复来。此年又在州城的东门之上筑成一座黄楼，据五行"土克水"，而土色为黄，故以此命名，寓克制洪水之意。黄楼落成后，苏轼与宾客多在此举办文学活动，像苏辙和秦观都曾作《黄楼赋》，同时的其他文人也大多有诗文道及。此时的苏轼，虽不能说已释意于新旧党争，但新法实行的时日已久，成了定局，加之神宗亲政，不便措言反对，故其心态向超脱的方面发展为多，与熙宁中出京的时候应有不同。其实，在与朋友们的诗酒唱酬、品书鉴画中优游卒岁，又何尝不是一种洒脱雅致的人生？题画诗结合了鉴赏和创作，应是这种生活的最好写照。在我们考察苏轼心态时，题画诗几乎具有晴雨表似的作用：题画诗的较多写作，也表示他此时的心态比较稳定。

既是题画，无疑要描绘画上的景象，从诗中也不难得知，画上画的是一片江水之中的大小孤山，还有一叶扁舟和舟上棹歌的人。题诗即山而写其高险，即水而写其开阔，即棹歌而写其抑扬，都是随画而来。但接下去怎么办？好像无从着手处，突然转移了视点，由赏画者转到画中的舟客，坐在船上看孤山随舟起伏。多年前，苏轼曾在淮河的船上看淮山，写出"长淮忽迷天远近，青山久与船低昂"（《出颍口初见淮山此日至寿州》）的诗句，可见诗中所写舟客的感觉，来自他的亲身体验：以动者为参照，则静者皆动。在这里，从前的体验帮助了苏轼的想象，使他成功地转移了视点。但想象并不就此停住，在诗的最后，展开了一个传说的世界，一个美丽动人的仙境：险峻的孤山变成了仙女的发髻，开阔的江面变成了仙女的妆镜，可是你不要枉费心机，那小姑（小孤山）已经嫁给了彭郎（澎浪矶）。这真是神来之笔，让我们领略了诗人灵感的不可捉摸，也让我们明白了什么是诗。

百步洪二首①（选一）

　　长洪斗落生跳波，轻舟南下如投梭。水师绝叫凫雁起②，乱石一线争磋磨③。有如兔走鹰隼落④，骏马下注千丈坡⑤。断弦离柱箭脱手,飞电过隙珠翻荷⑥。四山眩转风掠耳,但见流沫生千涡。崄中得乐虽一快⑦,何意水伯夸秋河⑧。我生乘化日夜逝⑨,坐觉一念逾新罗⑩。纷纷争夺醉梦里,岂信荆棘埋铜驼⑪。觉来俯仰失千劫⑫,回视此水殊委蛇⑬。君看岸边苍石上,古来篙眼如蜂窠。但应此心无所住⑭,造物虽驶如吾何⑮!回船上马各归去,多言诮诮师所呵⑯。

① 百步洪:在徐州南。洪,拦水的堰。

② 水师:船夫。绝:高。凫:野鸭。

③ 礚磨:石与石相互磨擦。谓两岸乱石堆挤,只留下一线水路。

④ 走:跑。隼:一种凶猛的鸟,又称鹘。

⑤ 骏马句:谓水势犹如骏马奔下峻坡。

⑥ 电:闪电。珠翻荷:露珠从荷叶上滚下来。

⑦ 崄:高险。

⑧ 何意:何异。水伯夸秋河:出《庄子·秋水》,谓秋天河水

大涨,河面开阔,河伯(河神)得意非凡,向海神夸口天下壮阔之美都集于自身,后来看到了大海的无边浩瀚,才望洋兴叹。这两句说,在迅急的水流中行舟,固有冒险的快乐,但不必炫耀,否则与河伯自夸没有两样。

⑨ 乘化：随顺自然运转变化。逝：流逝。

⑩ 逾新罗：过了朝鲜。坐着能感到一念之间过了新罗国,这是宋代禅僧形容"心念"之快的习用语。

⑪ 荆棘埋铜驼：比喻世事巨变。晋人索靖预感天下将大乱,对着洛阳宫门前铜铸的骆驼说："再见到你的时候,你一定已被埋在荆棘丛中了。"苏轼此处谓那些醉心于争权夺利的人们犹如梦中,还不信世事变化的常理,而一味执着。

⑫ 劫：佛教用语,世界成坏一次为一劫。俯仰之间便过了千劫,是对变化的绝对性的强调,谓变化发生于极其短暂的瞬间。

⑬ 委蛇：原形容曲折的样子,此处含水流从容安闲之意。与自然的运化、心念的飞逝、历史的巨变等相比,这迅急的水流也显得安闲了。

⑭ 住：停留、执着。

⑮ 造物：自然界。这两句说,只要我的心灵不执着于某事某

物,自然的变化再快也奈我不得。

⑯ 诐诐:争辩声。师:指参寥禅师,北宋著名诗僧,名道潜,
  于潜人,苏轼的方外挚友。呵:训斥。

　　这是苏轼最享盛誉的杰作之一。七言长篇可说是
天才的禁脔,古来最善此体的莫过李白、苏轼二人。但
李白多是喷薄而出的激情狂涛,苏轼这一首则充满理性
的思辨;李白多是不假思索的夸张,苏轼则仔细地安排
句法来多方比喻;李白是惊天地、泣鬼神的梦幻展现,是
想象虚构的自由驰骋,苏轼则随物赋形,用鞭辟入里的
智慧随处点化,曲曲折折地把诗境推向深处。李白具备
所有被我们认作"诗"的特质的东西,苏轼则力破余地,
把所有不具备"诗"的特质的东西点化成诗。

　　元丰元年,苏轼的友人王巩到徐州拜访他,两人曾
游百步洪。一个月后,王巩已走,苏轼与禅僧参寥子重
游于此,作诗二首,一赠参寥,一寄王巩。这里选的是赠
参寥的一首。其前半部分写景,描写迅急的水流中冒险
直下的行舟,"有如"以下四句连用七个比喻,倘加上第

二句的"投梭"则有八个比喻,此之谓"博喻",或称之为"车轮战法"。如果你觉得这诗语本身的雄奇生新已经超过了它所描绘的对象,那恐怕也与宋人对诗的理解有关,准确地捕捉对象应该不是诗语的唯一目的。"四山眩转风掠耳",是我们已经熟悉的视点转移法:以动者为参照,则静者皆动。但这在本诗中并不担任主要角色,后面的更大部分篇幅转入了议论。

迅急的水势令苏轼思考世间事物"变化"的本质,变化无所不在,无时不在,而且迅急无比,佛教所谓一弹指间,包含三千大千世界的成坏,这是无法形容的速度。心念的飞越、历史的巨变,与此相比,百步洪的迅急水势也显得安闲从容多了。宋代禅僧经常告诫人们:生命短暂,时光稍纵即逝,为什么不抓紧时间去作终极关怀,以解决"生死"的根本难题,而将宝贵的光阴花费于世间变幻无常的虚假事物呢?对沉迷的人来说,这是当头棒喝吧,苏轼也说,心灵不执着于外界的事物,才是对付变化的唯一办法。思如潮水,汹涌一阵后归于宁静,最后是一个幽默的尾声:道理只要点明,不要多说,再多说恐怕就要挨禅师的呵斥了。

日　　喻①

生而眇者②不识日，问之有目者，或告之曰："日之状如铜盘。"扣盘而得其声，他日闻钟，以为日也。或告之曰："日之光如烛。"扪烛而得其形，他日揣籥③，以为日也。日之与钟、籥亦远矣，而眇者不知其异，以其未尝见而求之人也。道之难见也甚于日，而人之未达也，无以异于眇，达者告之，虽有巧譬善导，亦无以过于盘与烛也。自盘而之钟，自烛而之籥，转而相之，岂有既乎④？故世之言道者，或即其所见而名之，或莫之见而意⑤之，皆求道之过也。

然则道卒不可求欤？苏子曰：道可致而不可求。何谓致？孙武曰："善战者致人，不致于人。"⑥子夏曰："百工居肆以成其事，君子学以致其道。"⑦莫之求而自至，斯以为致也欤！

南方多没人⑧，日与水居也，七岁而能涉，十岁而能浮，十五而能没矣。夫没者岂苟然哉？必将有得于水之道者。日与水居，则十五而得其道；生不识水，则虽壮，见舟而畏之。故北方之勇者，问于没人，而求其所以没，以其言试之河，未有不溺者也。故凡不学而务求道，皆北方之学没者也。

昔者以声律取士⑨，士杂学而不志于道；今也以经术取士⑩，士知求道而不务学。渤海吴君彦律⑪，有志于学者也，方求举于礼部⑫，作《日喻》以告之。

① 日喻：以日为喻。据苏轼后来在"乌台诗案"中被审讯时交代，本篇作于元丰元年（1078）十月十三日，当时他在徐州任知州。

② 眇者："眇"的字义为盲一目，但盲一目的人另一只眼是看得见的，苏轼本文的意思则指双目失明者。自宋代《邵氏

闻见后录》卷十六起,就有关于苏轼用字错误的批评。

③ 揣:摸索。籥:一种形状像笛子的管乐器。

④ 转而相之:一个比喻接着一个比喻,辗转形容之。既:穷尽。

⑤ 意:臆测。

⑥ 孙武曰二句:引自《孙子·虚实篇》:"凡先处战地而待敌者佚,后处战地而趋战者劳,故善战者致人,而不致于人。"致,让对方过来。

⑦ 子夏曰二句:引自《论语·子张》。子夏:孔子弟子。百工:从事各类手工业者。肆:作坊。致:到达。子夏的意思是,君子通过"学"而到达"道",苏轼理解为君子勤于"学"则"道"自至,表述上稍有差异,但大抵是掌握"道"的意思,苏轼强调的是,这样的掌握应该是自然而然的。

⑧ 没人:能潜水,泛指水性好的人。

⑨ 以声律取士:指隋唐以来的进士科考试,以诗赋为主,诗赋讲究平仄、用韵、对仗之类的声律规则,被录取者必须擅长于此,所以考生都重视写作技巧的学习,而忽略对儒家之道的根本意义的关怀。

⑩ 以经术取士:指王安石变法后,进士科考试废除诗赋,改考

"经义"和"策论"，这里主要指"经义"，就是以儒家经典中的一言半句为题，发挥经旨，写一篇论文。

⑪ 渤海：应作"北海"，北宋京东路维州北海县。吴君彦律：吴琯（1054—1114），字彦律，故参知政事吴奎之子，祖籍维州北海，以门荫入仕。苏轼知徐州时，他担任徐州监酒税。

⑫ 求举于礼部：指参加尚书省礼部举行的进士"省试"。吴琯以门荫入仕，按宋代官制，升迁极慢，所以他想考取"进士"出身，于元丰元年在徐州通过"解试"，赴京去参加次年举行的"省试"。但结果他并未考上。

说道理的文章，应重视譬喻的运用，这是古今中外都一致的，但把譬喻从一种辅助手段提升到基本内容的，则首先是佛教徒，他们视譬喻为佛祖"说法"的一种类型，加以归总，所以专门有譬喻类的佛经，如《譬喻经》、《杂譬喻经》、《法句譬喻经》、《大集譬喻王经》、《百喻经》等等，将林林总总的譬喻汇集起来，多得不计其数。当然，对教义的总体来说，这样的譬喻也还是手段，但就写作的文本而言，它已经成了主干。在这篇

《日喻》中，譬喻也是全文的基本内容，离开了譬喻就不成一篇文章。而且，说太阳像铜盘、像蜡烛，从而令瞎子把钟、籥误认为太阳，这一构思与佛经中"瞎子摸象"的譬喻颇为相似，熟悉佛经的苏轼肯定是受过启发的。实际上，佛经中那么多精彩的譬喻，也不可能由释迦牟尼一个人想出来，如"瞎子摸象"，我们更愿意认为这是印度早就流传的民间故事。所以，它虽然被佛经取来说明佛学的道理，但本身含蕴的意义还要丰富得多，适用的范围更广，即使对佛教毫无兴趣的人，也可以借鉴的。《日喻》的写法基本上就是借鉴譬喻类佛经而来的。

　　至于苏轼用这个譬喻来说明的道理，则文中已经点明，就是"学"和"道"的关系问题。"学"是具体的个人通过钻研所得的体会、通过实践达到的把握，"道"是经典阐述的放之四海而皆准的抽象的真理。真理太抽象，无法直接表述，因为表述本身就是一种具体的言说，它只能传达出真理被一定程度具体化后的某一方面，如说太阳的形状像铜盘、光芒像蜡烛，本身并未说错，但这不能保证每个人都能正确接受，因为每个接受者也都是以自己个人的经验为基础去接受的，毫无视觉经验的盲人，只能以他的听觉、触觉经验为基础去接受，结果就弄错了。从这个角度说，对抽象真理的任何表述，都仿如譬喻，虽然人们都想追求真理，但决不能把用来表述真理的某一句话本身就当作真理。

既然如此，那么怎样才能掌握真理呢？仅仅从别人的言说出发去刻意探求，显然达不到目的，而且很可能成为瞎子摸象、盲人识日那样的误解。所以苏轼提出："道可致而不可求。"通过引证古代经典，他把"致"字解释为"莫之求而自至"，即自然而然被人掌握的意思。为了说明这个见解，他又使用了一个譬喻。南方人的水性好，是因为那里有很多河流湖泊，他们"日与水居"，从小就熟悉水，所以自然而然地掌握了"水之道"，未必是从沉浮的原理、游泳的要领、潜水的方法等等知识性的言说开始学习的。当然，他们也可以总结出这些知识，传授给北方人，但仅靠这些知识并不能使北方人学会游泳和潜水。由此看来，苏轼所谓的"致"，就是在长期的切身实践（即苏轼讲的"学"）中积累了经验、体会后,自然而然地达到心领神会的境界。如果轻视这种经验、体会的积累,只依赖传授的知识去作理论性的探讨(所谓"不学而务求道"),那么正如西方流行的一句名言所说:"没学会游泳前,千万不要下水。"那实际上永远不可能学会游泳。苏轼的譬喻与此很相似,所说的道理也不难理解。

问题在于,这番道理虽然说得精彩,但看起来不够全面。谁都知道,理论性的探讨并不是没有用的,轻视经验固然不对,却也没有必要为了强调经验而贬低理论。学会游泳可能不需要理论,倘要掌握较为复杂的事物,那便离不开知识总结、理论推求。由于全文过于依靠譬喻,而譬喻所说的,是积累日常经验就已足够的那种简单的学习,从中得出的道理当然不可以应用于复杂的领域。对于这一点,苏轼那样一个聪明人,应该完全明白的,实际上他本人也不可能轻视理论探求。那么,他在此文中强调"道"之"不可求",断然否定"不学而务求道",便有更深一层的用意。也就是说,文章的主旨另有所在,那便是文末简单提到的科举考试的问题。

在苏轼笔下，"杂学"和"求道"被分别对应于诗赋取士和经义取士。诗赋虽是文学创作，但用于科举考试的诗赋，多从经典古史中取题，应试者须记得这题目出自哪一部经典，对其含义以及涉及的典章制度等，也要心中有数，写作时除了平仄声律外，也讲求典故的使用等等，所以，应付诗赋考试所需要的不光是文学才华，对于经典含义、历史掌故之类，也须了解，当然还有文字音韵方面的学习和写作技巧上的锻炼，其造就的考生素养是多方面的，谓之"杂学"大抵符合事实。至于经义，就其本身而言，当然是关于经典含义的理论探求，这在当时是没有谁可以持否定看法的，因此苏轼的表述，也貌似对"杂学而不志于道"、"求道而不务学"各打八十大板，仿佛两者各有利弊。但若真的是各有利弊而已，苏轼又何必支持诗赋而否定经义取士呢？其实，按照前文所说，只要勤"学"，"道"将会"莫之求而自至"，则"杂学而不志于道"便算不得真正的批评。真正被否定的是"求道而不务学"，也就是经义取士。

从诗赋取士转变为经义取士，是王安石"变法"的重要内容,却一直被苏轼所反对,或明确批判,或含蓄讥刺,涉及此事的诗文积累了相当的数量,到"乌台诗案"中,就都被揪出来当作罪证,其中也包括这篇《日喻》。可见,当时人非常了解此文的实际含义。

文与可画筼筜谷偃竹记①

竹之始生,一寸之萌耳,而节叶具焉。自蜩腹蛇蚹②,以至于剑拔十寻者③,生而有之也④。今画者乃节节而为之,叶叶而累之,岂复有竹乎⑤?故画竹必先得成竹于胸中,执笔熟视,乃见其所欲画者,急起从之,振笔直遂⑥,以追其所见,如兔起鹘落⑦,少纵则逝矣。与可之教予如此,予不能然也,而心识其所以然。夫既心识其所以然,而不能然者,内外不一,心手不相应,不学之过也⑧。故凡有见于中,而操之不熟者,平居自视了然,而临事忽焉丧之,岂独竹乎⑨？子由为《墨竹赋》以遗与可，曰："庖丁，解牛者也，而养生者取之⑩；轮扁，斫轮者也，而读书者与之⑪。今夫夫子之托于斯竹也，而予以为有道者，则非耶⑫？"子由未尝画也，故得其意而已。若予者，岂独得其意，并得其法。

与可画竹，初不自贵重⑬，四方之人持缣素而请者⑭，足相蹑于其门⑮。与可厌之，投诸地而骂曰："吾将以为袜！"士大夫传之，以为口实⑯。及与可自洋州还，而余为徐州⑰，与可以书遗余曰⑱："近语士大夫：'吾墨竹一派⑲，近在彭城⑳，可往求之。'袜材当萃于子矣㉑。"书尾复写一诗，其略曰："拟将一段鹅溪绢㉒，扫取寒梢万尺长㉓。"予谓与可："竹长万尺，当用绢二百五十匹㉔，知公倦于笔砚，愿得此绢而已。"与可无以答，则曰："吾言妄矣，世岂有万尺竹哉？"余因而实之㉕，答其诗曰："世间亦有千寻竹，月落庭空影许长㉖。"与可笑曰："苏子辩则辩矣㉗,然二百五十匹绢,吾将买田而归老焉㉘。"因以所画《筼筜谷偃竹》遗予曰:"此竹数尺耳,而有万尺之势。"筼筜谷在洋州,与可尝令予作洋州三十咏㉙,筼筜谷其一也。予诗云:"汉川修竹贱如蓬㉚,斤斧何曾赦箨龙㉛。料得清贫馋太守,渭滨千亩在胸中㉜。"与可是日与其妻游谷中,烧笋晚食,发函得诗㉝,失笑喷饭满案。

元丰二年正月二十日,与可没于陈州㉞。是岁七月七日,予在湖州,曝书画㉟,见此竹,废卷而哭失声㊱。昔曹孟德祭桥公文,有"车过腹痛"之语㊲,而予亦载与可畴昔戏笑之言者㊳,以见与可于予亲厚无间如此也㊴。

① 文与可:文同,字与可,北宋著名画家,善画墨竹。他是苏轼的从表兄和朋友。筼筜谷:在洋州(治所在今陕西洋县),其地多竹。文同曾任洋州知州,常去观赏。偃竹:风中仰斜的竹子。

② 蜩腹蛇蚹：形容竹笋开始脱壳拔节。蜩，即蝉，其后腹上有一条条横纹。蛇蚹，是蛇腹下代足爬行的横鳞。

③ 剑拔：指竹子生长迅速，挺拔有力。寻：古代长度单位，一寻等于八尺。

④ 生而有之：谓竹子的节、叶等形态是从初生时就具备的，以后的生长是量的问题，质的方面一生出就决定了。

⑤ 岂复有竹：难道还有竹吗？意谓一叶一叶、一节一节的累加并不就是竹，必须领会其自初生以来就具备的整体特性，即下文所谓"成竹"。

⑥ 振笔句：谓挥笔落纸，一气呵成。遂，成。

⑦ 兔起鹘落：像兔子惊跑、鹰隼疾落一样迅速。鹘，鸷鸟，一种凶禽。

⑧ 内外三句：大意是心里虽有认识于内，手上却不能表达于外，这是学习不足、练习不熟的表现。

⑨ 故凡五句：凡内心有一定理解，而实际操作不熟的人，往往平时自以为很清楚，而临到做时忽然又不会了，这不仅只是画竹为然。

⑩ 庖丁：《庄子·养生主》载，为梁惠王解牛的庖丁，自称掌刀十九年，杀过数千头牛，而刀刃却仍如新磨时一般。其诀

窍在于掌握了牛的骨骼构造,从空隙处下刃,所以游刃有余,不会损害刀刃。梁惠王听后,觉得此理对养生之道颇有启发。

⑪ 轮扁:《庄子·天道》载,做轮子的工匠轮扁对齐桓公说,砍削轮子的时候,下手太慢会使轮子松滑不坚固,太快就使轮子滞涩,要不快不慢才正好;但这不快不慢的速度只有自己内心清楚,无法表达出来,所以这技艺连做父亲的也无法口授给儿子;由此看来,古人心知肚明的"道"也是无法写在书上传下来的,借书本而传的只能是些糟粕而已。齐桓公听后,赞同这看法。与之:赞同他。

⑫ 今夫三句:意谓现在文同把这样的道理寄托在画竹中,就如庖丁之于解牛,轮扁之于斫轮那样,也是懂得"道"的表现。

⑬ 不自贵重:不以自己的作品为珍贵之物。

⑭ 缣素:白色细绢,可作画布。请:请求作画。

⑮ 足相蹑:脚互相踩着,形容登门求画的人之多。

⑯ 口实:话柄。

⑰ 为徐州:担任徐州的知州。

⑱ 遗:送信。

⑲ 墨竹：用墨画的竹子，以墨色的浓淡来表现立体感，当时认为是文同的首创。派：江河的支流，此谓传人。

⑳ 彭城：徐州。指苏轼。

㉑ 袜材：做袜子的材料，此指别人上门求画带来的白绢。萃：聚集。子：你。

㉒ 鹅溪：在今四川盐亭西北，出产有名的"鹅溪绢"，宋人常用于绘画。

㉓ 扫取寒梢：画竹。

㉔ 匹：量词，古时一匹等于四十尺，二百五十匹正合一万尺。

㉕ 实之：谓苏轼偏偏坐实有万尺之竹。

㉖ 许长：那么长。

㉗ 辩：善辩。

㉘ 然二百二句：真有了二百五十匹绢，我就用来买田归居养老了。

㉙ 尝：曾经。洋州三十咏：歌咏洋州的三十首诗，即苏轼所作《和文与可洋州园池三十首》。

㉚ 汉川：汉水，洋州在汉水上游。修竹：修长的竹子。

㉛ 赦：赦免，放过。箨龙：指笋。箨，笋壳。

㉜ 料得二句：说任洋州知州的文同清贫而贪吃，料想筼筜谷

中的笋都被他吃了。太守,指担任洋州知州的文同。渭滨
千亩,渭水边上的千亩竹子。渭水流经陕西,此指洋州筼
筜谷。在胸中,双关语,一指吃了笋,一指其"成竹在胸"。

㉝ 发函:打开信封。

㉞ 没:殁,逝世。

㉟ 曝:晒。

㊱ 废卷:放下画卷。

㊲ 曹孟德:曹操,字孟德。桥公:桥玄,曹操旧友。车过腹
痛:曹操祭奠桥玄的祭文中说:"(当年与桥玄)从容约誓,
言殂谢之后,路有经由,不以斗酒只鸡相沃酹,车过三步,
腹痛勿怪。虽临时戏笑之言,非至亲之笃好,胡肯为此
辞乎?"

㊳ 畴昔:从前。

㊴ 于予:对我。

如文中自述,写作时间为元丰二年(1079)七月,正
当"乌台诗案"发生的前夕。朝廷上紧锣密鼓地策划迫
害苏轼的时候,这位文艺巨匠正在形成并表述出中国古
代最有艺术美学价值的思想之一:"成竹在胸"说。确

实，枝枝叶叶的累加并不等于完整的具有生态的"成竹"，艺术家对竹的表现也不应以枝节描绘为重点，而应首先领会其整体的神韵，当然还要熟练掌握技法以达到心手相应。这个理论涉及表现对象、表现主体及表现技法诸方面，值得我们深入阐发。不过，文中也明言，这一思想来自文同，故苏轼以此为文章的开篇，来表达他对这位杰出艺术家的追思。

然后，文章风格一变，由深刻的理论思辨转入情真意切的缅怀，追叙了文同的纯直个性，以及作者与文同之间的来往戏谑之语，时出诙谐，令读者亦不觉随着他们一起"失笑"。但最后的"哭失声"却与"失笑"形成强烈反差，正显出作者的悲痛之深。本年二月，苏轼尚在徐州时，闻文同之讣，曾作祭文云："呜呼哀哉，与可能复饮此酒也夫？能复赋诗以自乐，鼓琴以自侑也夫？"（《祭文与可文》）表达的意思与此相近。真正的艺术家只能是自饮自乐、心灵寂寞之人，但一遇知音，则终身以同怀视之，其友谊自也超越常人的所谓交情。以昔日的"笑"来铺垫今日的"哭"，痛何如之！

予以事系御史台狱狱吏稍见侵自度不能堪死狱中不得一别子由故作二诗授狱卒梁成以遗子由二首①（选一）

圣主如天万物春，小臣愚暗自亡身。

百年未满先偿债，十口无归更累人②。

是处青山可埋骨，他年夜雨独伤神③。

与君世世为兄弟，更结来生未了因④。

① 御史台：朝廷的监察、弹劾、审理机构，即"乌台"。侵：虐待。自度：自料。堪：忍受。

② 百年二句：说自己死前所负的债务由苏辙先予偿还，死后更有无家可归的妻儿要拖累苏辙。百年未满，谓未满寿数，通常有人生百年之说，而此时苏轼才四十四岁。偿债，还债。十口，十人，指遗留的家属。

③ 他年句：说我死后，将来苏辙当夜雨之际想起兄弟旧约，只能独自伤神了。夜雨，指"夜雨对床"之约，见前《辛丑十一月十九日既与子由别于郑州西门之外马上赋诗一篇寄之》

诗注。

④ 未了因：此生尚未了结的因缘。

元丰二年同在御史台狱中的苏颂，曾写诗云："遥怜北户吴兴守（指湖州知州苏轼），诟辱通宵不忍闻。"真实地记载了苏轼备受御史们逼供的惨状。苏轼的难免于死的自我估计是有根据的，所以有了这首与苏辙诀别的诗。传说神宗皇帝也读到了此诗，觉得苏轼很可怜，就放过了他。这种传说值得仔细思量，它也许反映出人们的良好愿望：以诗获"罪"的苏轼，终于也以诗自救。不过，"乌台诗案"的实质不是诗语冒犯了谁的问题，而是残酷的政治斗争。如果不是本来就不拟杀，或者当时形势下实在不可杀，仅靠一首诗引起的同情心，决然救不了他的。但是不杀苏轼的真正原因又是不能说的，苏轼只能以"被原谅"、"被宽大处理"的名义出狱，就此而言，传说多少也曲折地反映出了一些历史的真实。

无论诗语如何"不逊"，无论政见多么分歧，究其目的毕竟是为朝廷谋策，即便是尖刻酸冷的讥讽，也出于对赵家皇朝的一腔热情，动机是没有丝毫恶毒的，但如果竟因热情得过头了而被杀，那真是比焦大吃了一嘴马粪更荒诞得多。诗的开头便是一片荒诞景象：在圣主治世，力行改革，万物都欣欣向荣的伟大时代，只有一个草芥小臣，因为愚暗而自投死路。充满了万丈光芒的背景下一个微不足道的即将被光明所吞噬的黑暗主体：面临死亡的苏轼如此形容自己的生命。这不是真的自我否定，而是对荒诞的深刻体认。

次联以后事相托，家口相累，宛然一篇遗嘱，但"偿债"云云，仍带着荒诞色彩。接着说死者埋骨，从此已矣，生者却还要承受长久的悲伤。固然是一片凄苦，但情感越过了死亡的界线而继续延伸，则万丈光芒并不能完全消灭这愚暗的主体。在夜雨萧瑟的时候，这微不足道的生命曾经订下的誓约将一次次再现，将冲破荒诞，叩击人性。最后，苏轼把我们带上了表达手足之爱的巅峰："与君世世为兄弟，更结来生未了因。"朴实无华的语句，直现了主体穿越时空浩劫的情感力度。这震撼人性的声音,使万丈光芒黯然失色。时空的浩劫将使伟大时代的一切所有都荡然无存,而兄弟之情则在死死生生的轮回中永恒地延续。佛说轮回是苦,但在这里,轮回是生命意志的顽强证明,突破一时无比强势的压力,在粉身碎骨之余,将手足之爱带往另一个时空。

四、黄州的东坡居士(1080—1084)

贬谪,是中国历代中央集权皇朝对于获罪官员的一种最常见的惩罚方式。由于政治、经济、文化都向中央高度集中,所以除了官衔级别的责降外,还可以贬地的偏远程度来表示惩罚的轻重,而且后一个方面似乎更能体现这种惩罚方式的特点。在许多场合,被贬谪者必须带着官员的身份(无论其高低)远赴偏僻之地,而不能辞官回乡当一个平民。这不是因为他们中的所有人都情愿付出一切代价以图留在官场,而是制度上规定其必须如此。令士人们梦寐以求的官员身份在此时具有奇异的囚禁作用,或许可以看作官僚政治的某种病变。但事情还有另一方面,被贬谪者本身具有的才能和影响力,也被强制送到那样偏远的、很少得到大人物光顾的地方,对当地的开发多少也起到一些有益的作用。比如潮州、柳州、黄州,就因为曾经是韩愈、柳宗元、苏轼的贬地,而在文化史上闪耀出一片异彩。很难断定贬谪这种惩罚方式是否本来就带有一举两得的目的,但它确实为许多穷乡僻壤带去机会。同时,被贬谪者也经受了严重的身心考验,拥有了一段非同寻常的人生经历,对其心理成长和事业发展必然影响巨大。因此,现代的研究者提出"贬谪文化"的课题,来对此种现象作专门的探讨。

自然,各个时代的"贬谪文化"也各具其内容特色,此事首先当从制度上加以考察。像韩愈、柳宗元之遭贬,固然是被迫离开了政治中心,但他们在贬地却还是名副其实地掌握着地方官的权力。而到了苏轼的时代,情况便大不相同,成熟的官僚体制使这种惩罚方式更有效地发挥出惩罚的目的:朝廷制造出大量有名无实的官衔,把被贬者抑留于官僚体系之内,却不使其具有权力。元丰三年(1080)二月一日到达黄州的苏轼,官衔是"检校尚书水部员外郎、充黄州团练副使、本州安置"。水部员外郎是水部(工部的第四司)的副长官,但"检校"则表示这只是一个荣誉称号;团练副使是唐代的地方军事助理官,宋代只表示官僚的级别,根本就没有这样的职务;比较实在的倒是"本州安置",规定苏轼要住在这个地方。令人啼笑皆非的官名把贬谪与流放区分开来,所以苏轼到黄州的第一件事就是写一首诗对这个官名开点玩笑(见下面选的《初到黄州》)。

把黄州的贬居生活看作苏轼生平中一个短暂的阶段,多少低估了这次贬谪对他的心理打击。正如做噩梦的人不知道眼前是不会延续太久的梦境,当时的苏轼也不知道何时才能走出厄运。按一般的推想来看,他会觉得自己已经走入一条死路:元丰三年的苏轼已经45岁,而亲自主持政务、坚决实行"新法"的宋神宗年方33岁,谁也不能预料神宗会英年早逝,因持"旧党"政见而被惩罚的苏轼,能够指望的至多是获得谅解而已,如果说苏轼"得志"的前提是"党争"局面的改观,那么在当时看来这种希望是极其渺茫的。所以,苏轼的政治生命很可能就结束于此时,这种打击几乎是毁灭性的,年过不惑的他，必须重新思索自己的安身立命之计。

首先是心理上要有做一辈子老百姓的准备，并且不是安居家乡的百姓，而是以有罪之身流落天涯，必须随遇而安。初到黄州时，他寄居于定惠院僧舍，至五月份苏辙将其家眷送来，全家便迁居到临皋亭，大有饥寒之忧，只好痛自节俭。第二年，穷书生马正卿替他向官府请得一块数十亩的荒地，他亲自耕种，植了些粳稻枣栗之类，以此来稍济困窘。这块荒地在州城旧营地的东面，因而取名"东坡"，他也由此自号"东坡居士"。后来，他又在东坡造了几间屋，称为"雪堂"。从此以后，黄州就有了一个东坡居士，时常往来于临皋亭与雪堂之间。在中国文化史上，东坡居士这个形象的出现，是一件很有意义的事。"苏东坡"是比"苏轼"更家喻户晓的。

其次是要保持身体健康、精神乐观，方法是修道养气、参悟佛理。到黄州的当年，他就给人写信说，借了天庆观的道堂三间，准备冬至后入室，闭关修炼四十九日（《答秦太虚七首》之四）。同时又谓："闲居未免看书，惟佛经以遣日。"(《与章子厚参政书二首》之一)当时的佛教界最为兴盛的是禅宗,禅僧们很重视得法悟道的机缘与师承的渊源,所以苏轼在禅门被归为临济宗黄龙派的弟子,其实他与云门宗甚至禅宗以外的僧人也颇有交往。苏轼接触佛、道虽不始于此时,但黄州的贬居生活确实加深了他在这方面的修养,对他的心理调适很有帮助。健康的身体和乐观的精神状态是争取政治生命的前提,无论东山再起的希望多么渺茫,苏轼也必须等待。

这种等待看来是漫长的。古代圣贤在政途无望之日,往往借著书立说来表见于后世,苏轼在重新思考安身立命之计时,在耕种自济、养生自保的同时,当然更要著书以自见。所谓著书,自以注释经典为最高,加之王安石"三经新义"颁行后,学子们被迫于权势,被诱以科举,渐渐不知意识形态之外别有学问,乃是文化上莫大的危机,苏氏与王氏所学不同,故必要重注经典,自申其说,以与"新学"相抗。从现存的苏轼、苏辙著作来看,他们兄弟对经典的注释有明确的分工,苏轼承担了《周易》、《尚书》、《论语》的注释,苏辙承担《诗经》、《春秋》

和《孟子》，因此现在可以读到苏轼的《易传》、《书传》和苏辙的《诗集传》、《春秋集解》、《孟子解》，苏轼还有一部《论语说》已经失传，最近有学者作了辑佚。三部著作的最后定稿虽然要到晚年，但在黄州期间，苏轼已经完成了《易传》九卷、《论语说》五卷的初稿，《书传》也已开始起笔。这些成果标志着苏轼自成一家的学术思想的形成，经过黄州谪居著书的他，已跻身于北宋最重要的思想家之列，其学说被称为"苏氏蜀学"。

当然，文学创作上，他也获得前所未有的发展。他的散文，从以前的着重于政论、史论、哲学论文，而转向以随笔、小传、题跋、书简等文学性的散文为主，笔法极其灵活，耐人寻味；他的诗歌，在经了人生中一番大起大落的洗礼后，也从以前的富赡流丽、丰满生动，走向以清旷的语句写出厚重的人生感慨，构思也更见细密；他的词作，也由于对人生感慨的抒写，而进一步发展了"诗化"的趋向，有的豪迈雄放，有的高旷洒脱，亦有的婉约清深，可谓出神入化。这个时期最为著名的作品，当推"三咏赤壁"，即《前赤壁赋》、《后赤壁赋》与《念奴娇·

赤壁怀古》词，它们使黄州赤壁名满天下。由于这赤壁与三国时周瑜和曹操的战场并非一地，所以被称为"东坡赤壁"。

因为远离了政治漩涡的中心而获得学术、文艺上突飞猛进的苏轼，当然也不可能忘记险恶的政治环境仍无时不危及着他的生存。徐州有人造反了，只因苏轼曾经做过知州，政敌们便说他要负不能事先觉察的责任。分明是欲加之词，可是追查下来，偏偏苏轼在当时已经有所觉察，做了措置。这非但无罪、反当有功的结果肯定令政敌们很尴尬，对苏轼则是一场虚惊，虽然此事反而证明了他非凡的吏治才能，但对他的处境却没有带来什么改善，只让他时时感觉到危机四伏。我们在苏轼居黄期间写给友人的书信中，屡次看到惧祸自晦的表示，他为没被人认出是苏轼而高兴，为未能及早称病不出而后悔，为做到了终日不说一句话而得意，当然也为"畏人默坐成痴钝"而自嘲。这实在是为求取生存的无奈之计。

综上所述，耕种自济、养生自保、著书自见、文学自适、韬晦自存：这就是苏轼在黄州的生活内容。这样的生活延续了四年，直到元丰七年(1084)正月，宋神宗出手札说："苏轼黜居思咎，阅岁滋深，人材实难，不忍终弃，可移汝州团练副使，本州安置。"(《续资治通鉴长编》卷三四二)给他换了一个"安置"的地方。由于汝州(今河南临汝)在北宋属于京西北路，离政治中心较近，再加上手札中的善意言辞，神宗的这番举动可以被理解为他对苏轼已经谅解，或许还准备重新起用。这大概是宋神宗晚年准备调和参用新、旧党人的一个表示。他的命令被传达到黄州，已经是元丰七年的三月，苏轼得以离黄北上，则在四月。故从元丰三年二月起至此，苏轼在黄州的贬居正好超过四年，若依古人的习惯按年头来说，则有五年了。

初 到 黄 州①

自笑平生为口忙②，老来事业转荒唐。

长江绕郭知鱼美③，好竹连山觉笋香。

逐客不妨员外置④,诗人例作水曹郎⑤。

只惭无补丝毫事,尚费官家压酒囊⑥。

① 黄州:治所在今湖北黄冈。

② 为口忙:语意双关,既指因言语、写作而获罪,也指为谋生糊口而忙碌,与下文的"鱼美"、"笋香"等口腹之欲也相呼应。

③ 郭:外城。

④ 逐客:贬谪之人,作者自谓。员外:定额以外的官员,苏轼被贬黄州,其官衔是"检校尚书水部员外郎"。置:安置。

⑤ 例作:总是作。水曹郎:隶属水部(工部的第四司)的郎官。梁代何逊、唐代张籍、宋代孟宾于等诗人均曾担任水部郎官之职。

⑥ 压酒囊:压酒滤糟的布袋。作者自注:"检校官例折支,多得退酒袋。"宋代官俸的一部分用实物来抵数,叫"折支"。苏轼所任的检校官,在正员之外,仅表示其衔位相当于水部员外郎,并无职权,其"折支"多以官府中酿酒用剩的酒袋来抵数。从有关材料来看,苏轼在当时已经领不到俸禄钱,只得到这些酒袋而已。

在《子姑神记》一文中，苏轼自述："元丰三年正月朔日，予始去京师来黄州，二月朔至郡。"这是他到达黄州的准确时间，在元丰三年（1080）二月一日。《初到黄州》一诗应当就作于此时。全诗八句，都是对自身境遇的调侃。首联写自己如何来到此地，乃是因为本该用来吃饭的嘴却去说了犯罪的话，所以得了荒唐的结果；次联就写了黄州的鱼、笋之美，意谓现在起这张嘴应该只管吃不管说了；第三联是对朝廷给他的官名开了一通玩笑，"员外郎"的意思本来就是正员之外，与逐客的身份倒也相配，但水部是负责水利工程的，好像不太适合诗人，不过历史上也有不少诗人做过水曹的郎官，那么水曹郎竟是诗人的专利；最后一联说到薪水的问题，俸料钱没了，只领到一些酒袋，但对这个不做事的"团练副使"来讲，还是无功受禄吧。

司马迁在《报任安书》中说：依"刑不上大夫"的古训，有身份的人应当自尊，宁死也不受辱，受刑就是受辱，所以应该选择死而不应选择受刑苟活；而自己为了写作《史记》选择了受刑，从此失去尊严，一直成为心中最深的痛苦。《报任安书》几乎全篇都是此种痛苦的激烈宣泄。苏轼的自尊不会下于司马迁，在御史台也被诟辱备至，但他对人世的热爱使他不会选择死，而高度专制的时代又不允许他像司马迁那样激烈宣泄痛苦，于是出之以调侃。这是中国士人心灵的一个发展历程，从为捍卫尊严而付出生命，到忍受失去尊严的痛苦而留下生命的轨迹，继而以此顽强存在的生命对夺走尊严的力量进行调侃，从而赢回尊严。

寓居定惠院之东杂花满山有海棠一株土人不知贵也①

江城地瘴蕃草木②，只有名花苦幽独。嫣然一笑竹篱间，桃李漫山总粗俗。也知造物有深意，故遣佳人在空谷③。自然富贵出天姿，不待金盘荐华屋④。朱唇得酒晕生脸，翠袖卷纱红映肉⑤。林深雾暗晓光迟，日暖风轻春睡足⑥。雨中有泪亦凄怆，月下无人更清淑⑦。先生食饱无一事⑧，散步逍遥自扪腹。不问人家与僧舍，拄杖敲门看修竹。忽逢绝艳照衰朽⑨，叹息无言揩病目。陋邦何处得此花，无乃好事移西蜀⑩？寸根千里不易致，衔子飞来定鸿鹄⑪。天涯流落俱可念⑫，为饮一樽歌此曲⑬。明朝酒醒还独来，雪落纷纷那忍触！

① 定惠院：故址在今湖北黄冈东南，苏轼到黄州后初居于此。土人：指当地人。

② 江城：指黄州，以其滨临长江，故云。瘴：热带山林中的湿热空气，从前认为是疟疾等病的病原。蕃：茂盛。

③ 佳人：拟人手法，指海棠。

④ 自然二句：说海棠花具有富贵姿态，是出于天然，并不期待被放在金盘里进献到富家大族的华贵房屋中。荐，进献。

⑤ 朱唇二句：仍以美人拟海棠。

⑥ 春睡足：《太真外传》载，唐玄宗谓醉后的杨贵妃是"海棠睡未足"，以花喻人。苏轼则以人喻花，且反用其意。

⑦ 雨中二句：也仍用拟人法，分别写雨中和月下的海棠情态。

⑧ 先生：作者自谓。

⑨ 绝艳：指海棠花。衰朽：作者自指。

⑩ 无乃：难道是，莫非是。猜测之词。好事：喜欢多事的人。
　移西蜀：从西蜀移植而来。西蜀(四川)盛产海棠，有"香
　海棠国"之称。

⑪ 寸根二句：承上转折，意谓黄州与西蜀相隔千里，树苗移植
　不容易，一定是鸿雁把种子衔来的吧。

⑫ 天涯句：说我和这花都是远离故乡的天涯流落者，都很
　可怜。

⑬ 为饮一樽：为了花喝一杯酒。

　　这一首也是元丰三年(1080)初到黄州时所作，而
且是苏轼非常得意的作品，经常为人抄写，还被人拿去
刻石。据苏轼自己说，当时该诗的刻石已有五六种。可
见，不但苏轼本人得意，别人也很欣赏。全诗可以分为
两部分，开头至"月下无人更清淑"，是以拟人的手法，
把海棠比作一位天生丽质、高贵清淑、独拔流俗的佳人
来描写；"先生"以下则是作者触景生情，对花抒怀，与

花同病相怜，充满同根西蜀、流落陌邦的飘零之感，结尾处预料海棠凋谢之景，尤令人黯然神伤。

　　不过，细味此诗，也不仅是自怜飘零而已。诗的情调虽然幽咽，笔势却颇为纵放，直抒怀抱的句子不多，但由于诗里已明示抒情主人公与海棠为同病相怜，所以全诗对海棠的着力刻画，也等于委曲诉其衷肠。作者写海棠之美可谓不遗余力，这样美的海棠却被造物主安排在"空谷"，当粗俗的草木桃李漫山生荣时，只有她却苦于"幽独"。不过她的美是不能掩却的，"竹篱间"的"嫣然一笑"，自出天姿，不待华屋金盘来衬映的。这"陌邦"本不配有此名花，乃是从西蜀移来，西蜀远在千里之外，致之不易，本当珍惜，如今却任其天涯流落！如果说这海棠是作者的自喻，那么，草木、桃李当指目前进用于朝廷者，则所谓瘴地、陌邦当指朝廷，而"造物"便分明指皇帝。诗里说，海棠的境遇出于造物的"深意"，这"深意"二字确实具有深意，值得仔细体会。子曰："诗可以怨。"回味此诗，可谓句句是"怨"。"怨"的本身便包含着自我肯定，对自己生存价值的坚信不疑，故虽情动于中,而心志不乱。"小雅怨诽而不乱",此诗足以当之。

卜 算 子

黄州定惠院寓居作

　　缺月挂疏桐①,漏断人初静②。谁见幽人独往来③?缥缈孤鸿影④。　　惊起却回头,有恨无人省⑤。拣尽寒枝不肯栖,寂寞沙洲冷⑥。

① 缺月:谓月亮不圆。桐:梧桐树。月亮挂在稀疏的梧桐树枝上,这是视觉效果。

② 漏断:漏声断绝,谓夜深。漏,是古代的计时器。

③ 幽人:幽居寂寞之人,苏轼自指。

④ 缥缈:高远隐约的样子。

⑤ 省:了解,知觉。

⑥ 拣尽二句:说鸿雁挑尽寒冷的树枝不肯栖息,寂寞地落宿在冰冷的沙洲上。鸿雁本不能栖息于树枝,作者却说不肯栖树,以示鸿雁的高洁。

从元丰三年(1080)的二月到五月,苏轼都住在黄州的定惠院,《卜算子》词当作于其间。词中有"幽人"和"孤鸿"两个形象,但正如上面一首《海棠》诗中的"先生"和"名花"一样,两个形象是一而二、二而一的,都是作者的自况。这孤鸿在深夜里惊起回首,一肚子的心事幽怨,无人可以理解;拣尽寒枝,都不肯随意栖身,结果独宿沙洲,甘守寂寞。谪居中的苏轼愁闷孤独而又心怀清高,于此可见。词境清空逸绝,语短而思长,达到了精妙的艺术境界。

值得注意的是,这是"雪泥鸿爪"之后,苏轼又一次以鸿雁形象来寄托他的人生感悟。相比之下,前者有感于渺小主体在巨大时空中的到处偶然,飘忽无踪,此则深度开掘其内心,表达了主体对外在环境的抉择。至其晚年,有"春来何处不飞鸿"之句(见《次韵法芝举旧诗一首》),则达到了主体对巨大时空的超越。等过了漫长的严冬,春天总会再次到来,飞鸿也终会归来。我们从这鸿雁形象的前后变化中,可以察见作者人生思考的发展进程。

　　主体的自觉抉择,是心志不乱的表现。处在逆境中的人,除自伤其处境凄凉外,还会因怨愤不平,而使情思、行为失去控制,非唯戕害身体,而且心志紊乱,容易产生偏见。这样等于已经被逆境所击败。所以,"小雅怨诽而不乱",才是真正战胜逆境。苏轼在定惠院寓居时,家人尚未到达黄州,独自钻研《周易》,他在《易传》中强调,一个人要"清明在躬,志气如神",永远保持正确看待事物的理性风范,从而不会作出违背自我的选择。自己的主人永远只能是自己。

念　奴　娇

赤　壁　怀　古①

　　大江东去,浪淘尽、千古风流人物②。故垒西边③,人道是、三国周郎赤壁④。乱石崩云⑤,惊涛裂岸⑥,卷起千堆雪⑦。江山如画,一时多少豪杰!　　遥想公瑾当年,小乔初嫁了⑧,雄

姿英发⑨。羽扇纶巾⑩，谈笑间、强虏灰飞烟
灭⑪。故国神游⑫，多情应笑我，早生华发⑬。
人间如梦，一樽还酹江月⑭。

① 赤壁：长江、汉水流域共有五处叫赤壁的地方，三国时"赤
壁之战"的旧址，一般认为在今湖北嘉鱼境内，而苏轼所游
的赤壁，是今湖北黄冈的赤鼻矶，两者并非一地。

② 淘：淘汰。风流人物：指英雄人物、杰出人物。

③ 故垒：古代的营垒，指赤壁之战留下的营垒旧迹。

④ 周郎：周瑜，字公瑾，赤壁之战的主要指挥者。周瑜任建威
中郎将时，才二十四岁，吴中皆呼为周郎。

⑤ 崩云：高耸云霄。一作"穿空"。

⑥ 裂岸：拍裂了江岸。一作"拍岸"。

⑦ 雪：指浪花似雪。

⑧ 小乔：乔玄的幼女，周瑜的妻子。她嫁给周瑜，其实在赤壁
之战之前十年，词中说"初嫁"，是为了突出周瑜少年英才、
风流倜傥的形象。

⑨ 雄姿：身材高大健壮。英发：谈吐不凡，见识超卓。

⑩ 羽扇纶(guān)巾：谓周瑜指挥作战时手持羽毛扇，身穿便

服而不穿戎衣，一副潇洒的儒将气派。纶巾，用丝带做的
头巾。

⑪ 强虏：强大的敌人，指曹军。一作"樯橹"，指曹军的战船。

灰飞烟灭：像灰和烟一样被消灭，指周瑜用火攻破敌。

⑫ 故国：旧地，指赤壁古战场。神游：精神畅游。

⑬ 华发：花白的头发。

⑭ 酹(lèi)：以洒酒来表示祭奠。

这一首著名的豪放词作于哪一年，并无可信的记
载。南宋傅藻的《东坡纪年录》将它与前、后《赤壁赋》
一起系于元丰五年(1082)，看来只是把"三咏赤壁"都
归在一块，没有提供任何根据。词中说："故垒西边，人
道是、三国周郎赤壁。"应该是当地人向苏轼指点"那个
地方就是周瑜破曹之处"的情形，那就必须是苏轼第一
次来到此地。所以，此词最可能的创作时间是元丰三年
(1080)，即苏轼到黄州的第一年。这一年的五月，苏辙
送兄长的家眷来黄州，留伴一阵后，离去至江州。根据
苏辙的《栾城集》卷十，他在黄州的作品有《赤壁怀古》

诗，说明他曾到赤壁游玩。那么，想来苏轼应该陪同前往，而且苏辙的诗题与苏轼此词的词题完全相同，如非偶然，便是同时所作。在苏辙留黄期间，兄弟二人的作品都相互有关，把《赤壁怀古》推想为一诗一词同时同题之作，虽仍嫌证据不足，但较为符合情理。

苏辙诗云："新破荆州得水军，鼓行夏口气如云。千艘已共长江险，百胜安知赤壁焚。觜距方强要一斗，君臣已定势三分。古来伐国须观衅，意突成功所未闻。"是一首标准意义上的怀古诗，从赤壁之战的历史中引出教训：不能依靠军事力量的强大去进攻本身没有荒乱失德行为的国家。联系苏辙的政见，这里包含了对宋神宗进攻西夏政策的批评，直到晚年，他仍把进攻西夏看作"陵虐邻国"（苏辙《历代论·尧舜》）的。大概三国的形势与北宋、西夏、辽鼎立的时势有相似处，所以北宋人对三国历史抱有特别的兴趣。好像苏轼对三国史的研究在当时还有些名气，后来王安石也建议他重写三国史。不过，苏轼这首《念奴娇》并不在历史教训上展开，它是由凭吊古战场的雄伟景象，进入对创造壮举的英雄的缅怀。当赤壁大战发生的建安十三年（208），周瑜34岁，鲁肃37岁，孙权27岁，诸葛亮28岁，他们一起打败了54岁的曹操。这真是"江山如画，一时多少豪杰"！在词的下片，苏轼着力刻画了一个少年得志、雄才大略而又风流儒雅的将军，表达出由衷的追慕之情。连已经与周瑜成婚多年的小乔，也被苏轼写成了"初嫁"，用来衬托周郎的少年英姿。与此相比，苏轼不能不想到现在年近半百的自己，"乌台诗案"之余，除了早生的华发外，成就了什么呢？只知道人生如梦罢了。面对这壮丽的江山，缅怀这令人激动的历史往事，不免思绪纷飞，故国神游，觉而自笑多情。虽是一片无奈，但这无奈的多情之中，仍有未尝泯灭的志气在。因为只有志气不凡的人，才会对过去了的不凡的历史如此多情。

　　关于这首词，还有一个著名的故事，见于宋代俞文豹的《吹剑续录》："东坡居士在玉堂日，有幕士善歌，因问：'我词何如柳七？'对曰：'柳郎中词，只合十七八女郎，执红牙板，歌"杨柳岸、晓风残月"；学士词，须关西大汉,铜琵琶,铁绰板,唱"大江东去"。'东坡为之绝倒。"这个故事生动地说明了苏轼、柳永词风格的不同,也正可说明豪放、婉约二种词风的区别,而早在苏轼的时代,人们就已经把这首"大江东去"当作豪放词的代表作了。

方 山 子 传①

　　方山子,光、黄间隐人也②。少时慕朱家、郭解为人③,闾里之侠皆宗之④。稍壮,折节读书⑤,欲以此驰骋当世⑥,然终不遇。晚乃遁于光、黄间,曰岐亭⑦。庵居蔬食,不与世相闻。弃车马,毁冠服,徒步往来山中,人莫识也。见其所著帽,方屋而高⑧,曰:"此岂古方山冠之遗像乎!"⑨因谓之方山子。

　　余谪居于黄,过岐亭,适见焉。曰:"呜呼!此吾故人陈慥季常也,何为而在此?"方山子亦矍然问余所以至此者⑩。余告之故，俯而不答，仰而笑，呼余宿其家，环堵萧然⑪，而妻子奴婢皆有自得之意。余既耸然异之⑫，独念方山子少时，使酒好剑⑬，用财如粪土。前十有九年，余在岐下⑭，见方山子从两骑，挟二矢⑮，游西山，鹊起于前，使骑逐而射之，不获，方山子怒马独出，一发得之⑯。因与余马上论用兵及古今成败，自谓一世豪士。今几日耳，精悍之色犹见于眉间，而岂山中之人哉⑰？

然方山子世有勋阀，当得官⑱。使从事于其间，今已显闻⑲。而其家在洛阳，园宅壮丽，与公侯等。河北有田，岁得帛千匹，亦足以富乐。皆弃不取，独来穷山中，此岂无得而然哉⑳？

余闻光、黄间多异人，往往阳狂垢污㉑，不可得而见，方山子傥见之与㉒！

---

① 方山子：陈慥，字季常，号方山子，苏轼的朋友，终身隐居不

仕。他是民间相传"河东狮吼"故事中的男主人公。

② 光、黄:光州(治所在今河南潢川)和黄州。隐人:隐居者。

③ 朱家、郭解:《史记·游侠列传》所载汉初的著名侠士。

④ 闾里之侠:乡里的侠士。宗:崇拜。

⑤ 折节:改变过去的行为方式。

⑥ 驰骋当世:在当世自由施展其怀抱。

⑦ 岐亭:镇名,在今湖北麻城西南。

⑧ 方屋而高:高高耸起的方形帽顶。屋,帽顶。

⑨ 方山冠:汉代祭祀宗庙时,乐人所戴,唐宋时为隐士所用。

⑩ 方山子句:言方山子不问世事,连"乌台诗案"这样轰动朝
　　野的事也没听说。矍然,惊奇相视的样子。所以至此者,
　　为什么来到这里的原因。

⑪ 环堵萧然:形容住所简陋,空无一物。堵,墙壁。萧然,空
　　荡荡。

⑫ 耸然:形容程度之深。异之:觉得不同寻常。

⑬ 使酒:喝酒使性。

⑭ 前十二句:指苏轼嘉祐八年(1063)在凤翔任签判,当时的
　　凤翔知府陈希亮,就是陈慥之父,苏轼因而与陈慥相识,故
　　前文称为"故人",至元丰三年(1080)苏轼贬黄州,再遇陈

愶,次年作此文,相距已十九年了。岐下,即凤翔,因境内有岐山,故称。

⑮ 从两骑:两位骑手跟随在后。挟二矢:挟着两支箭。

⑯ 怒马独出:策马急驰向前。一发:发出一箭。

⑰ 因与五句:谓方山子有才能,有豪气,本不该是隐居山中的人物。

⑱ 世有勋阀:上代曾有功劳和门第。当得官:应当荫补得官。按宋代的制度,官僚的子弟可以"荫补"出身,担任低级职务。据说陈希亮把他荫补子弟的机会都给了族人,其子陈愶反而没能当官。

⑲ 从事于其间:指从事于官场宦途。显闻:地位高、名声大。

⑳ 此岂句:谓方山子如果心中无所得,怎会这样做(弃官而隐居)? 也就是说,他甘愿如此,必是内心的修养达到了一定的境界。

㉑ 阳狂:佯狂,假装颠狂。垢污:涂抹脏物,比喻一个人把内在的品德才华等隐藏起来,外表显得比一般人还差。

㉒ 傥:倘,可能。与:欤,感叹词。

作于元丰四年(1081)贬居期间的这篇《方山子

传》，既是苏轼徘徊于仕隐之间的矛盾心理的反映，也是他人物传记方面的代表作。

从"故人陈季常"到"方山子"，我们看到了一个有志有才的青年如何变成一个不问世事的隐士，而作者也已从当年的"苏贤良"变成了谪居的罪臣。当这隐士和罪臣碰在一起时，一番问询之后，该如何感慨平生？文中并没有在这方面多作展开，只是着力刻画了青年陈慥的形象，与如今的方山子形象充满了矛盾。苏轼努力从方山子的眉宇间捕捉到属于陈慥的那份精悍之色，觉得他实在不该自甘于山间的隐居生活，仿佛为其没有入仕而惋惜，但文末一段对世外高人的向往，又传达出苏轼渴求超脱的心愿。

苏轼曾经作过一篇随笔《传神记》，云："吾尝于灯下顾自见颊影，使人就壁模之，不作眉、目。见者皆失笑，知其为吾也。"可能苏轼的颧颊比较有特点，所以即便不画眉、目，只凭颊影，就能让人认出。这说明，刻画事物不需要面面俱到的逼真描绘，只要抓住特点，便是细微之处也有传神的效果。《方山子传》正是此种艺术领悟运用在写作上的典范,方顶高帽的隐士,和骑马射箭的青年,都只有简单的描写,但两个形象却呼之欲出,不愧为传神的妙笔。

东 坡 八 首①(选二)

　　荒田虽浪莽②,高庳各有适③。下隰种秔稌④,东原莳枣栗⑤。江南有蜀士,桑果已许乞⑥。好竹不难栽,但恐鞭横逸⑦。仍须卜佳处,规以安我室⑧。家童烧枯草,走报暗井出⑨。一饱未敢期,瓢饮已可必⑩。

① 东坡:在黄州东门外,原是荒地,约数十亩,苏轼予以垦殖,并取名为东坡。

② 浪莽:广大的样子。语出陶渊明《归园田居》。

③ 高庳句:谓高处和低处都有适合种植的作物。庳,低下。

④ 隰:低湿处。秔稌:稻谷。

⑤ 莳:种植。

⑥ 江南二句：已经有人答应给桑树的种子了。此人是住在武
　 昌的四川人王文甫。

⑦ 鞭：竹根。横逸：谓竹根随地乱长。

⑧ 仍须二句：要选一个好地方，经营自己的居室。后来苏轼
　 在东坡造了雪堂。

⑨ 家童二句：谓家僮烧草开荒时，发现了被杂草掩盖起来的
　 水井，高兴地跑来报告。

⑩ 瓢饮句：谓像颜回那样的简朴生活，可以做到了。瓢饮，《论
　 语》称孔子弟子颜回只有一箪食，一瓢饮，但他不改其乐。

　　　良农惜地力①，幸此十年荒。桑柘未及成，
一麦庶可望②。投种未逾月，覆块已苍苍③。
农夫告我言，勿使苗叶昌④。君欲富饼饵，要须
纵牛羊⑤。再拜谢苦言，得饱不敢忘。

① 地力：土壤生养植物的能力。

② 桑柘二句：桑树一时之间长不大，但麦子则来年就可望收
　 成。庶，差不多。

③ 覆块句：谓土地已被长出来的麦苗掩盖，形容麦苗之密。覆块，盖在土壤上。苍苍，麦苗繁盛的样子。

④ 勿使句：谓不要让麦苗太多太密。苗叶，指麦苗。昌，繁盛。

⑤ 富饼饵：指收成多。纵牛羊：让牛羊去践踏苗田，使麦苗减少，不至于太密。这样麦苗减少了，收成才会多。

　　苏轼作《东坡八首》，原有序，曰："余至黄州二年，日以困匮。故人马正卿哀余乏食，为于郡中请故营地数十亩，使得躬耕其中。地既久荒，为茨棘瓦砾之场，而岁又大旱，垦辟之劳，筋力殆尽。释耒而叹，乃作是诗。自愍其勤，庶几来岁之入以忘其劳焉。"序中交代了"东坡"的来历，是苏轼到黄州的第二年，即元丰四年（1081），老朋友马正卿为他向官府求来的一块荒地，让他可以躬耕以免饥。苏轼在大旱之岁开荒播种，十分辛劳，放下锄头写了八首诗。这里选的是第二和第五首。

　　前一首写的是开荒种植。苏轼对高地、低地都作了妥善安排，种下适当的作物，又去讨来桑树种，还考虑种竹和盖房的事。一串铺叙下来，十分繁忙劳碌之中，忽然家僮跑来报告,发现了现成的水井,顿时有了轻松的喜气。因了这口水井,自己的生活比只有一瓢饮的颜回好得多了。

后一首写的是麦苗长出来以后的事了。有经验的农人告诉他,麦苗太多太密,反而不利于收成。要想收成好,现在得让牛羊去践踏苗田。如果没有躬耕的经验,对此大概会觉得不可思议,所以苏轼特意向提供这一建议的农夫表示诚挚的谢意。

自称"东坡居士"的苏轼确实是过上"躬耕"的生活了。与诗的内容相统一,其语言也朴实无华,但读来并不枯燥乏味。这是模仿陶渊明的风格。东坡之学陶,大概这时就开始了。

正月二十日与潘郭二生出郊寻春 忽记去年是日同至女王城 作诗乃和前韵①

东风未肯入东门②,走马还寻去岁村。

人似秋鸿来有信，事如春梦了无痕③。

江城白酒三杯酽④，野老苍颜一笑温。

已约年年为此会，故人不用赋招魂⑤。

① 潘郭二生：苏轼在黄州的朋友潘大临和郭遘。女王城：黄州州治东十五里的永安城，俗称女王城。作诗：指元丰四年（1081）苏轼作《正月二十日往岐亭郡人潘古郭送余于女王城东禅庄院》。元丰五年的同一天，他们又来到同处，苏轼作此诗。

② 东风句：形容春风未到，城中尚无春色。

③ 人似二句：说寻春的人来得像秋雁南飞似的准时，往事却如一场春梦，了无痕迹。

④ 酽：味道浓厚。

⑤ 赋招魂：《楚辞》中有《招魂》篇，此指老朋友正在设法让苏轼调离黄州贬所。苏轼意谓他在黄州过得不错，朋友们不必为调离之事多麻烦。

旧地重游，不免有感于怀，是中国诗歌最常见的主题之一。但这一次的情形有些特殊，因为去年正月二十日到女王城，可说事出有因，而今年同一天约好同一批人再来，却分明是有意营造这种氛围。获取这种感受和写这首诗，本来就是这个行为的目的。诗题里面所谓"忽记"云云，乃是诗人笔下的狡狯。一部久长的诗歌史，提供了足够多的适合于引起"诗兴"的典型场景，对这种典型场景的自觉营造，就是将古人的诗意复制到自己的现实生活中，使生活被诗化，便是一番文人的雅致。

苏轼成功地将他的谪居生活诗化了，并希望"年年为此会"。朋友们都教他好好忍耐这几年谪居，目的无非为了将来有机会改变。果真如此，即使将来的改变再好，也使眼前这一段生活失去自身的兴味，只为等待另一段生活的到来而勉强延续。这便是最糟糕的情形。人生也好，历史也好，每一片段都必须以下一个片段为目的，为了下一个片段的早日到来而否定这一片段的自身吗？能不能改变一下视角，跳在时间之流的外面，平等地看待每一个片段呢？这样超越性的观照，得出"人似秋鸿来有信"的结论。朝一个方向直线流逝的时间矢量变成了往复循环的圆转的意象，是自然的本真状态吧。只有人因为意识到"死"，所以才把时间看成一往不复的流逝矢量，对于其他自然物来说，时间的形态不是这样。比如对鸿雁来说，时间就是圆的，春天、秋天，转了一圈都会回来。如果人也能这样观照时间，则应该有更合理的人生态度。不要把过去看成现在的原因，过去的事犹如一场春梦，了无痕迹；也不要使现在为了将来而存在，现在该喝现在的酒，享受当下的温存。圆转的时间里应当有圆转的生活，就好像鸿雁那样，年年周而复始。如此才能使人生的每一刻都自具其隽永的滋味。

所以在逆境中把希望寄托于变化，在等待中浪费人生，是错的。生活的每一段都值得好好去过。看来，这样的想法不仅仅为了从贬谪的苦恼中解脱出来，也包含着某种比较典型的中年领悟。人至中年，不像少年那样梦想着将来的美好，希望时间向前延伸，也不像老人那样爱回忆过去的美好，希望时光可以倒流。中年人的时间是圆的，每一年都呈现其周而复始的真相，无论过去和将来,都不具有真相之外的梦幻色彩。"已约年年为此会",是以圆的生活方式来合璧于圆的时间。于是,人生的真相也就是:"人似秋鸿来有信,事如春梦了无痕。"

定 风 波

三月七日^①,沙湖道中遇雨^②,雨具先去^③,同行皆狼狈,余独不觉。已而遂晴^④,故作此。

莫听穿林打叶声,何妨吟啸且徐行^⑤。竹杖芒鞋轻胜马^⑥,谁怕? 一蓑烟雨任平生^⑦。　料峭春风吹酒醒^⑧,微冷,山头斜照却相迎^⑨。回首向来萧瑟处^⑩,归去,也无风雨也无晴。

① 三月七日:元丰五年(1082)三月七日。

② 沙湖:在今湖北黄冈东南三十里。

③ 雨具先去:谓携带雨具的人先走了一步。

④ 已而:过了一会儿。

⑤ 穿林打叶声：谓穿过林子，打在树叶上的风雨声。何妨：不妨。吟啸：吟着诗词，吹着口哨，显示潇洒。徐行：慢慢走。

⑥ 芒鞋：草鞋。轻胜马：比骑马还要轻松。

⑦ 一蓑句：说在风雨中行走乃是平生经惯，任其自然，有何可怕？蓑，蓑衣，此处为特殊的量词，指一件蓑衣足以抵挡的雨量，即不甚大的春雨。

⑧ 料峭：形容春风略带寒意。

⑨ 山头句：谓雨后天晴。

⑩ 向来：刚才。萧瑟：草木在风雨中摇曳之声，这里借指经历风雨。

　　熙宁五年（1072）苏轼在杭州的西湖之畔，曾经遭遇过一场夏日的暴雨，那时候他在望湖楼上看那暴雨的猛烈，然后看风吹雨散，欣赏雨后初晴的景象（见第三部分所选《六月二十七日望湖楼醉书五绝》）。熙宁六年他也曾因"初晴后雨"而作诗，欣赏晴、雨两种各具佳趣的西湖胜景（见第三部分所选《饮湖上初晴后雨二首》）。而这一次，在贬地黄州城外，他又亲身淋了一场春雨,他穿着芒鞋,拄着竹杖,在风雨中吟啸徐行,直到雨过天晴,夕阳洒满山头,才兴尽而归。归去之时回首前尘,经历的风雨犹如梦幻,雨也罢,晴也罢,都随着时间飘然远去,于我心无所挂碍,"也无风雨也无晴"。

一曲《定风波》,这真是人间的绝唱。并不是因为熬过了风雨而骄傲,也不仅是对风雨安之若素,而是一笔勾销,并无风雨。比之当年的晴、雨两佳,这次更为明净透彻。不管外在的境遇如何变幻,都如云烟过眼,明净透彻的心灵不会被外物所困折,因为无所计较,故而所向无敌。这不是一种虚无主义,而是明白宇宙与人生的真谛后,对身世利害的断然超越。如此才可以"见义勇于敢为,而不顾其害"(苏辙《亡兄子瞻端明墓志铭》),摆脱一切牵绊,去实现自己的生存价值。否则任何纤芥细故都能扰乱心志,遍作计较,被环环相扣、重重无尽的世俗因果所拘,心灵随波逐流,往而不复,必将遭受沉没,不可救药。

明白此理的东坡居士,就这样走在他的人生路上,这一天他穿过了风雨,迎来了斜阳,但在他的心中,其实无所谓风雨和斜阳,这才走得潇洒和坚定。

前 赤 壁 赋①

壬戌之秋②,七月既望③,苏子与客泛舟游于赤壁之下④。清风徐来,水波不兴⑤。举酒属客⑥,诵《明月》之诗,歌《窈窕》之章⑦。少焉⑧,月出于东山之上,徘徊于斗、牛⑨之间。白露横江⑩,水光接天。纵一苇之所如⑪,凌万顷之茫然⑫。浩浩乎如凭虚御风⑬,而不知其所止;飘飘乎如遗世独立⑭,羽化而登仙⑮。

于是饮酒乐甚,扣舷而歌之⑯。歌曰:"桂棹兮兰桨⑰,击空明兮溯流光⑱。渺渺兮予怀⑲,望美人兮天一方⑳。"客有吹洞箫者,倚歌而和之㉑。其声呜呜然㉒,如怨如慕㉓,如泣如诉,余音袅袅㉔,不绝如缕㉕,舞幽壑之潜蛟,泣孤舟之嫠妇㉖。

苏子愀然㉗，正襟危坐而问客曰㉘："何为其然也㉙？"

客曰："'月明星稀，乌鹊南飞。'㉚此非曹孟德之诗乎㉛？西望夏口㉜，东望武昌㉝，山川相缪㉞，郁乎苍苍，此非孟德之困于周郎者乎㉟？方其破荆州，下江陵，顺流而东也㊱，舳舻千里㊲，旌旗蔽空，酾酒临江，横槊赋诗㊳，固一世之雄也㊴，而今安在哉？况吾与子渔樵于江渚之上㊵，侣鱼虾而友麋鹿㊶；驾一叶之扁舟㊷，举匏尊以相属㊸。寄蜉蝣于天地㊹，渺沧海之一粟㊺。哀吾生之须臾㊻，羡长江之无穷。挟飞仙以遨游，抱明月而长终㊼。知不可乎骤得，托遗响于悲风㊽。"

① 本篇亦名《赤壁赋》，因为经常与《后赤壁赋》同举，故称《前赤壁赋》。

② 壬戌：宋神宗元丰五年(1082)。

③ 既望：过了月圆的日子，指夏历每月的十六日。

④ 苏子：苏轼自称。

⑤ 兴：起。

⑥ 属客：劝客人饮酒。

⑦ 《明月》之诗：指《诗经·陈风·月出》篇。《窈窕》之章：指《月出》诗的第一章，其中有"舒窈纠兮"之句，窈纠即窈窕。

⑧ 少焉：一会儿。

⑨ 斗、牛：星宿名，斗宿和牛宿。

⑩ 白露横江：白茫茫的水气横浮在江上。露，指水气。

⑪ 一苇：比喻小船，语出《诗经·卫风·河广》。所如：所去之处。

⑫ 凌：越过。万顷：形容江面宽广。茫然：江面旷远迷茫的样子。

⑬ 凭虚：腾空。御风：驾风而行。

⑭ 遗世独立：抛开人世，了无牵挂。

⑮ 羽化：道家用语，谓成仙。登仙：飞入仙境。

⑯ 扣舷：敲击船边，用来打节拍。

⑰ 棹、桨：划船的工具，前推的叫桨，后推的叫棹。桂、兰：都是美称。兮：啊。

⑱ 击空明：谓船桨划在江水中，因为水清见底，月照水中宛如透明。溯流光：船在浮动着月光的水面上逆流而行。

⑲ 渺渺：形容深远。予怀：我的情怀。

⑳ 美人：古人笔下常作为美好理想的象征。天一方：形容遥远。

㉑ 客：据考证为道士杨世昌，四川人，善吹箫。倚歌而和之：按着歌声，吹箫伴奏。

㉒ 呜呜然：形容箫声吞吐、凄凉。

㉓ 怨：哀怨。慕：眷恋。

㉔ 袅袅：声音悠扬，余音不绝。

㉕ 不绝如缕：余音宛如细丝一般，细而不断。

㉖ 舞幽壑二句：谓箫声极具感染力，使潜伏在深渊里的蛟龙飞舞起来，使孤舟上的寡妇哭泣起来。幽壑，深谷、深渊。潜蛟，水底下的蛟龙。嫠妇，寡妇。

㉗ 愀然：忧愁变容的样子。

㉘ 正襟危坐：理直衣襟，端坐着。

㉙ 何为其然：(箫声)为什么这样悲凉呢？

㉚ 月明二句：此为曹操《短歌行》中的诗句。

㉛ 孟德：曹操字。

㉜ 夏口：城名,故址在今武汉黄鹄山上,相传为三国吴孙权
　　所建。

㉝ 武昌：今湖北鄂城。

㉞ 缪：连接,盘绕。

㉟ 困于周郎：被周郎打败。周郎,即周瑜,三国孙吴的名将。

㊱ 方其三句：指赤壁大战之前,曹操在荆州降服了刘琮,攻占
　　江陵,沿着长江向东直下,进军赤壁。方,当。荆州,郡名,
　　治所在今湖北襄阳。江陵,今属湖北。

㊲ 舳舻：长方形的大船。千里：形容船多,前后相衔,千里
　　不绝。

㊳ 酾酒：斟酒。横槊：横执长矛。

㊴ 一世之雄：一代英雄。

㊵ 渔樵：打鱼砍柴。江渚：江中的小洲。

㊶ 侣鱼虾：与鱼虾作伴。友麋鹿：与麋鹿为友。

㊷ 扁舟：小船。

㊸ 匏尊：葫芦做的酒器。相属：互相劝酒。

㊹ 寄蜉蝣句：像蜉蝣那样短促地寄生在天地间。蜉蝣,昆虫
　　名,夏秋之交生于水边,据说早生晚死,存活时间很短。

㊺ 渺沧海句：渺小得如同大海中的一粒小米。沧海,大海。

㊻ 须臾:片刻,短暂。

㊼ 羡长江三句:与人生的短暂相比,这长江却无穷无尽,一直可以让飞仙在其上空游玩,怀抱着(水底印着)明月永恒长存。

㊽ 知不可二句:谓知道人生要修炼到像长江那样长生不老,并非短暂间可以做到,只得将表达这种心情的箫声托付于秋风之中。遗响,余音。悲风,悲凉的秋风。

　　苏子曰:"客亦知夫水与月乎①? 逝者如斯,而未尝往也②;盈虚者如代,而卒莫消长也③。盖将自其变者而观之,则天地曾不能以一瞬④;自其不变者而观之,则物与我皆无尽也⑤,而又何羡乎? 且夫天地之间⑥,物各有主,苟非吾之所有,虽一毫而莫取。惟江上之清风,与山间之明月,耳得之而为声,目遇之而成色⑦,取之无禁,用之不竭,是造物者之无尽藏也⑧,而吾与子之所共食⑨。"

　　客喜而笑,洗盏更酌⑩,肴核既尽⑪,杯盘

狼藉⑫。相与枕藉乎舟中⑬，不知东方之
既白⑭。

① 夫：语助词。

② 逝者二句：意谓从水的角度来看，长江的水在不断地流去；
但从长江的角度看，长江还在，并没有流去。

③ 盈虚二句：意谓从人们每天看到的月亮来说，时而圆，时而
缺；但从月亮本身来说，无论圆的、缺的，实际上都是同一
个月亮，说到底并没有什么变化。

④ 盖将二句：从变化的角度看世界，只要一眨眼的工夫就是
另一个天地了。

⑤ 自其二句：意谓从不变的角度来看世界，某一物总是某一
物，不能被误为他物，我总是我，不会混同于他人，所以物
也好，我也好，都是永恒的。

⑥ 且夫：发语词，况且。

⑦ 声、色：佛学概念，即听觉表象和视觉表象。

⑧ 造物者：大自然。无尽藏：佛学概念，此处可依字面理解
为用不完的宝藏。

⑨ 共食：一起享受之意。

⑩ 洗盏更酌：重新斟上酒再喝。

⑪ 肴核：菜肴和果品。既尽：已经吃完。

⑫ 狼藉：杂乱的样子。

⑬ 相与：互相。枕藉：当枕头和垫子用。此指苏轼与客人互相靠着睡着了。

⑭ 东方之既白：东面的天色已经发白。

赋中自云创作的时间在元丰五年（1082）七月十六日，这时的苏轼已经在黄州过了两年多的贬居生活。他经历了痛苦和从痛苦中解脱的心理过程，拥有了坚定而洞达的世界观、人生观，这些都在这篇著名的《赤壁赋》里表述了出来。

人生之所以有痛苦，说到底是由于欲求之不满足，抱负也好，权位也好，名利也好，寿命也好，无论其价值为正面或负面，其出于人心的追求，而不得满足便成为痛苦，则是一致的。解除此痛苦的办法，只有两途：一是满足之，二是超越之。但满足之后，会有新的欲求和新的痛苦，所以是饮鸩止渴，不是真正的办法。真正的办法只有超越之。而所谓超越,并不是麻痹其痛苦的感觉,而是思考更为根本的东西,世界的本质、人生的命运等等,此之谓终极关怀。赋本来是一种极尽铺陈的文体,但东坡却用来承载他的终极关怀,也许可以叫作"赋以载道"吧。这是中唐以来"文以载道"精神的发展,使这种以罗列现象为能事的臃肿不堪的文体也充满理性的思辨,皮毛落尽,精神抖擞。

思辨的内容由客人和苏轼的对话引出,但客人的话其实意思简单,不过感叹历史上的盛举都成了陈迹,想到人生之不能长久,所以悲从中来而已,真正阐述超越之见的是苏轼的那段话。他先用水和月作比:虽然每一滴水都在流去,而长江还在,虽然每一天的月亮都在改变,而其作为月亮则并未改变;只要我们承认长江是水,承认圆的缺的都是同一个月亮,那么水和月亮都有其不变的、永恒的一面。所以,世上任何事物都同时具有短暂和永恒的两面,只因你思考和感知的角度不同罢了。人也是如此,人生从某种角度来说也是永恒的,何必去羡慕事物的长久而悲叹生命的短暂呢?羡慕的本身是一种占有欲的表现，但一个人是不该占有不属于自己的东西的。如果想到一个人生来赤条条的什么都没有，就可以说世间没有一样东西本来属于我的，那就本不该去占有任何世间之物。只有天地间自然的清风明月，能给人带来美的享受，而且"取之无禁，用之不竭"，所以对自然美的充分享受才是一个无所拥有的人的最大拥有。

也许这样的说法很容易被认为是一种消极的逃避。对世间得失祸福都不在意的人，曾经被韩愈看作不能进行艺术创造的人。他认为，一个人要"有得有丧，勃然不释"，对于得失都不肯放过，才能感受世间的不平，郁积于心，不平则鸣，那才有艺术创造。而苏轼却认为，超越得失的心灵，才能完善地感受和拥有天地之美。韩愈的说法其实含有借艺术创造以成名不朽的意思，而在苏轼看来，艺术创造即使可能是对天地之美的最好表达，其本身也不是目的，当一个人的心灵与天地之美融为一体时，艺术创造只是轻松自由的发露而已。这是宋代知识分子的一种"天地境界"，政治、学术、文艺等等都不是人生的目的，人生的意义被提到天地宇宙观的高度来思考之。而这，当然以超越世间得失为前提，以终极关怀为前提。

必须注意的是，在苏轼的笔下，天地和人生的终极意义不像他的同时人程颐所表述的那样，为极具道德色彩的"天理"。苏轼的天地和人生洋溢着无穷无尽的美。在这篇《赤壁赋》中，形于主客对话的思辨内容还没有开始，读者就已被引入秋夜长江上明月清风的美景之间，再加上一段如怨如慕、如泣如诉的箫声，更平添了艺术的氛围；到思辨结束以后，还有一段随意放旷的醉酒而眠，仿佛人生与天地之美的彻底融化，整体地成为一个艺术品。千百年来，这"大苏游赤壁"的所感所思，无数次地令人遐想，培养着我们民族的审美之感、超越之思。今天的黄州依然有长江在奔流，夜间依然有明月当头，所以我们应该能够理解苏轼说的水和月的永恒；如果在水面小舟上人们对着明月清风能想起千年前的这位苏东坡，体会到他所说的那番道理，感其所感，思其所思，那就等于苏东坡还荡漾在他的小舟上，他的人生与水、月一般永恒。如果再也没有人去这样感觉,这样思考,那就是"逝者如斯",真的流失了。

后 赤 壁 赋

是岁十月之望①,步自雪堂②,将归于临皋。二客从予,过黄泥之坂③。霜露既降,木叶尽脱,人影在地,仰见明月。顾而乐之,行歌相答④。已而叹曰:"有客无酒,有酒无肴;月白风清,如此良夜何?"客曰:"今者薄暮⑤,举网得鱼,巨口细鳞,状如松江之鲈⑥。顾安所得酒乎⑦?"归而谋诸妇⑧,妇曰:"我有斗酒,藏之久矣,以待子不时之需⑨。"于是携酒与鱼,复游于赤壁之下。

江流有声,断岸千尺⑩,山高月小,水落石出。曾日月之几何⑪,而江山不可复识矣。予乃摄衣而上⑫,履巉岩⑬,披蒙茸⑭,踞虎豹⑮,登虬龙⑯,攀栖鹘之危巢⑰,俯冯夷之幽宫⑱。盖二客不能从焉。划然长啸⑲,草木震动,山鸣谷应,风起水涌。予亦悄然而悲,肃然而恐,凛乎其不可留也⑳。返而登舟,放乎中流㉑,听其所止而休焉㉒。

时夜将半,四顾寂寥。适有孤鹤,横江东来,翅如车轮,玄裳缟衣㉓,戛然长鸣㉔,掠予舟而西也㉕。

须臾客去,予亦就睡。梦二道士,羽衣蹁跹㉖,过临皋之下,揖予而言曰㉗:"赤壁之游乐乎?"问其姓名,俯而不答。"呜呼噫嘻㉘!我知之矣。畴昔之夜㉙,飞鸣而过我者,非子也耶?"道士顾笑㉚,予亦惊寤㉛。开户视之,不见其处。

① 是岁:指元丰五年,接着《前赤壁赋》而来。

② 雪堂:苏轼在黄州东坡建造的房舍,因在雪天落成,并四壁绘有雪景,故名。

③ 黄泥之坂:即黄泥坂,从雪堂到临皋路上的一段斜坡。

④ 行歌相答：边走边唱，互相酬答。

⑤ 薄暮：傍晚。

⑥ 松江之鲈：松江(流经今江苏和上海一带)盛产四腮鲈，长仅五六寸，味甚鲜美。

⑦ 顾：但是。安所：从什么地方。

⑧ 谋诸妇：将这件事与妻子商量。这是苏轼的继室王闰之。

⑨ 子：你。不时之需：随时的需要。

⑩ 断岸：陡峭的江岸。

⑪ 曾日月句：谓与上次来游玩赤壁，才隔了多少天。曾，才，刚刚。几何，多少。

⑫ 摄衣而上：撩起衣裳，登上江岸。

⑬ 履：踏。岩：险峻的山石。

⑭ 披蒙茸：拨开稠密的草木。

⑮ 踞虎豹：蹲坐在形似虎豹的石上。

⑯ 登虬龙：攀着像虬龙一样弯曲的树木。虬龙，古代传说中一种有角的小龙。

⑰ 栖：宿息。鹘：一种凶猛的鸟。危：高。

⑱ 俯：俯视。冯夷之幽宫：指长江。冯夷，水神。幽宫，深宫。

⑲ 划然：形容声音划破夜空。

⑳ 凛乎：恐惧的样子。

㉑ 放乎中流：放船到江心。

㉒ 听其句：谓随船漂到哪里，就在哪里停泊。

㉓ 玄：黑色。裳：下裙。缟：白色丝织品。

㉔ 戛然：形容叫声尖厉。

㉕ 掠：擦过。

㉖ 羽衣：用鸟羽制成的衣服，一般也称道士的衣服为羽衣。

　　 蹁跹：飘然轻快的样子。

㉗ 揖予：向我拱手施礼。

㉘ 呜呼噫嘻：感叹词。

㉙ 畴昔之夜：指昨夜。畴昔，从前。

㉚ 顾：回头看。

㉛ 寤：醒。

　　《后赤壁赋》的创作时间与《前赤壁赋》只隔三月，但随着风景的不同，作品的气象也具有很大的差异。前赋句句是秋景，而后赋则句句是冬景，此可谓"随物赋形"，各尽其妙。"清风徐来，水波不兴"与"山高月小，水落石出",至今被人们奉为描写秋、冬二景的典范。不仅如此,前赋的意旨是在主客对话中明确地表述出来,后赋却显得迷离恍惚,玄妙莫测,也仿佛秋高气爽与冬日深藏的不同。

虽然一样有客人陪伴,但这一次苏轼是一个人爬上了断岸,黑夜里攀着树木登上怪石,俯视深不可测的江水,长啸一声,引起自然界各种可怖的反应。然后因感到害怕而回到舟中。这一次没有吹箫,也没有对话,甚至连驾船也不顾,默默地任其飘荡中流,随其所止。最后,还来了一段道士化鹤的梦幻,更是缥缈神秘,出于尘表。而梦醒之后,则"开户视之,不见其处",什么也没有了。

这大概是一种心路历程的写照。先是迎难而上,在幽暗崎岖的险境中攀登,到了一定的高处后就看到一个莫知所以的世界,终于因为自己的一声长啸而引起令人恐怖的景象:草木震动,山鸣谷应,风起水涌。结果将苏轼迫回舟中,随流飘荡。到此为止,恰好是苏轼的人生处境:因为对朝廷政治的不理解,而写作诗歌,引起"乌台诗案"的可怕事件,结果使自己处于流放之境。

既然如此，那就什么都不介于怀，顺其自然，"放乎中流，听其所止而休焉"。心灵从纷扰中挣脱，获得宁静。于是，宁静的心灵感知到另外一个世界，一个缥缈神秘、没有半点烟火气息的世界。心路历程向另一途径伸展，从人间的幽昧之地，超向不可捉摸的世外之境，在迷离恍惚的幻觉中进行了一场人天(仙)对话，最后又复返人间。此所谓"幽则为鬼神，而明则复为人"(苏轼《潮州韩文公庙碑》)，万缘都息之后，一番深思飘浮于人天之际，空灵清澈，正如前赋所云："飘飘乎如遗世独立，羽化而登仙。"所以，前赋是关于超越的思辨，后赋则表现了超越的心境。

当然，苏轼也并没有就此便"乘风归去"，他将以超越的心态，继续游戏人间。

水 龙 吟

次韵章质夫杨花词①

似花还似非花，也无人惜从教坠②。抛街

傍路,思量却是,无情有思③。萦损柔肠,困酣娇眼,欲开还闭④。梦随风万里,寻郎去处,又还被、莺呼起⑤。　　不恨此花飞尽,恨西园、落红难缀⑥。晓来雨过,遗踪何在⑦,一池萍碎⑧。春色三分,二分尘土,一分流水⑨。细看来、不是杨花,点点是离人泪⑩。

① 章质夫:名楶,浦城人。历官吏部郎中,同知枢密院事,谥号庄简。杨花:杨树的飞絮。章的原词见《唐宋诸贤绝妙词选》卷五。

② 似花二句:说杨絮既像花又不像花,也无人怜惜,任其飘落。从教坠,任凭飘落。

③ 抛街三句:说杨花落在路旁,想起来它看似无情之物,却蕴有真情。有思,有情。

④ 萦损三句:把杨花比拟为一个愁肠百结的美人,愁得恹恹欲睡,连眼睛也睁不开。

⑤ 莺呼起:被莺声叫醒。

⑥ 缀:连接。此指落花难以复归故枝。

⑦ 遗踪：指雨后杨花的踪迹。

⑧ 一池句：苏轼自注："杨花落水为浮萍，验之信然。"自古以来就有杨花落水会变成浮萍的说法，所以苏轼说，雨后找不到地上的杨花踪迹，原来是飘入池塘，化作了许多细碎的浮萍。

⑨ 春色三句：说杨花三分之二坠入尘土，三分之一飘入流水，三分春色全丧失了。

⑩ 细看来二句：说点点落絮，细看上去哪里是杨花，简直是离人眼中的泪珠。

苏轼将这首和词寄给章楶时，还有《与章质夫》书信一封，与此词意旨有关，不能不提及："某启。承喻慎静以处忧患，非心爱我之深，何以及此，谨置之座右也。《柳花》词妙绝，使来者何以措词？本不敢继作，又思公正柳花飞时出巡按，坐想四子，闭门愁断，故写其意，次韵一首寄去，亦告不以示人也……"这里说到的《柳花》词，就是苏轼所和的原作，大概柳花（即柳絮）、杨花，古人经常并提混称的。苏轼自己说明了和词的本旨，是拟章楶的"四子"想念章楶的心情来写的。由于词中有"寻郎去处"之语，所以有人怀疑"四子"是"内子"之误，即妻子。但"四子"也可能是四个姬妾，未必一定要理解为四个儿子。总之，是其家人罢。当然，认为苏轼把自己的流落情怀寄寓其中，也无不可，否则信中何必叫章楶不要把此词给人看？

上述书信的后面部分还提到了黄州知州徐大受（字君猷），故苏轼此词的写作时间一定是在黄州贬居期间，具体来说，因徐大受在元丰六年（1083）离任，当年就去世，所以苏轼写作此词的时间当以元丰六年为下限。也有学者将词中"抛家傍路"一句理解为苏轼尚未经营东坡雪堂，从而将写作时间确定为元丰四年，未免稍觉牵强。章楶曾任成都府路转运副使和转运使，据《蜀中广记》卷四，成都的转运使园亭叫作"西园"，章楶曾赋《运使园亭十咏》，同在成都的许将、丰稷等皆有和作，见《成都文类》卷七。如果我们将苏轼词中的"西园"坐实为成都府路转运使园亭，那么在苏轼作词时，章楶已在成都任上。但据《续资治通鉴长编》，我们只

知章楶元丰四年四月任荆湖北路提点刑狱,而元祐元年
(1086)四月,由权成都府路转运副使升为权成都府路
转运使,其始任副使的时间不可考。据《丰清敏公遗
事》,我们也只知丰稷于"哲宗即位,徙成都府路提点刑
狱"时,即元丰八年,章楶已在成都。如果他在元祐元
年升任转运使之前任满三年副使,则始任当在元丰六
年,依一般的情形,此已是上限。考虑到元丰六年是苏
轼作词的下限,似乎可以把章楶从荆湖北路调往成都的
时间推测为元丰六年,因调任而生出"离人"的思念,那
么苏轼的词也就作于此年吧。当然,这样推测的前提是
将词中的"西园"理解为实指,虽然这个前提是没有办
法来确认的,但比元丰四年之说,似稍为有据。

临 江 仙

夜 归 临 皋①

夜饮东坡醒复醉②,归来髣髴三更③。家

童鼻息已雷鸣④。敲门都不应,倚杖听江声。　　长恨此身非我有⑤,何时忘却营营⑥!夜阑风静縠纹平⑦。小舟从此逝,江海寄余生⑧。

① 临皋:即临皋亭,苏轼自元丰三年五月后,与家眷共居于此。

② 东坡:见前《东坡八首》诗注。元丰五年(1082)春,他在东坡构筑雪堂,但家属仍住在临皋亭,因此常往来于雪堂和临皋之间。

③ 髣髴:仿佛。

④ 家童句:形容僮仆早已熟睡。家童,家里的僮仆。鼻息,睡着时的鼾声。

⑤ 此身非我有:语出《庄子·知北游》,谓自己不能主宰自身。

⑥ 营营:纷扰的样子,指为世俗名利而奔忙。

⑦ 縠纹:江波微澜,平如绉纱。縠,有皱纹的纱。

⑧ 小舟二句:说想就此乘小舟遁入江海,以尽余年。

两宋之交的叶梦得在所著的《避暑录话》中有一段记载，提到苏轼此词："子瞻在黄州，病赤眼，月不出。或疑有他疾，过客遂传以为死矣。……未几，复与数客饮江上，夜归，江面际天，风露浩然，有当其意，乃作歌辞，所谓'夜阑风静縠纹平。小舟从此逝，江海寄余生'者，与客大歌数过而散。翌日，喧传子瞻夜作此辞，挂冠服江边，拏舟长啸去矣。郡守徐君猷闻之，惊且惧，以为州失罪人。急命驾往谒，则子瞻鼻鼾如雷，犹未兴也。然此语卒传至京师，虽裕陵（按指宋神宗）亦闻而疑之。"据考证，苏轼因眼病不出门而被误传去世，是在元丰六年（1083）四月曾巩去世的时候，如果叶梦得的记录可靠，那么这首《临江仙》作于此后不久。但词中明明说"夜饮东坡"，这里却说在长江上喝酒，大概传闻有误。

上阕写夜饮醉归，家僮已睡，只得立在门外，静听涛声。这情形好像与叶梦得的记录也不相合。其中写道苏轼听到家僮的鼾声，家僮却听不到苏轼的敲门声，形象地描绘出一个醉鬼主人被家僮关在门外的窘境，风趣逗人。过篇接一句"长恨此身非我有"，仿佛仍在身为主人却进不了家门的尴尬之中，其实却已经由万籁俱寂的半夜里的江涛之声，引起思绪万千，感叹自己被世事所困，失去了自己，又何止进不了家门而已。末尾顺着笔势抒发乘舟而去、浪迹江海的愿望，也只是一时寻求解脱的心声流露，想不到却引起人们的误会，以为这个谪居的罪人真的逃走了，其实他喝醉了酒，睡着了而已。

词本来是酒席上临时填写了交给歌女们去唱的歌词，但这首《临江仙》却是苏轼在半夜里自己的家门口抒发感想，与一般的抒情诗没有什么区别。即便如叶梦得说的那样，当时还有客人一起送他回家，并一起将此词大声唱了几遍，也与交付歌女的情形有所不同。对苏轼来说，词就是诗的一个变种吧。

记承天寺夜游[①]

元丰六年十月十二日夜，解衣欲睡。月色入户，欣然起行。念无与为乐者[②]，遂至承天寺,寻张怀民③。怀民亦未寝,相与步于中庭。庭下如积水空明,水中藻荇交横④,盖竹柏影也。何夜无月,何处无竹柏,但少闲人如吾两人耳。

① 承天寺:故址在今湖北黄冈南。

② 念:想到。无与为乐者:没有可与自己一起领略这月夜乐趣的人。

③ 张怀民:张梦得,清河人,当时也贬居在黄州。

④ 藻荇:水草。

书 临 皋 亭

东坡居士酒醉饭饱,倚于几上,白云左绕,清江右洄①,重门洞开②,林峦坌入③。当是时,若有思而无所思,以受万物之备,惭愧惭愧④!

① 洄:绕过。

② 重门：一道一道的门户。洞开：敞开。

③ 林峦坌(bèn)入：树林和山峰一起涌入视野。坌，一起。

④ 惭愧：难得。有幸喜、侥幸的意味。

　　佛教译经，依经文的长短而有"大品"、"小品"之称，因此，文人所作短小的序跋题记之类，也被唤作"小品文"，是唐宋以来古文中最为自由活泼的品种。苏轼的小品文独抒性灵，对后世影响甚大，而他本人对小品文的大量写作，则始于黄州时期。此处所选的两篇，前一篇有时间，有事件，有感想，虽然短小，仍具一般"记"体古文的必要成分；后一篇则横空而起，随意而书，点到为止，一点不受文体拘束。所以，前篇以小含大，见其精致工巧；后篇如片云浮空，见其自由萧散。前篇将月夜庭院中的竹柏之影比喻为一方透明积水中飘浮的水草，可谓精妙之至；后篇白云、清江、树林、山峰，随视野所及，纷至沓来，任作者酒醉饭饱，指点江山，可谓横放之极。小品文的写作艺术，至此可谓观止。

　　但风格如此相异的两篇文字，表达的主旨却是一致的，正如苏轼自己所说："江山风月，本无常主，闲者便是主人。"（《东坡志林》卷十）人们常说要做这世界的主人，为此奋斗不息，患得患失，只是任你如何呼风唤雨，百年人生要做万古江山的主人，岂不是梦话吗？因此，若以世间得失为人生的唯一营求，忙碌一生也不过是这个世界的过客，追逐、占有得越多，失去的也越多，并不是主人。只有不以世间得失萦怀的"闲人"，因为无所得，故而无所失，那才能欣赏和享受江山风月之美，取之无禁，用之不竭，又不怕被人夺去，与之共有千古，可以算得上江山的主人。《记承天寺夜游》最后揭出的就是一个"闲"字，不仅是身闲，更重要的是心闲。世间闲人太少，而《书临皋亭》中酒醉饭饱、倚于几上的东坡先生，却正是身心俱闲之人。只要自己打开了门户，自然的一切胜景都会纷涌而来，让你尽情欣赏，所谓"受万物之备"，就是感受到"万物皆备于我"，也即是成为万物之主人。天地对闲人的馈赠竟是如此丰厚，真是让人觉得"惭愧惭愧"。

连呼"惭愧"的苏轼，肯定对天地充满真正的感激。

真的有道之人，任何时候都懂得感谢天地的。

满 庭 芳

元丰七年四月一日，余将去黄移汝①，留别雪堂邻里二三君子。会李仲览自江东来别②，遂书以遗之③。

归去来兮④，吾归何处？万里家在岷峨⑤。百年强半⑥，来日苦无多⑦。坐见黄州再闰⑧，儿童尽、楚语吴歌⑨。山中友，鸡豚社酒⑩，相劝老东坡⑪。　　云何⑫？当此去，人生底事⑬，来往如梭⑭！待闲看秋风，洛水清波⑮。好在堂前细柳，应念我、莫剪柔柯⑯。仍传语，江南父老⑰，时与晒渔蓑⑱。

① 去黄移汝：离开黄州，移居汝州。
② 会：正好。李仲览：李翔。当时苏轼的朋友杨绘知兴国军

（治所在今湖北阳新），派当地人李翔到黄州，邀请苏轼在赴汝州途中，到他那里去游玩。江东：此指湖北阳新，在黄州的东面。

③ 书：写。遗：送。

④ 归去来兮：回去啊。来，语助词。这是陶渊明《归去来兮辞》的首句。

⑤ 岷峨：岷山和峨眉山，指四川。

⑥ 百年：代指一生。强半：过了大半。

⑦ 来日：将来的日子，指余年。

⑧ 坐见：正见，恰见。再闰：第二个闰年。苏轼于元丰三年二月到黄州，七年四月离开，历时四年有余，其中经历了元丰三年闰九月和元丰六年闰六月的两次闰年。

⑨ 儿童：家里的孩子们。尽：都，全是。楚语吴歌：说的唱的都带上了黄州的口音。黄州在战国时属楚国，三国时属东吴。

⑩ 豚：小猪。社酒：祭祀集社时饮用的酒。

⑪ 老东坡：终老于东坡，指乡亲们挽留苏轼，邀他长住在黄州。

⑫ 云何：怎么说呢？

⑬ 底事：何事。

⑭ 梭：织布机上用来引导经纬交织的器件，常用来比喻不断来往。以上四句说，临别之际说什么好呢？人生为什么要这样来往匆匆？

⑮ 待闲看二句：意谓此去汝州的目的，可以说是去看秋风中的洛水清波荡漾的景色吧。洛水，今河南的洛河，源出陕西，经洛阳，至巩县入黄河。苏轼将要前去的汝州也在河南，与洛河相去不远。

⑯ 好在二句：好在我种于雪堂前的几株细柳，会一直惦记我不曾剪它枝条的情意。言外之意是自己在黄州没有做过伤害人的事，离去以后一定会被人想念的。柔柯，柔嫩的枝条。

⑰ 江南父老：指黄州的当地人。

⑱ 仍传语三句：说（看在我从没伤害枝条的情意上）细柳会一直提醒黄州的乡亲们，经常为我晾晒穿过的蓑衣。言外之意是自己还会回来的。时，经常。与，给我。渔蓑，打鱼时穿的蓑衣。

元丰七年（1084）四月，苏轼得以离开贬谪之地黄州。在后人看来，这当然是苏轼时来运转的起点，所以我们经常想象苏轼是怀抱着对于新的人生的希望而告别黄州的。但仔细想来，当年的东坡居士恐怕还不致如此具有先见之明，毕竟他重新回到京师的政治舞台是在继续漂泊了将近两年之后，而且是以宋神宗去世造成的政局大变为前提的。在元丰七年，这应该是连想都不敢想的事。他在那时可能有的最为乐观的估计，也不过是相信自己确实获得了神宗的宽恕而已。但这并不表示神宗认同了他的政见。后来被"旧党"再三宣传的神宗晚年悔行"新法"的说法，是根本不能令宣传者以外的人相信的。只不过，既然神宗对"新法"的坚持实行付出了"党争"这样巨大的代价，则当他自以为其"新政"已经牢固地建立起来以后，下一步自然要考虑如何减小这代价，也就是消弭"党争"。这是任何明智的君主都会采取的措施。因此，神宗晚年对"旧党"人物的不少善意表示，大概只能证明他已经在致力于消弭"党争"，对于苏轼来说，这当然并不意味着前程如何远大。

"归去来兮，吾归何处？"实际情况恐怕真是如此：

在告别黄州时，苏轼甚至不知道自己将来的去向。离家乡依然遥远，人生已经过了大半，孩子们都早就带上了黄州的方音，更何况朋友们还来殷勤挽留，那么，为什么要离开黄州呢？难道仅仅因为它是个谪居之地，就把离开它看作是必要之举吗？如果苏轼并不是心中充满了希望而离开黄州，那么他在这首词里表达的困惑、迟疑和留恋之情就没有任何做作或应酬的成分。东坡的垦殖、雪堂的营构，不是一朝一夕成就的事，现在必须换一个地方去居住，那究竟在多大的程度上值得欣喜呢？

自然，向朝廷提出继续留在黄州的请求是不可思议的，此时的苏轼其实没有自己选择居处的自由，而且到汝州去虽仍是"团练副使，本州安置"，毕竟是皇帝的善意表示，去是非去不可的。所以，不由自主的被动感再次光顾苏轼，"人生底事，来往如梭"，为何如此被动迁转，飘荡不息！无奈只好说，到汝州去看洛水的清波吧。——倘若这是苏轼离开黄州时的真实心境，则将迁居汝州看作苏轼的人生中由阴转晴的新起点，是不怎么确切的。他的人生旅途发生真正转折的时间，与北宋政治史的转变相一致,只能是神宗之死。虽然此词的最后几句所订下的再来黄州之约,后来没有实现,但在同时所作的《别黄州》诗中,他也作了同样的表示:"投老江湖终不失,来时莫遣故人非。"他确实还想再来的。

　　苏东坡并不认为这一次是跟黄州的永别,尽管被他留在身后的黄州将因为他而成为千古名胜,但在他面前的依然是一条漂泊之路。

五、从江湖到玉堂(1084—1088)

离开黄州的苏东坡并没有马上便飞黄腾达,原因很简单,政局还没有变动。从元丰七年(1084)四月离开黄州,到元丰八年(1085)年末再次登上京师的政治舞台,期间有一年半以上"投老江湖"的长途漂泊。这一次漂泊也可以说是"身行万里半天下",历经今天的湖北、江西、安徽、江苏、山东、河南六省,一路上有亲人、故交及方外的朋友相伴,少不了宴饮和游玩,似乎比黄州的生活要热闹许多,但在苏轼的心灵深处,很多时候是更感寂寞的,因为在黄州他还有东坡雪堂,现在是连个家也没有。所以,他在这两年里的最大心事,就是找一个安家的地方。

　　告别黄州,他即乘舟顺着长江东行。这个行程,是要从长江入运河,转淮河,再转汴水,然后设法赴汝州。这条水路如与陆路相比,显然是兜了个大圈子。但这一兜,却使他的活动有了丰富的内容。舟至九江(今属江西),他登岸去游庐山,马上又南赴筠州与苏辙会晤,留居十日而别,已经是五月份了。回程再游庐山,尽情探访名胜,留下许多诗篇。筠州和庐山都有不少临济宗禅僧住持的名刹,尤其是黄龙派的高僧真净克文和东林常总,是黄龙派创始人黄龙慧南的两大弟子,堪称当代禅林的龙象,苏轼分别在筠州和庐山与其会面。他在黄州谪居反思中获得的人生了悟,经过高僧的点拨和印证,显得更为透彻。禅门也从此接受苏轼为黄龙派的法嗣,排在东林常总的门下,这是因为他呈给常总的一首诗偈(见下面所选《赠东林总长老》)被禅门承认达到了"悟"的最高境界。此后苏轼继续东行,经今天的安徽而至江苏,于七月抵达金陵(今江苏南京)。在这里,苏轼会见了罢相八年的王安石。

　　这一对政敌的会见,可以称得上是神秘的,宋人的笔记中对此事津津乐道,但关于两人相见的情形,与相谈的内容,却是异闻纷呈,而苏辙所撰的《亡兄子瞻端明墓志铭》,却对此事不著一言,令人莫测究竟。不过可以肯定的是,在苏轼于八月离开金陵前,他们曾数次会面,相谈甚欢,其结果是两人都有了结邻而住的意愿。看来,对于从前的龃龉,两人之间已经互相获得了谅解。

苏轼在金陵还遭遇一件伤心的事,他的侍妾朝云去年生的一个儿子苏遁于七月二十八日病亡。据说这个儿子长得很像父亲,四十九岁的苏轼在羁旅漂泊中失去幼子,当然不免老泪纵横。即便如此,他还是必须前往汝州,但同时他已经决定在江南买田安家。离开金陵后,他继续顺着长江东行,转入运河。他的朋友们为了他买田的事着实帮了不少忙,最后在常州的宜兴(今属江苏)找到了机会。所以,苏轼先沿运河南下,到那里处理买田之事,准备不久归隐终老于此。十月份,又从宜兴出发,北上扬州。他在扬州写了一封上给皇帝的表奏,请求不去汝州,改为常州居住。但扬州的官府好像认为这不合规章,竟不肯替他上呈。苏轼只好继续北上,从运河转淮河西折,于年底到达泗州(治所在今江苏盱眙东北)。他在泗州重写表奏,诉说了举家病重、一子丧亡、资用罄竭等难去汝州的困境,请求折回常州居住。这次是专门派人到京师去上呈,而一家就暂留泗州过了年。

其实,神宗将苏轼的安置地从黄州调到汝州,本来就含有从"贬谪"转为"赋闲"的意思,既然是"赋闲",在哪里都一样,所以居住常州的请求一旦上呈,马上就获得批准。但羁旅中的苏轼还得走许多冤枉路,在泗州过了年后,于元丰八年(1085)正月四日即沿汴河西行,大约十余日后到达北宋的南都应天府(治所在今河南商丘南),这才知道他的请求已被批准。至此,他的身份成为检校尚书水部员外郎、汝州团练副使、不得签书公事、常州居住。费了大半年的周折,苏轼终于彻底成了一个"闲人"。

但就在这"闲人"逗留南都的期间,北宋政界的局势发生了遽变。元丰八年三月,宋神宗因心劳力瘁,英年早逝,十岁的太子赵煦继位,即宋哲宗,而神宗的母亲高氏，以太皇太后的身份垂帘听政。神宗长期亲揽大权的恶果在他身后暴露无遗，他的宰相缺乏掌控局面的权威，难免政归官闱，无人可以阻止。于是，在追悼神宗皇帝的活动中，首都发生了一次群众运动：一直闲居洛阳的司马光突然出现在京城，被开封府的百姓们遮道拦马，追随聚观，要求他留在京城当宰相，不要回洛阳去了。由于现存的史料大都出自旧党人物之手，故这次群众运动在历史上呈现着"自发"的面貌，但无法解释其中的矛盾：神宗明明留下了顾命的宰相，专制政体下的平民百姓怎么敢另外去请出一位宰相来？无论如何，结果是近在洛阳的司马光被太皇太后起用，迅速掌握了局面，令远在金陵的王安石只好眼睁睁地看着他的"新法"被废除，"新学"被否定。

随着司马光的出山，旧党的人物联袂而起，苏轼、苏辙兄弟同时出现在司马光给太皇太后提供的起用名单中。虽然此时的苏轼还走在从南都到常州的回家路上，但他确实已经时来运转了。五月份刚刚回到常州，六月就接到登州（今山东蓬莱）知州的任命，这等于恢复了他在"乌台诗案"以前的官阶。此年十月，苏轼到达登州任上，才过五天，便接到奉调进京的命令，十二月到京，又升为起居舍人（皇帝侍从官）。

这一回苏东坡真的飞黄腾达了。第二年即元祐元年（1086）三月，未经通常的考试程序，他就被委任为中书舍人，成了撰拟"外制"（政府命令、文告）的中央机要官员，九月升为翰林学士，掌管"内制"（皇帝的诏命），成了参与决策的政府要员和朝廷的喉舌。其升迁如此之速的原因，后来由新党的章惇道出："元祐初，司马光作相，用苏轼掌制，所以能鼓动四方。"（见《宋史·林希传》）这话不错，在先皇帝尸骨未寒的时候全盘否定他的政策，清洗他的大臣，于朝廷文告之中自免不了要下一番语言上的功夫，司马光真是要仰仗苏轼的大手笔了。同时，"贤良方正能直言极谏"科出身的苏辙也得到了合适的职务：右司谏。元祐元年二月到京就任，成了颇有权势的言事官。这样，苏辙以平均三四天一篇的频率向朝廷交上各种请求、论列、弹劾的奏议，经太皇太后和司马光审议决定后，再由苏轼起草文件去宣布执行。如此，他们所反对的"新法"一项项被废除，所厌恶的新党臣僚一个个被罢免，北宋政治局面被彻底改观，史称"元祐更化"。

应当说，"新法"的废除在当时还是颇得人心的。譬如说"青苗法"，让符合条件的人去领一笔"青苗钱"，收获后加二分利息归还。实际操作时，是只缴利息，不还本钱的，这样就算领过了下一次的"青苗钱"，半年后再来缴利息。如此手续被简化：领了一次本钱后，每年缴两次利息而已。所以"青苗法"是个陷阱，所谓"一领青苗，终身增一赋"。只要两年半时间，本钱已经还清了，利息还要缴下去，等于终身多了一种赋税。在司马光上台时，"青苗法"早就是官府不出一钱，每年坐收两次利息，而废除此法，无异于减去一种赋税，自然是欢声载道。

喜爱苏轼的人也难免为他的升迁而欢欣鼓舞，在他的周围，立即形成一个诗酒风流的文人团体，他们使"元祐"成为文学史上一个光荣的年号。随着王安石的"新学"失去意识形态的权威地位，苏轼的"蜀学"也渐渐在思想舆论方面发挥出重大的影响。于是太皇太后觉得有必要提醒苏轼对于神宗的态度,在一个夜里把他叫去,将他的迅速升官说成是神宗的遗志。太皇太后虽是"更化"政策的决定人,但她害怕大臣们对"更化"的热情是出于对神宗的怨恨,而经过"乌台诗案"的苏轼最具有这样的嫌疑。从后来的情形看,太皇太后对苏轼始终保持了好感和礼遇,但他身上的这层嫌疑仍然意味着他的仕途走不到执政宰相的地步,因为在很多人看来,他是跟朝廷有仇的人。苏轼只能在距离相权一步之遥的地方停下来,看着后面的人,包括自己的弟弟,越过他走向相权所在的"都堂"。

当然,做官本身并不是东坡居士再次登上政坛的目的,做权力语言的枪手更不是。他要负责地表达自己的政见。还在从登州初回京师时,他就向司马光坦诚陈述,他基本上同意废除"新法",但其中的"免役法"经实践证明为有利而可行,不宜一同废除。司马光没有被说服,但并不忽视他的意见,元祐元年四月还委任他"同定役法"。这样一来,两人的分歧就从私下的议论上升为朝堂上的争执,而且一度异常激烈。其实当时主张保留"免役法"的人也不少,但苏轼因为身任"同定役法",所以直接与司马光顶撞,成了维护"免役法"的代表。那在有些人看来,简直就是第二个王安石了。据苏辙的回忆,一直欣赏和帮助苏氏兄弟的司马光当时已非常恼怒,想把苏轼赶出朝廷。然而不久,元祐元年九月一日,司马光病逝了。

司马光的去世可能令苏轼避免了再次被驱逐,但也失去了解决两人之间分歧的机会。死人有时候比活人更具权威,如果司马光活着,很多事情可以跟他本人讨论甚或争吵,未必不能使其改变决定,而他一旦去世,则所有意见都被忠实继承其遗志的人凝固起来,成为一个不可改变的存在。只要"旧党"仍然打着司马光的旗帜,而苏轼等人又不肯放弃自己的意见,这"旧党"就难免分裂。于是,历史上有了所谓的"洛蜀党争"。

苏轼兄弟是四川人,两人在元祐时升迁都很快。轼于二年任翰林学士兼侍读,做了小皇帝的老师,三年又任科举的主考官,当了所有新进士的老师,后又任吏部尚书;辙于二年任户部侍郎,后迁翰林学士、权吏部尚书、御史中丞等职，一直升到尚书右丞和门下侍郎，成为执政宰辅。他们的权势、影响日盛，围绕着他们就形成"蜀党"。"洛党"之首是洛阳人程颐，著名的理学家，被司马光荐入朝廷，任崇政殿说书，给小皇帝讲课，官位比苏氏兄弟要低许多。但程颐的门人朱光庭、贾易等却长期担任谏官，有言事权。另外还有一个势力更大的"朔党"，与洛、蜀各有异同，牵掣交织，情形复杂。故党争呈此起彼伏之势，最终两败俱伤，各无大建树。

据说，苏轼和程颐产生矛盾，是因为他喜欢开玩笑，看不惯程颐一本正经的态度。但苏轼的朋友中尽有一本正经的人，而且"蜀党"的领袖虽不妨说是苏轼，权位更高的却是苏辙，最后使程颐长期被废弃闲置的也是苏辙，此公沉静克制，如果仅仅因为他哥哥与程颐有脾气上的差异，未必肯如此授人以柄。苏轼自己在奏章中曾一再向太皇太后说明，他与其他臣僚的矛盾，归根到底是因为役法问题。果真如此，则苏轼的真正对手并不是官位甚低的程颐及其门人，而是坚持废除"免役法"的大臣。在苏辙的自传《颍滨遗老传》里，提到他的许多政敌，其中也没有程颐。"洛蜀党争"看来只是一个现象，纷纷扰扰中掩盖着更高层的争斗。身在高层的苏辙看得很清楚，但"洛党"诸公可能并不知情，从元祐元年十二月起，贾易和朱光庭似乎一直以攻击苏轼作为他们的政治使命，他们从苏轼的诗歌、文章入手，找出一些词句来证明苏轼对神宗的不敬。这本来就是苏轼容易被怀疑之点，因此他不能不上章自辩，两党便公开相争。朝臣各有左右，攻轼者"不止三人，交章累上不啻数十"（见苏轼《辩试馆职策问二首》之二），而攻程颐的也颇不乏人，结果是程颐在元祐二年八月被赶回洛阳。此后苏轼忙于议论边关防务和处理科举事宜，但曾与黄庭坚结怨的赵挺之，又伙同别人攻击苏轼，事在元祐三年。苏轼自觉不安于朝，于是接连上章请求外任，并于元祐四年三月获准出知杭州。

元祐党争的后果，不仅仅是令苏轼和程颐都离开了京师，更严重的是，它使失去了司马光的"旧党"再也不能产生具有权威的领袖，一直无法改变政在宫闱的局面。元祐之政将重蹈元丰之政的覆辙，当苏轼与司马光产生分歧时,他大概没有想到坚持独立见解要付出如此重大的代价。

赠东林总长老①

溪声便是广长舌②,山色岂非清净身③。

夜来八万四千偈④,他日如何举似人⑤。

① 东林:东林寺,庐山名寺,北宋元丰三年起改为禅宗寺院。总长老:法名常总,临济宗黄龙派的高僧,东林寺改禅寺后第一代住持。

② 广长舌:又宽又长,伸出来能够覆盖鼻子的舌头。这是佛的三十二相之一。

③ 清净身:即佛教所谓"法身"。

④ 八万四千:佛经中常用来形容无数之多。

⑤ 举似人:向人述说。

元丰七年(1084)苏轼离开黄州,江行至江西,曾两次游庐山,一般认为此偈是第二次游山时所作。按禅门的记载,是东坡夜宿东林寺,与常总禅师论"无情话"后,有所省悟,于次日黎明献上此偈。大概自唐代起,七言偈语便多有合乎诗律的,至宋代禅门的偈,则与诗已经没有什么区别。

所谓"无情话",是唐代禅僧南阳慧忠国师(禅门的灯录把他认作六祖慧能的法嗣)的著名命题,曰"无情说法"。"无情"为一切无生命之物,墙壁瓦砾之类,它们也像佛一样演说着根本大法,问题在于你能否听见。从理论上讲,这是对于最高的普遍性的领会,既然是最高的普遍性,那当然就无所不在,所谓"目击道存",一切卑琐的存在原来都是大道展露的头角,看你去不去抓住。"无情说法"只是一种生动的表述而已。不过,道理虽容易明白,但能否真实体会,真实感受之,如鱼饮水,冷暖自知,能否遍身心地以此为满足,"直下承当",再不作其他营求,那又是另一番功夫。所以,要真的能听见"无情说法",那就与佛无异了。黄龙派的创始人黄龙慧南将这个意思加以发挥,说:"秋雨淋漓,连宵彻曙,点点无私,不落别处。"那连夜的秋雨一直在无私地演说着大法,可是大多数人只当它是秋雨,听也不听,所以慧南又要让这秋雨施展毒手,说:"滴穿汝眼睛,浸烂汝鼻孔。"旨在开悟世人,未免老婆心切。他的弟子东林常总也承续此说,又加开阔,谓"乾坤大地,常演圆音;日月星辰,每谈实相",天地自然都被囊括,至于秋雨,也不去滴人眼睛,浸人鼻孔,而是"终归大海作波涛"。常总的境界实在是很阔大。

在黄州的《前赤壁赋》中,苏轼谈过他对"取之无禁,用之不竭"的天地自然之美的感悟,与常总的说法正相应和。所以高僧稍加点拨,东坡居士便很快领悟了"无情话"的真谛,他听到了溪水的说法之声,看到了山色的清净法身,一夜之间,无数表达着真理的自然的偈语向他涌来,他已经与自然的大道完全融化了。不过,最后一句似乎表明,他本人已经没有问题,剩下来的事是要将这领悟去利益他人,所谓"自利利他",正是大乘境界。东坡居士再次走入尘世。

次荆公韵四绝①(选一)

骑驴渺渺入荒陂②,想见先生未病时。
劝我试求三亩宅③,从公已觉十年迟④。

① 荆公:王安石,于元丰三年被封为荆国公。
② 陂:山坡。
③ 劝我句:说王安石劝苏轼在金陵买田安居,与他为邻,可以
  常相往来。
④ 从公:跟从你。

这首诗是苏轼与王安石和解的证明。其实,在元丰
七年八月两人直接会面之前,已经有过间接的接触。元
丰四年,谪居中的苏轼收到新党李琮的信,告诉他王安
石曾夸奖他的文章,苏轼随即回信,要李琮带秦观去见
王安石。虽然李琮和秦观都没能完成这个中介任务,但
可见双方是有意和解的。在宋代,这种政敌之间的友谊
并不难以理解:士大夫只是给皇帝出谋划策,或接受皇

帝委任去办事，至于谁的意见被采用，或谁获得委任，那都是皇帝决定的事，士大夫之间本来没有什么生死怨仇。当然这里面有利益关系，如果以利益介怀，或者便产生怨仇。但元丰七年的王安石已经退休，苏轼刚刚流放回来，一个半山居士与一个东坡居士之间不存在利益斗争，政治观点的差异与人们之间很多其他的差异一样，完全可以不影响友谊的。

然而，苏、王之间由互相攻击转变为要想结为邻居，恨不得常在一起，那恐怕不是一般的和解，令人怀疑那已经不是撇开政治观点的诗酒之交。苏轼见过王安石后，给他的旧党密友滕元发写了一封信，建议滕去见一见王安礼（《与滕达道六十八首》之三十八）。信里当然没有写出这个建议的目的，但如考虑到当时宋神宗已致力于消弭新旧党争，则两党的人物主动寻求和解或者合作，应该是顺应形势之举吧。

诗里说，"从公已觉十年迟"，这是颇堪玩味的。距此十年前，正在熙宁七、八年，王安石罢相与第二次入相的时候。对于这段往事，苏轼后来有这样的说法："天下病矣……虽安石亦自悔恨，其去而复用也，欲稍自改，而（吕）惠卿之流恐法变身危，持之不肯改。"（《司马温公行状》）这话写在"元祐更化"的主持人司马光的行状中，如果不是实有所据，就显得很奇怪。因为当时正在举世歌颂司马光的"更化"，而咒骂王安石的"新法"，王的罪恶越大，司马的功德就越高，苏轼何以要在如此重要的文件中，说王第二次入相时自己就有"稍自改"之意？实际上，王安石是否真有此意，是无法证明的，如果苏轼不是捏造故事，那就是他们之间一度取得过这样的理解，而这一度恐怕只能在苏、王金陵会谈时。所以，"从公已觉十年迟"的意思当是"从公""稍自改"。这也等于说，他们可以有一种建立于"稍自改"上的合作。"稍自改"当然并不是"更化"，而正是宋神宗晚年所希望造就的局面，即新旧两党的妥协。在不知道神宗马上会死的前提下，苏轼能够设想的最好前途也不过如此吧。

当然，结果是神宗死了，两党人物的合作局面没有在历史上出现。但可以相信，元丰七八年间的苏轼，曾经走向神宗和王安石更近一些。

归宜兴留题竹西寺三首^①（选二）

十年归梦寄西风^②，此去真为田舍翁。
剩觅蜀冈新井水^③，要携乡味过江东^④。

① 宜兴：县名，宋代属常州，今属江苏。元丰七年苏轼在此地
  买了田产安家。竹西寺：在扬州。苏轼从南都应天府回宜
  兴，经过扬州。
② 十年句：意谓想归西蜀而不得，归心只好寄于西风。
③ 蜀冈：竹西寺后的山冈。
④ 乡味：据说蜀冈上的井水味道与四川的江水相似，相传与
  岷江相通，故被苏轼称为乡味。江东：此指宜兴，从扬州去
  宜兴要渡过长江。

此生已觉都无事，今岁仍逢大有年^①。
山寺归来闻好语^②，野花啼鸟亦欣然。

① 大有年：五谷大熟之年。

② 山寺：当指竹西寺，但也有材料说是扬州山光寺。

　　元丰八年(1085)三月，神宗驾崩，苏轼在南都跟当地官民一起举哀成服，然后返回常州宜兴，五月途经扬州，作此诗。

　　神宗生前给予苏轼的最后处理是准许他不去汝州，到常州居住。对于归不了四川老家的苏轼来说，常州宜兴就是他的家了。至于把扬州蜀冈的井水当成"乡味"，也不过聊寄思乡之情而已。苏轼在黄州就有过躬耕的生活，这回居住常州，也勉强可以说"归耕"田园，从此不再漂泊，也许可以永远过上安宁的生活，所以此生已经没有什么大事，只要当年的收成好，就觉得满世界都充满了欢乐。所谓"山寺归来闻好语"，如果只从诗的本身看，这"好语"只能是关于丰收的好消息，否则诗意就不连贯。但中国的诗歌解释学也从来就有用诗外的其他事情来解释诗语的传统，所以关于这"好语"是什么，后来颇成问题。

　　元祐党争之中，洛党的几位御史抓住这"好语"大作文章，谓元丰八年正是神宗去世的时候，苏轼因为跟神宗有仇，竟把他的去世当作了好消息。这个说法，是比元丰的御史还要恶毒一些的。苏轼赶紧上奏申辩，说明此诗写于五月份，而神宗去世在三月，并非写诗时才听说的事，"好语"当然不会是指此。那么指什么呢？苏轼说，他听到一些老百姓在夸奖刚刚上台的少年天子，这便是"好语"。这个说法不免狡猾，因为即使他从时间上辩明"好语"不可能是指神宗去世，别人也会说，在全国人民沉痛悼念神宗的时候，你却那么高兴，也非常不妥，但苏轼解释成他为新皇帝的上台感到高兴，则便无可非议。为了官场生存，说些鬼话原也无妨。

　　本来此事谁也无法对证的，不料苏轼去世后，苏辙给他写墓志铭，可能年老忘事，却露出马脚。墓志铭对"好语"作了解释，说当时苏轼收到常州朋友为他买田的信，觉得是个好消息。这虽然也跟神宗去世无关，却也与苏轼给朝廷的解释不同。应该说，买田的事跟"今岁仍逢大有年"可以相接，是一种与诗意最合拍的解释,可能最接近真相。

书吴道子画后

知者创物,能者述焉①,非一人而成也。君子之于学,百工之于技②,自三代历汉至唐而备矣③。故诗至于杜子美④,文至于韩退之⑤,书至于颜鲁公⑥,画至于吴道子,而古今之变、天下之能事毕矣⑦。道子画人物,如以灯取影,逆来顺往,旁见侧出,横斜平直,各相乘除,得自然之数⑧,不差毫末。出新意于法度之中,寄妙理于豪放之外,所谓游刃余地⑨,运斤成风⑩,盖古今一人而已。余于他画,或不能必其主名⑪,至于道子,望而知其真伪也。然世罕有真者,如史全叔所藏⑫,平生盖一二见而已⑬。元丰八年十一月七日书。

① 述：继承。

② 百工：从事各种工艺的人。

③ 三代：夏、商、周三代。备：完备。

④ 杜子美：唐代诗人杜甫，字子美。

⑤ 韩退之：唐代古文家韩愈，字退之。

⑥ 书：书法。颜鲁公：唐代书法家颜真卿，封鲁国公。

⑦ 能事：所能够做到的事。

⑧ 如以六句：大意是说吴道子善画各种角度的人物，如取灯下的投影一般，增减变化，就能获得人物的自然尺度，与真人没有差别。乘除，增减。自然之数，自然的尺度。

⑨ 游刃余地：即游刃有余，语出《庄子·养生主》。

⑩ 运斤成风：《庄子·徐无鬼》云，有个石匠技艺高超，郢（楚）人在鼻端涂上白粉，石匠拿起斧头，快速挥舞，能砍去白粉而不损伤鼻子。此形容技艺纯熟。斤，斧头。

⑪ 必其主名：肯定地认出作者。

⑫ 史全叔：可能是登州的书画收藏者。

⑬ 一二见：只见过一两次。

此文自署元丰八年十一月七日，当时苏轼在登州知州任上,但已经接到进京的命令。文章虽专为吴道子画而作,但也表述了作者对文艺史的宏观审视,就是把吴画和杜诗、韩文、颜书看作各个门类的发展高峰。在其他的文章里,苏轼有一个词汇来称呼这高峰状态的艺术,曰"集大成",也就是本文说的"古今之变、天下之能事毕矣"的意思。对于艺术史的这种宏观把握对苏轼当代的创作来说非常重要,既然唐代的文艺已经达到"集大成"的高峰,那么处在高峰之后的当代如果不去力求变化,另辟蹊径,就没有意义。故北宋的文艺,大致以主动求变求新为特征。

文章赞赏了吴道子画人物的高明技巧,说他画的形象与真人一样,而画法又自由活泼,纯熟无比。作者将这种艺术境界归结为"出新意于法度之中,寄妙理于豪放之外"。绘画首先要掌握"法度",即技巧规律,但又不能为法度所束缚,而要在正确运用法度中创造新意;为此,有时候不能不突破成规,此之谓"豪放",但豪放不是乱来,而是在更高层次上符合规律,这叫作"妙理"。这两句话说出了艺术创造的真谛,可以视为苏轼自己实践的甘苦之言。

　　与早年在凤翔比较吴道子和王维的画后发出的扬王抑吴之论相比，本文对吴道子的评价似乎高出许多，称为"古今一人而已"。其实，如果说吴道子是传统画法的"集大成"的高峰，而王维则是新画法的开始，可能是更符合苏轼本意的全面看法。

惠崇春江晓景二首①（选一）

竹外桃花三两枝，春江水暖鸭先知。

蒌蒿满地芦芽短②，正是河豚欲上时③。

① 惠崇：宋初僧人，能诗善画。

② 蒌蒿：一种水草，既是河豚鱼的食物，又是鱼羹的佐料，且能解毒。

③ 正是句：正是河豚鱼由海入河、逆流上水的早春时节。河豚，一种味鲜美而有毒的鱼。

此诗为元丰八年底到达京师后所作,是一首著名的题画诗。它摆脱了一般题画诗用文字再现画中景物,然后发表评论或抒发感受的写法,而是体会到画意,进行巧妙的生发,使诗歌成为画意的再创造。惠崇画的可能是"鸭戏图",外加一些花竹春草作为背景,那鸭子戏水正是为了传达一份春意,所以苏诗也以传达春意为目的。绘画只能呈现形态,文字却可以直接表达感受,"春江水暖鸭先知",便是以鸭子对水温的感受来表达春天的来临,画中的形态也从而转变为诗中的情态。然后,由此生发,画里没有的河豚也出现在诗里,只是用画里的蒌蒿来作巧妙的联系,则又没有完全离开画面,但"欲上"则仍是绘画不可能表现的情态。苏轼充分发挥了文字语言的长处,对画意作了更为活泼的表达。

答张文潜县丞书①

轼顿首文潜县丞张君足下②：久别思仰③。到京公私纷然④,未暇奉书⑤,忽辱手教⑥,且审起居佳胜⑦，至慰至慰。

惠示文编⑧，三复感叹⑨，甚矣君之似子由也⑩。子由之文实胜仆⑪，而世俗不知，乃以为不如。其为人深不愿人知之，其文如其为人，故汪洋淡泊⑫，有一唱三叹之声⑬，而其秀杰之气，终不可没⑭。作《黄楼赋》乃稍自振厉⑮，若欲以警发愦愦者⑯，而或者便谓仆代作⑰，此尤可笑，是殆见吾善者机也⑱。

文字之衰未有如今日也，其源实出于王氏⑲。王氏之文未必不善也，而患在于好使人同己⑳。自孔子不能使人同，颜渊之仁、子路之勇㉑，不能以相移㉒，而王氏欲以其学同天下。地之美者同于生物，不同于所生㉓。惟荒瘠斥卤之地㉔，弥望皆黄茅白苇㉕，此则王氏之同也。近见章子厚言㉖，先帝晚年甚患文字之陋㉗，欲稍变取士法㉘，特未暇耳㉙。议者欲稍复诗赋㉚，立《春秋》学官㉛，甚美。

仆老矣,使后生犹得见古人之大全者[32],正赖黄鲁直、秦少游、晁无咎、陈履常与君等数人耳[33]。如闻君作太学博士[34],愿益勉之。"德辎如毛,民鲜克举之,我仪图之,爱莫助之"[35]。此外千万善爱[36]。偶饮卯酒醉[37],来人求书,不能复觊缕[38]。

① 张文潜:张耒,字文潜,苏门四学士之一。县丞:县的副长官,当时张耒任咸平县丞。

② 顿首:叩头,古时书信开头或结尾常用的表敬套语。

③ 思仰:思念仰慕。

④ 公私:指公私事务。纷然:杂乱众多的样子。

⑤ 未暇奉书:没有空闲写信。

⑥ 辱手教:收到亲笔信。

⑦ 审:知道。起居:指日常生活。

⑧ 惠示文编:赐示您的文集。

⑨ 三复:再三。

⑩ 甚矣句:你真的很像苏辙。张耒是苏辙的弟子。

⑪ 仆：我，自称的谦辞。

⑫ 汪洋淡泊：深广而恬淡。

⑬ 一唱三叹：形容文章婉转而富有情韵。

⑭ 没：埋没。

⑮ 《黄楼赋》：元丰元年苏轼在徐州建黄楼，苏辙为作此赋。
   振厉：振奋激励。

⑯ 警发：警策奋发。愦愦者：糊涂人。

⑰ 或者：有人。

⑱ 是殆句：这大概只见到我善于顺应自然的生机。语出《庄
   子·应帝王》，此谓大概别人只见到我的优点。

⑲ 王氏：王安石。

⑳ 患：弊病。好使人同己：喜欢让人与自己相同。

㉑ 颜渊：颜回。子路：仲由。二人皆孔子弟子。

㉒ 相移：互相移换。

㉓ 地之二句：说肥沃的土地都能生长植物，但生长植物的种
   类并不相同。

㉔ 荒瘠：荒僻、贫瘠。斥卤：盐碱地。

㉕ 弥望：满眼。黄茅白苇：杂草芦苇。

㉖ 章子厚：章惇，"新党"的大臣，早年与苏轼友善。

㉗ 先帝：宋神宗。

㉘ 取士法：科举制度。王安石变法，废除诗赋考试，改考经义、策论，结果使进士们的写作水平下降。此谓神宗晚年意识到了这个问题，想再改变科举的办法。

㉙ 特：只。

㉚ 议者：议论的人。复诗赋：恢复以诗赋取士的办法。

㉛ 立《春秋》学官：在太学设置《春秋》学的博士。王安石贬低《春秋》，太学里不教授此经，科举也不考，司马光当政，补设之。

㉜ 古人之大全：古人之道的全貌。

㉝ 赖：依赖。黄鲁直：黄庭坚字鲁直。秦少游：秦观字少游。晁无咎：晁补之字无咎。陈履常：陈师道字履常。此四人皆苏轼门人。

㉞ 如：将要。太学博士：太学里负责教授的学官。此指张耒由咸平县丞调任太学学录。

㉟ 德辀四句：出《诗经·大雅·烝民》，原文"我仪图之"后面还有"维仲山甫举之"一句，大意是，德行轻如毫毛，但很少有人能举起它，我揣想这件事，只有仲山甫（周定王的臣子）能举起它，可惜没有人帮助他。

㊱ 善爱：好好珍惜自己的品德和才华。

㊲ 卯酒：早晨喝的酒。卯，卯时，早上五时至七时。

㊳ 觍缕：一条一条详细陈述。

　　元丰八年（1085）十二月苏轼至京师，元祐元年（1086）夏初张耒任太学录，苏轼此书当作于其间。除了对张耒的勉励外，书中表达了对苏辙和王安石的看法，都很重要。

　　说苏辙的文章超过自己，即便不是矫情之论，现在看来也有点言过其实。后来秦观也引述此说来为苏辙辩护，但那只是为了辩护而已，实际上他最崇拜的还是苏轼。这一点倒无须多论。然而所谓"汪洋淡泊"与"秀杰之气，终不可没"这两方面，却准确地道出了苏辙的特点，至今仍是苏辙文章的定评。

　　更重要的是对王安石的意见。苏轼并不否定王安石本人的文章，而是对他的文化专制政策表示极力反对。观点也好，风格也好，多元化才是文学繁荣的保证，用统一的"经义"来规范天下，非此不可，即便其本身多么优秀,也只能起到扼杀文学的作用。此自是千古卓见,而"黄茅白苇"也成了文化专制下千篇一律的作品的代名词。

如梦令二首

为向东坡传语,人在玉堂深处①。别后有谁来? 雪压小桥无路。归去,归去,江上一犁春雨②。

① 玉堂: 宋代翰林学士的官署。
② 一犁春雨: 谓雨量适中,恰宜犁地春耕。

手种堂前桃李①,无限绿阴青子。帘外百舌儿②,惊起五更春睡。居士,居士,莫忘小桥流水。

① 堂: 指黄州东坡雪堂。

② 百舌儿：鸟名，全身黑色，嘴黄，善鸣，其声多变化，故称
　"百舌"。

　　"人在玉堂深处"表明苏轼在任翰林学士，可见是元祐元年(1086)九月以后所作，词中写到春景，大概是在次年的春天吧。玉堂深处的苏轼念念不忘黄州的东坡，以这两曲《如梦令》来表达怀思。这个曲调可能本来就给人追忆如梦往事的感受，作者也藉此使东坡的生活场景再次在眼前浮现。他看到了那里冷落的冬天积雪，也看到春天来临后春雨洒在长江上，他的雪堂前桃李结了子，然后仿佛自己又睡在雪堂里，被清晨的鸟声唤醒。眼前这赤绂银章的翰林学士，和那雪堂春睡的东坡居士，到底哪个才是苏轼呢？在词里，他借百舌鸟的叫声一再提醒自己：居士、居士。

书王定国所藏烟江叠嶂图①

江上愁心千叠山②，浮空积翠如云烟③。

山耶云耶远莫知,烟空云散山依然。但见两崖苍苍暗绝谷,中有百道飞来泉。萦林络石隐复见④,下赴谷口为奔川。川平山开林麓断,小桥野店依山前。行人稍度乔木外⑤,渔舟一叶江吞天。使君何从得此本⑥,点缀毫末分清妍⑦。不知人间何处有此境?径欲往买二顷田。君不见武昌樊口幽绝处⑧,东坡先生留五年。春风摇江天漠漠,暮云卷雨山娟娟。丹枫翻鸦伴水宿,长松落雪惊醉眠⑨。桃花流水在人间,武陵岂必皆神仙⑩?江上清空我尘土,虽有去路寻无缘⑪。还君此画三叹息,山中故人应有招我归来篇⑫。

① 王定国:苏轼的朋友王巩。烟江叠嶂图:苏轼自注"王晋卿画",王晋卿名诜,宋英宗女蜀国长公主之驸马,善画山水。

② 江上愁心:唐代张说有《江上愁心赋》,苏轼用其语,谓所画的江上山峰唤起观者的愁心。

③ 浮空积翠：浮在空中，积聚翠绿。谓绿色的山峰高入云烟缭绕之处。

④ 萦、络：绕。见：现。

⑤ 行人句：谓林隙可以看见行人。度，走过，穿过。乔木，高大的树木。

⑥ 使君：指王诜，他曾任利州防御使，故称。此本：此画所本的实景，意谓从哪儿描摹到这样的景观。

⑦ 点缀：点画。毫末：细微处。妍：美丽。

⑧ 武昌：今湖北鄂城。樊口：在今鄂城西北，与苏轼谪居的黄州隔江相望。

⑨ 春风四句：分别写春、夏、秋、冬之景。伴水宿，睡在水边。

⑩ 武陵：在今湖南常德。陶渊明《桃花源记》写武陵的渔人发现世外桃源。此代指桃源般的仙境，谓并非只有神仙住的地方才美，人间也有美景。

⑪ 江上二句：说虽有去路的标记，却无缘找到桃源，因为清丽空灵的江山容不得我这样的俗人。尘土，形容卑俗。

⑫ 归来篇：陶渊明有《归去来兮辞》，借指山中的老友向作者发出隐居之邀。

本篇作于元祐三年（1088）十二月，也是题画诗。不过，作者从画中之景联想到黄州之景，所以诗里描绘了两处风景，表达的自是归隐的愿望。

两处风景的写法不一样，各有特色。写画中之景是从空间上着眼，由远及近，自上而下，从山到水，层次感很强；写黄州之景则以时间为线索，按顺序概括地描绘春、夏、秋、冬四季之景，语调间颇见其一往情深。身在玉堂的苏轼，其诗歌仍要借黄州来生色。

在朝廷任职期间，苏轼创作的诗歌数量其实不少，但除一些题画诗外，绝大多数是京城里官僚之间迎来送往的应酬唱和之作，其间有些颇可见出他的才气，却听不到属于他自己的内心独白。只有与苏辙唱和的诗，因为兄弟间特殊的关系，有时可以与独抒怀抱的诗一样，如下面的一首：

> 微生偶脱风波地，晚岁犹存铁石心。定似香山老居士，世缘终浅道根深。

六、还来一醉西湖雨（1089—1093）

如果说熙宁党争中的苏轼是主动投入、积极作战的话，元祐党争中的他却是被动受攻，除了不得不作出的辩白外，基本上没有热情去参与，经常充满无可奈何的厌倦之感，而自己想办的事又总有人反对，争论一番后结果多是不了了之，越来越没有意思。与此相比，走出京城去当地方官对他更有吸引力，这一方面可以避开党争，另一方面也可以在地方上自己做主办成一些事。加上苏辙的官越做越大，兄弟同朝虽然意气飞扬，也不免遭人闲话，反为不便，所以从元祐四年（1089）以后，苏轼一直愿意在地方上任职。

元祐四年苏轼获准出任杭州知州，七月到达任上。

这是他第二次在这"东南第一州"任职，所以西湖的景致总会勾起他的人生感慨。他常常想到退隐林下的逍遥，却又无法忘怀现实的政治，因为他既有诗人的胸襟，又有造福斯民的责任感。面对当时两浙地区的严重灾情，他不能不利用他的职位和影响，去向朝廷请求免收租税，开仓赈济，还创置病院来救死扶伤，惩治恶人来安抚民情，而与此同时还要设法摆脱洛党的牵掣，因为他们居然说苏轼在谎报灾情。——这简直是把灾民的生死不当回事，党争发展到这种程度，是只能用"丑恶"来形容的了。可就是这个被泼着脏水的杭州知州，以他的出色治理，给后人留下了一个更为美丽的杭州。当时苏轼发现西湖有被"葑合"（被茭白等水中植物淤塞）的趋势，便上奏朝廷，制定和论证了他的治湖规划，获准动工。他率人开掘葑滩，疏浚湖底，并用葑泥堆建长堤于里湖、外湖之间，南起南屏山，北至栖霞岭等山，中开六桥以通水，这就是著名的"苏堤"。为防西湖湮塞，他又计议在湖上造小石塔三五处，禁止在石塔以内水域种植菱、荷、茭白之类。不久建成三座，就是今天的"三潭印月"。继唐代白居易之后,苏轼的一番作为,不仅有治湖之功,也使西湖的人文景观大大丰富。

苏轼离朝后,苏辙马上接替了他的翰林学士职务,掌"内制",继而出使北方的大辽。苏辙在辽时,到处有人向他打听"大苏"的消息,也看到不少人在诵读苏轼的文集,说明苏轼在那里也久负盛名。苏辙归来后担任御史中丞的要职,在太皇太后支持下力主"分别邪正",反对起用新党人物,招怨愈多。苏氏兄弟和"苏门"的某些行为较浪漫的"学士"不断遭受攻击,这使得杭州任满后回京的苏轼,担任翰林学士未数月,又急急避嫌外任,于元祐六年(1091)闰八月到达颍州知州任上。他在颍州不到半年,但对此地很有感情,这是因为他的恩师欧阳修终老于斯。颍州也有一个西湖,他发动大家引水、修闸,但不到工程完成,他就被调往扬州去了。

元祐七年(1092)春苏轼改知扬州。无独有偶的是,扬州也有一个瘦西湖。后来苏轼贬到惠州,那里还是有西湖,所以有人说苏轼是"一生与宰相无缘,到处有西湖作伴"。当时扬州的通判是晁补之,所以苏轼和他在公务之余，也常有文学活动。

但不到半年时间，元祐七年九月苏轼又被召回京师，参与了郊祀大典，进官端明殿学士、翰林侍读学士、礼部尚书，这是他一生中最高的官职。时苏辙以太中大夫守门下侍郎（执政之一），兄弟皆身居高位。这一次苏轼留在京城差不多有一年光景，御史们不断地在弹劾他，说现在"川党太盛"，使他不安于朝，连连请求外任，终于在元祐八年（1093）六月获知定州（今河北定县）。尚未启行，他的第二个妻子王闰之于八月一日病故。此时元祐之政已经日薄西山，太皇太后高氏于九月弃世，宋哲宗亲政。虽然苏轼做过哲宗的老师，但这个皇帝对他祖母信任的人都没有好感。在九月二十七日赴定州之前，苏轼以边帅的身份照例要求上殿面辞，却被哲宗拒绝，他只好在临行前夕上表，苦劝哲宗："陛下之有为，惟忧太早，不患稍迟。"（《朝辞赴定州论事状》）他已敏锐地觉察到国事将要大变了。

定州任上的苏轼依然尽心尽力。此地与辽交界，防务十分重要。他一边整顿了将骄兵惰、训练不良的官军,严惩贪污将领,禁止赌博酗酒,亲自检阅操练;一边又恢复起原先行之有效的"弓箭社",计划整编一支三万人的民兵武装,利用边人的战斗经验以加强防辽的实力。但在他这样做时,心情却是忐忑不安的。他预感到一场政治风暴将要向他袭来,因而在文学作品中一再为自己身陷政治斗争而感叹。但他可能未必料到,接下来要遭受的打击,其残酷程度会远远超过以前曾遭受过的一切。

与莫同年雨中饮湖上[①]

到处相逢是偶然,梦中相对各华颠[②]。

还来一醉西湖雨,不见跳珠十五年[③]。

① 莫同年:莫君陈,与苏轼同年进士,元祐四年(1089)八月以前任两浙提刑,在杭州。湖:指杭州西湖。

② 华颠:头发花白。

③ 跳珠:指西湖上的雨水,熙宁年间苏轼曾有"白雨跳珠乱入

船"(《六月二十七日望湖楼醉书五绝》)之句。

    此诗为苏轼元祐四年七月到杭州任后不久所作。"到处相逢是偶然"一句实际上概括地重复了早年"雪泥鸿爪"诗的意蕴,太渺小的生命个体在太巨大的空间里不由自主地飘荡,所到所遇无不充满偶然性,同梦境没有根本区别。但在此过程中,人生最珍贵的东西——时间,却悄无声息、冷酷无情地流逝,当老朋友重逢而彼此看到的都是满头白发时,感慨之余,是否为生命的空虚而悲哀呢? 在这里,苏轼虽然没有悲叹,可读者分明能感到一种人生空漠的意识扑面而来。

    不过,让我们换一个角度来看这件事:如此渺小的个体在如此巨大的时空中飘荡,而居然能够重逢,那简直是个奇迹,足可快慰平生。所以,苏轼现在开始为"重逢"而欣喜,因了这重逢的喜悦,"雪泥鸿爪"般的人生也弥漫出温馨的气氛,驱走了空漠意识。十五年前的西湖之雨,跳珠似地溅起来,欢快地落向船板的情景,再一次出现在眼前,仿佛一段悠扬乐曲中的主题重现,令人陶醉其中。

如果说"重逢"是个奇迹，那么即便如何平凡的人生，原也不乏这样的奇迹，关键在于你是否懂得去感知。生命如此具有诗意，决不可以厌倦，离开了京城的苏东坡，马上就回复了他对于人生的热恋。

六 一 泉 铭①并叙

欧阳文忠公将老②，自谓六一居士。予昔通守钱塘③，见公于汝阴而南④，公曰："西湖僧惠勤甚文⑤，而长于诗，吾昔为《山中乐》三章以赠之⑥。子间于民事⑦，求人于湖山间而不可得，则盍往从勤乎⑧？"予到官三日，访勤于孤山之下，抵掌而论人物⑨，曰："公，天人也⑩。人见其暂寓人间，而不知其乘云驭风，历五岳而跨沧海也。此邦之人，以公不一来为恨⑪。公麾斥八极，何所不至⑫？虽江山之胜，莫适为主⑬,而奇丽秀绝之气,常为能文者用,故吾以谓西湖盖公几案间一物耳⑭。"勤语虽幻怪,而理有实然者。明年公薨⑮,予哭于勤舍。又十八年,予为钱塘守,则勤亦化去久矣⑯。访其旧居,则弟子二仲在焉⑰,画公与勤之像,事之如生。舍下旧无泉,予未至数月,泉出讲堂之后、孤山之趾,汪然溢流⑱,甚白而甘。即其地,凿岩架石为室。二仲谓余:"师闻公来,出泉以相劳苦⑲,公可无言乎?"乃取勤旧语,推本其意,名之曰六一泉,且铭之曰:

泉之出也,去公数千里,后公之没十有八年,而名之曰六一,不几于诞乎⑳?曰:君子之泽,岂独五世而已㉑,盖得其人,则可至於百传㉒。尝试与子登孤山而望吴越,歌《山中之乐》而饮此水,则公之遗风余烈,亦或见于斯泉也。

① 六一泉：在杭州孤山下，为纪念欧阳修（号六一居士）而名。六一，参见《颍州初别子由二首》注。

② 文忠：欧阳修的谥号。

③ 通守：任通判。钱塘：杭州。

④ 汝阴：今安徽阜阳。南：南行。

⑤ 惠勤：余杭人，居杭州西湖孤山，欧阳修的朋友，苏轼曾为其诗集写序。甚文：很有文才。

⑥《山中乐》：即《山中之乐》，欧阳修赠惠勤诗，见《居士集》卷十五。

⑦ 间于民事：在管理民事（指任官）之余，得空。

⑧ 盍：何不。往从勤：去找惠勤。

⑨ 抵掌：击掌，指在一起。

⑩ 天人：像天神一般的人。

⑪ 此邦：谓杭州。不一来：谓欧阳修未曾在杭州任官。

⑫ 公麾斥二句：谓欧阳修的精神无所不在。麾斥八极，到达四面八方的极远之地。

⑬ 莫适为主：没有一定的主人。

⑭ 故吾句：意思是西湖之美早就被欧阳修领略，并在写作中随意运用。

⑮ 明年：第二年。薨：逝世。

⑯ 钱塘守：即杭州知州。化去：僧人去世。

⑰ 二仲：当是惠勤的两名弟子，其法名中都有"仲"字。

⑱ 汪然：水大的样子。

⑲ 师闻二句：意谓惠勤死后有灵，为苏轼的到来而特意让泉水流出慰劳他。师，指惠勤。劳苦，慰劳。

⑳ 几于诞：近于怪诞无理。

㉑ 君子二句：谓君子的恩泽不止流传五代。《孟子·离娄下》："君子之泽，五世而斩。"苏轼更加以发挥。

㉒ 盖得二句：谓如果得到合适的继承人，则君子的恩泽可以百世相传。

熙宁四年（1071）苏轼赴杭州任通判，途中拜见欧阳修于汝阴，欧阳修向他介绍了老朋友惠勤。苏轼一到杭州，就去孤山访问了惠勤，成为至交。次年欧阳修逝世，他们也曾在孤山一起哀悼。又过了十八年，即元祐五年（1090），苏轼又在杭州任官，惠勤已经去世多年，但在他们曾经一起哀悼欧阳修的地方，居然出现了一道泉水，所以苏轼取名为"六一泉"，并作此文，铭刻在泉旁。

悼念欧阳修和惠勤的友谊无疑成为此文的主题,而苏轼本人的经历亦贯穿其间,所以文字间回荡着一段深挚的真情。他们之间的友谊建立在一种超凡脱俗的理解之上,认为能欣赏自然之美的人,就是在精神上与自然之美合璧,因而其精神无所不在的人。所以,这孤山的泉水虽然在他人看来似乎与欧阳修毫不相干,苏轼却命名为"六一泉"。文中借惠勤之口说出的一番议论,与苏轼在《前赤壁赋》中的议论可谓精神相通:那种摆脱了世俗功利之心,能够以审美的态度对待自然的人,才是自然的真正主人。

八 声 甘 州

寄 参 寥 子①

有情风万里卷潮来,无情送潮归②。问钱塘江上,西兴浦口③,几度斜晖④?不用思量今

古⑤,俯仰昔人非⑥。谁似东坡老,白首忘
机⑦。　　记取西湖西畔,正春山好处,空翠烟
霏⑧。算诗人相得⑨,如我与君稀⑩。约他年、
东还海道,愿谢公雅志莫相违⑪。西州路⑫,不
应回首,为我沾衣⑬。

① 一本题下有注:"时在巽(xùn)亭。"巽亭在杭州东南,能观
　 钱塘江潮。参寥子:诗僧道潜,苏轼的至交。

② 有情二句:说万里长风卷潮而来,又送潮而去,似是有情,
　 又似无情。

③ 西兴:在钱塘江南,今杭州市对岸,萧山西。浦口:渡口。

④ 斜晖:夕阳斜照。以上三句谓,试问我俩在钱塘江上,或在
　 西兴渡口,见过几次斜阳? 言外指曾与参寥子多次共游,
　 值得追忆。

⑤ 思量今古:怀古思今。

⑥ 俯仰:俯仰之间,瞬间。非:变异。以上两句说,不要去思
　 古虑今,转眼之间,古人已成为陈迹。

⑦ 忘机:忘却计较得失的机心,恬然随缘。

⑧ 记取三句：请记住西湖春山最美的景象，那就是空明的青翠山色，如烟的云雾。霏，云气。

⑨ 相得：相处得宜。

⑩ 稀：少。以上两句说，算来诗人之间像我俩一样相处亲密，是少有的。

⑪ 约他年二句：约定将来退隐杭州，不要像谢安那样事与愿违。海道、雅志，语出《晋书·谢安传》。谢安官居高位，却想归隐会稽(今浙江绍兴)东山，在出镇广陵(今江苏扬州)时，"造泛海之装，欲须经略初定，自江道还东。雅志未就，遂遇疾笃"，临死前回南京城，过西州门，想起隐居的夙愿未能实现，感慨不已。海道，即指通向大海的长江水道。雅志，指归隐之志。

⑫ 西州路：指西州门。谢安外甥羊昙曾醉中过西州门，回忆谢安的往事，恸哭不已。这里以羊昙喻参寥子。

⑬ 沾衣：泪水沾湿衣服。以上三句说，但愿能实现归隐的夙愿，以免知己为我抱憾流泪。

　　除了西湖之外，钱塘江潮也是杭州的一大景观，古往今来，得到过无数骚人墨客的吟咏，而人们之所以被这与人无关的潮水起落所感动，大抵因为它是某种激烈的感情或思想之起伏的最好象征。古人说："'风乍起，吹皱一池春水'，干卿底事？"这潮水当然也是"干卿底事"之物，只是触发感情的媒介而已。所以，苏轼此词一开头就将潮水和感情融成一片，潮水被海风不远万里地卷来，似乎有情，而又匆匆退去，似乎无情。自己仿佛也是如此，两次到杭州任职，于此一方山水人物，亦可谓有情，但时至元祐六年（1091），复被朝廷唤回，不能不离杭而去，是不是太无情了呢？

僧人原不该有情，可苏轼与参寥子临别之际，却大谈感情。人生自不能无情，但世俗利害得失缠绕之中，人与人之间多的是利益结盟、党同伐异，没有感情可言，反而是与超脱世外的僧人倒有真正的感情了。北宋的文人政治造就了这样特殊的人文景观：我们经常称政治家是没有感情的动物，但文人又可谓人类中感情最为丰富的群落，于是身为政治家的文人必然饱受"有情"和"无情"的矛盾煎熬，对于真正友情的寻觅，往往使他们和方外的僧、道成为至交。有的时候，他们会忘记对方是个出家人,只把他当作知已朋友来寄托自己的一份感情。当苏轼在词的结尾处说他一定要东还海道、免得参寥子为自己抱憾沾衣时,他并不认为对方是无情的僧侣。世人无情而僧人有情,说来也可算是一件怪事,但那也反映出诗人对人间真情的不懈追寻。

潮州韩文公庙碑①

匹夫而为百世师,一言而为天下法②,是皆有以参天地之化,关盛衰之运③。其生也有自来④,其逝也有所为⑤。故申、吕自岳降⑥,傅说为列星⑦,古今所传,不可诬也⑧。孟子曰⑨:"我善养吾浩然之气。"⑩是气也,寓于寻常之中,而塞乎天地之间。卒然遇之⑪,则王公失其贵,晋、楚失其富⑫,良、平失其智⑬,贲、育失其勇⑭,仪、秦失其辩⑮。是孰使之然哉?其必有不依形而立,不恃力而行,不待生而存,不随死而亡者矣！故在天为星辰，在地为河岳，幽则为鬼神⑯，而明则复为人⑰。此理之常，无足怪者。

自东汉已来⑱，道丧文弊⑲，异端并起⑳。历唐贞观、开元之盛㉑，辅以房、杜、姚、宋㉒，而不能救㉓。独韩文公起布衣㉔，谈笑而麾之㉕，天下靡然从公㉖，复归于正㉗，盖三百年于此矣㉘。文起八代之衰㉙，道济天下之溺㉚，忠犯人主之怒㉛，而勇夺三军之帅㉜，此岂非参天地、关盛衰，浩然而独存者乎！

盖尝论天人之辨㉝，以谓：人无所不至㉞，惟天不容伪；智可以欺王公，不可以欺豚鱼㉟；力可以得天下，不可以得匹夫匹妇之心。故公之精诚㊱，能开衡山之云㊲，而不能回宪宗之惑㊳；能驯鳄鱼之暴㊴，而不能弭皇甫镈、李逢吉之谤㊵；能信于南海之民㊶，庙食百世㊷，而不能使其身一日安于朝廷之上。盖公之所能者，天也;其所不能者,人也^⑬。

① 潮州:今广东潮安。韩文公:韩愈(768—824),唐代儒学
   和古文复兴运动的领袖,他的谥号为"文",故世称文公,曾
   经被贬潮州。

② 匹夫二句:一个人而能为百世师表,片言只语可成为天下
   的法则。

③ 是皆二句:这是因为有与天地共同化育万物的能力,并与
   国家盛衰命运紧密相关。

④ 其生也句:他的出生自有来历。

⑤ 其逝也句:他去世后仍有所作为。

⑥ 故申、吕句:承上说明"其生也有自来"。申、吕,申伯、吕
   侯,周宣王、周穆王时的大臣,相传他们诞生时有高山降神
   的预兆,见《诗经·大雅·崧高》。岳,高山。

⑦ 傅说句:承上说明"其逝也有所为"。傅说,殷高宗武丁的
   宰相,相传他死后飞升天上,与众星并列。

⑧ 诬:抹煞。

⑨ 孟子:孟轲,战国时代的大思想家。

⑩ 浩然之气:至大至刚之气。语出《孟子·公孙丑上》。

⑪ 卒然：突然。卒,同"猝"。

⑫ 晋、楚：春秋时两个富庶的国家。

⑬ 良、平：张良、陈平,西汉开国功臣,都以足智多谋著称。

⑭ 贲、育：孟贲、夏育,都是传说中的古代勇士。

⑮ 仪、秦：张仪、苏秦,战国时的纵横家,都以善辩著称。

⑯ 幽：指幽冥之处。

⑰ 明：指人世间。

⑱ 已：以。

⑲ 道：指儒道。文弊：文章凋敝。

⑳ 异端：不同于正道的思想,指汉魏以来兴盛的黄老之学和佛教。

㉑ 贞观：唐太宗年号(627—649)。开元：唐玄宗年号(713—741)。这两个时期都堪称治平盛世。

㉒ 房、杜、姚、宋：唐太宗时的贤相房玄龄、杜如晦,和唐玄宗时的名相姚崇、宋璟。

㉓ 救：指挽回"道丧文弊"的局面。

㉔ 起布衣：从平民中奋起。布衣,谓没有官职的人。

㉕ 麾：即"挥",指挥,号召。

㉖ 靡然：随风倒伏的样子。

㉗ 正：正统。

㉘ 三百年：指从韩愈至苏轼当时,相距约三百年。

㉙ 起：振起。八代：指东汉、魏、晋、宋、齐、梁、陈、隋。

㉚ 道济句：提倡儒道,来拯救天下沉溺于佛老思想的人们。

㉛ 忠犯句：忠心进谏而触怒了皇帝。这里指唐宪宗迎佛骨入宫,韩愈上表谏阻,触怒宪宗,因此被贬潮州。

㉜ 而勇夺句：这里指唐穆宗时,镇州(今河北正定)发生兵变,韩愈奉命前往宣抚,用一席话说服了作乱的将士。

㉝ 天人之辨：天与人的区别。

㉞ 人无所不至：人为了利益争夺,什么都干得出来。

㉟ 豚鱼：泛指纯任天性的小动物。《周易·中孚》:"信及豚鱼。"谓忠诚的人对豚鱼之类也要讲信用,虚伪只能骗人,骗不了自然。

㊱ 精诚：专一深挚的心意。

㊲ 能开句：据说韩愈一次路过衡山,正碰上秋天昏暗的日子,他默然祷告,忽然云开天晴,得以饱览山景。衡山,在今湖南境内。

㊳ 回：劝回。宪宗之惑：宪宗皇帝的迷惑,指其迎佛骨入宫之事。

㊴ 驯鳄鱼之暴：驯服暴烈的鳄鱼。韩愈被贬潮州，溪中有鳄
鱼扰民，韩愈作《祭鳄鱼文》，令鳄鱼迁走。据说当晚鳄鱼
果然离开了那里。

㊵ 弭：消除。皇甫镈：唐宪宗时宰相。韩愈被贬潮州后，奏
上表文感动了宪宗，想让他官复原职，却被皇甫镈中伤阻
止。李逢吉：唐穆宗时宰相，曾弹劾韩愈。谤：诽谤。

㊶ 南海：郡名，此指潮州。

㊷ 庙食：接受后世的立庙祭祀。

㊸ 盖公四句：大意是韩愈能够做的是感动天地，所不能做的
是改变人意。

　　始潮人未知学，公命进士赵德为之师①，自
是潮之士皆笃于文行②，延及齐民③，至于今，
号称易治。信乎孔子之言："君子学道则爱人，
小人学道则易使也。"④潮人之事公也⑤，饮食
必祭，水旱疾疫，凡有求必祷焉。而庙在刺史
公堂之后⑥，民以出入为艰⑦。前守欲请诸
朝⑧，作新庙，不果。元祐五年，朝散郎王君涤

来守是邦[9]，凡所以养士治民者，一以公为师[10]，民既悦服，则出令曰："愿新公庙者[11]，听[12]。"民欢趋之，卜地于州城之南七里[13]，期年而庙成[14]。

或曰："公去国万里而谪于潮[15]，不能一岁而归[16]，没而有知[17]，其不眷恋于潮也审矣[18]！"轼曰："不然。公之神在天下者，如水之在地中，无所往而不在也。而潮人独信之深，思之至，焄蒿凄怆[19]，若或见之。譬如凿井得泉，而曰水专在是，岂理也哉！"

元丰七年，诏封公昌黎伯[20]，故榜曰[21]："昌黎伯韩文公之庙。"潮人请书其事于石[22]，因为作诗以遗之[23]，使歌以祀公[24]。其词曰：（略）[25]

① 赵德：号天水先生，通经能文，韩愈曾推荐他做海阳县尉，主持州学。

② 笃：忠实。文行：文章和品行。

③ 延及齐民：教化普及到平民。

④ 君子二句：见《论语·阳货》。小人，指老百姓。易使，容易
　　差使。

⑤ 事：侍奉。

⑥ 刺史公堂：州官办公的厅堂。

⑦ 艰：这里是不方便的意思。

⑧ 前守：前一任知州。请诸朝：向朝廷请求。

⑨ 朝散郎：宋时用以表示品位、俸禄等级的官称之一。王君
　　涤：王涤，字长源，元祐五年（1090）任潮州知州。

⑩ 一：一切，一概。

⑪ 新：重建。

⑫ 听：听任。表示同意。

⑬ 卜地：选择地基。

⑭ 期年：经过一年。

⑮ 去国：离开京城。

⑯ 不能一岁：不到一年。韩愈在潮州只有七个月。

⑰ 没：同“殁”，死。

⑱ 审：明白。

⑲ 焄蒿：祭祀时香气缭绕的样子。凄怆：祭祀时感情悲哀
　　真挚。

⑳ 诏：皇帝（宋神宗）的命令。昌黎：韩愈的原籍，今属河北。
   伯：爵位的一种。

㉑ 榜：匾额。

㉒ 书其事于石：即立碑，写作碑文。

㉓ 因：因此。遗：送。

㉔ 使歌句：让潮州人歌唱此诗来祭祀韩愈。

㉕ 以下为祭祀韩愈的一首较长的歌词，今省略。

　　宋哲宗元祐七年（1092），广东潮州的韩愈新庙告成，当地的士民向官府投牒申请，要求苏轼来为新庙撰写碑文。于是潮州知州王涤将士民的投牒和新庙的地图一起寄给苏轼，并让苏轼在潮州的朋友吴复古也写信请求。此时苏轼正在颍州接到移知郓州的命令，马上又改知扬州，一路匆忙，三月到扬州任后，才撰成此碑。

　　碑文是一种大文字，韩愈又是文化史上的伟人，所以本文雄浑遒劲，气势磅礴。其开篇"匹夫而为百世师，一言而为天下法"，自《礼记·中庸》"君子动而世为天下道，行而世为天下法，言而世为天下则"化出，熔炼得更为精炼而响亮，用于开篇，则横空突起，巨音震荡，如黄钟大吕，响彻终古。前人论文章作法，将此种开篇称为"喝"法，当头大喝，猛烈无比，能震慑读者的心神。然后议论伟人与自然、历史的关系，揭出"浩然之气"，概括韩愈生平的壮举，标举其文化功绩，多用排比之句，势如潮水滚滚而来。据南宋的朱熹说，东坡作此碑的那天，想了好久都不能开笔，试着起了头，又不满意，涂去，数十次后，忽然得到"匹夫"两句作为起头，从此便挥笔扫将下去，一气呵成。可见其胸中酝酿感情甚久，找到一个合适的突破口后，便溃决而下，不可复止。

而之所以能一气呵成者，其实是因为东坡把自己的身世感受、心中激愤完全融入其中，论"天人之辨"的一段，讲的虽都是韩愈的事，但所谓"不能使其身一日安于朝廷之上"，岂不是借他人的酒杯浇自己的块垒？"盖公之所能者，天也；其所不能者，人也"。苏轼在此分明也向世人宣告了自己的人生，能够感动天地，却不能挽回人心的堕落。因为自然是纯真无欺的，人却什么都干得出来。这当然不是宣扬"天人感应"的迷信说法,而是对虚伪邪恶人世的无情鞭挞。

作为碑文,当然也不能不叙修庙立碑的缘起,但叙述的文字难免令文气受阻,故东坡于简单叙述后,显然意犹未尽,话锋一转,又出议论。他要为一种思想精神的永恒而普遍的存在建立理由,借着替潮人祭韩的行为解疑,而提出韩愈的精神"如水之在地中,无所往而不在也"的大命题,令平静下去的波澜再度激荡起来,然后才以歌词作结。如此波澜壮阔、酣畅淋漓的文字,充分展现了东坡文"海涵地负"的本色。所谓"韩潮苏海",精神上的高度一致使此文所云既成韩愈的定评,也为苏轼怀抱的自呈,所以南宋的黄震说:"非东坡不能为此,非韩公不足以当此,千古奇观也。"

东府雨中别子由①

庭下梧桐树,三年三见汝。前年适汝阴②,见汝鸣秋雨③。去年秋雨时,我自广陵归④。今年中山去⑤,白首归无期。客去莫叹息,主人亦是客⑥。对床定悠悠，夜雨空萧瑟⑦。起折梧桐枝，赠汝千里行⑧。重来知健否？莫忘此时情。

① 东府：宋神宗时在皇宫前建造东、西二府，为大臣的官署。苏辙任执政，居此。

② 前年：指元祐六年（1091）。适：去，到。汝阴：颍州。苏轼元祐六年自杭州归京，寓居苏辙的东府，不久出任颍州知州。

③ 汝：指苏辙。鸣秋雨：谓在秋雨中作诗送行。

④ 广陵：扬州。元祐七年苏轼自扬州知州任上被召回京城。

⑤ 中山：定州。元祐八年苏轼出任定州知州。

⑥ 客：指自己。主人：指苏辙。

⑦ 对床二句：苏轼兄弟早有"夜雨对床"之约，故云。悠悠，形容遥远，谓"对床"之约的实现，遥不可期。

⑧ 赠汝句：（将梧桐枝）赠给苏辙后，踏上（赴定州的）千里征途。

元祐八年（1093）九月，太皇太后高氏驾崩，宋哲宗亲政。苏轼于此时将远赴定州上任,他已经预感到朝政将要大变,故临行之时,与苏辙相别,心情非常抑郁。回顾三年以来,三进京城、三出京城,恰巧都碰上秋雨淋漓,想到此番远行,不知何时再能归来,不免又兴漂泊无止的人生悲凉之感。他是作了白首不归的打算,并预见到苏辙也将不久于此,现在的客人和主人其实都是这皇城的客人而已,但双双归隐,"对床夜雨"的约言,看来也无法实现,因为无论是出仕还是归隐,都无法自主。"对床"之事遥不可期,只有那"夜雨"空自萧瑟而已。最后虽然强打精神,说"重来"如何,但实际上正如苏轼自云:"白首归无期。"此番出京之后,苏轼再也没有回到京师了。

七、流放到海角天涯(1094—1099)

宋哲宗赵煦生于熙宁九年(1076),元丰八年(1085)登基为帝,年方10岁。在太皇太后高氏主政期间,对这位小皇帝的教育不可谓不重视,旧党中具有学问方面声望的如苏轼、程颐等,都做过他的老师。但历史上几乎没有比这更为失败的教育了,元祐八年(1093)九月太皇太后一死,在旧党的包围影响下成长的宋哲宗才获亲执政柄,便致力于更换元祐大臣,召回新党人物,恢复神宗"新法"。也许旧党不幸遭遇了赵煦的逆反心理最为强烈的年龄段,使其循循善诱全都收获了决然相反的结果。不过,按中国皇朝时代的普通理念,母后当政乃是不得已的不正常局面,高氏身为皇帝之祖母,却执政近九年,其间哲宗已逐渐年长,而满朝大臣居然没有一个去提醒她应该及时把权力还给天子,这对于哲宗来说,自非值得信任之辈,那么除此之外,他当然只能到被贬斥的新党中去寻找自己的支持者。而新党也抓住了时机,给哲宗否定元祐之政提供了一个天经地义般的理由,那就是"子承父业",即继承神宗的政策,谓之"绍述"。

元祐大臣的内部党争终于结出恶果,延续不断、混乱不堪的党争使他们不能及时去结束政在官闱的不正常局面,既丧失了争取哲宗好感的任何机会,又不能对他的"绍述"意志起到有力的阻止作用。结果是企图在理论上否定"绍述"的苏辙首先遭到惩罚,在元祐九年(1094)三月,以讥讽神宗穷兵黩武之罪,被罢去执政之官,出知汝州。随即,四月份改元"绍圣",起用章惇为相,大张旗鼓开始"绍述"之政。就在这一月,御史们袭用"乌台诗案"的故技,纠弹苏轼以前起草的文件中有讥斥神宗之语。到这个时候来看苏轼以前的文章,便满眼都是颠倒黑白、愚弄君主的话了,苏轼马上得到落两职（取消端明殿学士、翰林侍读学士的称号）、追一官（官品降低一级）、以左朝奉郎（正六品上散官）责知英州（治所在今广东英德）的严惩。这便是后来新党的张商英所谓"一麾出守，坐穷兵黩武之讥；万里英州，下丑正欺愚之令"（《续资治通鉴长编拾遗》卷十七），哲宗皇帝以惩罚苏氏兄弟，揭开了打击"元祐党人"的序幕。

贬谪的命运再次降临到苏轼的身上，而且由于主持"元祐更化"的司马光已经去世，所以这位"更化"时期朝廷重要文告的起草者便被当作罪魁祸首，遭受了恢复权力的新党最大的敌视。绍圣元年（1094）四月以左朝奉郎责知英州的诏命刚下，迅即再降为"充左承议郎"（正六品下散官）仍知英州，闰四月复又下诏"合叙复日未得与叙复"，所谓"三改谪命"。但接下来还有更甚的，六月份苏轼赴贬所经过当涂（今属安徽）时，又被贬为建昌军（今江西南城）司马、惠州（治所在今广东惠阳东）安置。苏轼只好把家小安顿在宜兴，独与侍妾朝云、幼子苏过南下。当途经庐陵（今江西吉安）时，又改贬为宁远军（今湖南宁远）节度副使、仍惠州安置。这样,谪命实已五改。

　　此年的六、七月间,朝廷第一次大规模贬窜"元祐党人"。死去了的司马光、吕公著被追夺赠官、谥号,磨毁墓碑;活着的均被流放远州,苏辙在连续遭贬后,结果又到他元丰时的谪居地筠州居住,竟像做了一场大梦一般。"苏门四学士"也不能幸免,这一批富有才华的文学家,从此进入了他们困顿坎坷的后半生,尤其是黄庭坚、秦观二人,被谪至黔州(今四川彭水)、处州(今浙江丽水),境遇甚恶。苏轼对于自己的不幸颇能处之不惊,但对于这些门生因受他连累而遭遇平生大故,则甚怀不安。然而,若不是张耒派去两个兵丁一路护送,他也难以顺利到达惠州。

　　东坡于此年十月初到惠州,知州詹范照顾他住到转运使行衙皇华馆的合江楼里。也许这待遇对一个逐臣来说太高了,故十几天后即迁居到偏僻的嘉祐寺。至绍圣二年(1095),他的表兄程之才以广东提刑的身份巡行至此,东坡才得以重新住入合江楼,但次年又不得不再次迁到嘉祐寺,这是因为程已离任了。这件事可以令我们想象到他的处境，即便有提刑和知州的照顾，也仍受着无所不在的压力。

新党也许吸取了神宗的政策及身而止的教训，因此以王安石女婿蔡卞为首，兴起了"国是"之论，就是以国家的名义，将"新法"和"新学"确定为唯一正确的政策方针和指导思想，它不单是被某一个皇帝所肯定，而且是"国之所是"，世世代代必须遵守，其权威性似乎比皇帝还高。与此相应，王安石的遗像被塑到孔庙里，与颜渊、孟子一起陪侍孔子，连皇帝见了也必须下拜。这个像后来给旧党提供了口实，斥之为"逆像"。但蔡卞的目的，大概不是要让王安石受皇帝的一拜，他是想借助意识形态的力量，使当前的政策能够延续下去。在此情况下，苏轼就不但是个得罪皇帝的罪犯，而且是个违背"真理"的异端了，因为既有"国是"可依，苏轼的学说就被明确宣布为"邪说"。现在他即使什么都不做，也是这个国家最危险的敌人了。其处境之凶险，当然不言而喻。

但东坡之为东坡，给予后人的最深刻印象，却也莫过于他的善处逆境。他在惠州的条件委实艰苦。除了从朝廷一直延伸到地方的无所不在的压力外，年老多病、物质生活的困乏、岭南地区相对落后的人文环境以及流行的瘴疠等等，都在威胁着他的生存。自程之才离任后，朝云又因病去世，对他的打击是很严重的。但他以顽强的自我肯定，与种种处理日常生活的智慧，来对付这一切。他借了一块不到半亩的地来种菜，吃着自己劳动的收获，认为其味胜过粱肉。他又在这菜园里种上人参、地黄、枸杞、甘菊、薏苡等药物，不但用作自我调理，还常施与别人治病。他在酿酒方面已能自创酿法，名为"真一酒"。在精神上，他也保持着多方面的追求，除了儒家知识分子"穷则独善其身"的总体原则外，比较突出的有两方面。一是对佛老思想有了更深入的理解，以佛教关于生命空虚的学说来自脱于痛苦，保持理智的清醒，而令人生具有诗意；又以道教的长生久视之术来佐助养生，并返视生命的本源，自觉守护高贵、纯洁的人格。二是"和陶诗"的大量写作，据其自述，是准备在惠州将陶诗全部唱和一遍的。后来在儋州时编成一集，有一百多首。为什么要用"和陶"的形式来写作呢？

显然是为了追企陶渊明的人生和诗歌境界。黄庭坚曾形容此时的东坡："饱吃惠州饭，细和渊明诗。"（《跋子瞻和陶诗》）这"饱"字烘托出身处艰危而泰然自适的风度，"细"字又刻画出"和陶"的用功之深。陶诗"外枯而中膏，似淡而实美"（苏轼《评韩柳诗》）的艺术价值，经了东坡的品味后，在诗歌史上获得重新发现，"和陶诗"正是要再造这种艺术的极致之境。

当东坡终于创造出一个自适的环境，感到自己已经"安"于惠州时，他用了几乎所有的积蓄，在惠州白鹤峰下筑屋，准备终老于此。绍圣四年（1097）二月建宅完工，他便自嘉祐寺搬入新居，原先安在宜兴的家人也由长子苏迈带领着前来与他团聚。这当然使62岁的他感到欣然。然而，这造房安家以图终老惠州的打算，分明是低估了哲宗和新党对"元祐党人"的敌意。

绍圣四年二月，朝廷又一次大规模追贬"元祐党人"，苏辙责授化州别驾、雷州（今广东海康）安置，张耒被贬到黄州去监酒税，秦观移送横州（今广西横县）编管，连在家服母丧的晁补之也被夺职，一同被追贬的达三十余人,但其中却无苏轼。不过,到闰二月,追贬苏轼的诏令就下来了,将他责授琼州(今海南琼山)别驾、昌化军(今海南儋县)安置。于是他只好留家属于惠州,在苏过的陪同下再次走上贬途。

所幸,这一次再贬,倒也给了东坡兄弟最后一次会面的机会。当东坡行至梧州(今属广西)时,听当地父老说苏辙刚刚路过,他急忙追去,五月十一日,终于在藤州(今广西藤县)赶上了苏辙。于是两人同行到达雷州,东坡正为痔疮所苦,苏辙劝他戒酒。至六月十一日便相与告别,东坡渡海赴海南岛,于七月二日抵达贬所。这一次兄弟会聚正好一个月,此后竟至死不能再见。

依宋代不杀士大夫的祖训,为人臣者得"罪"至大,亦不过远贬,而到了海南岛,则远无可远,无以复加,"所欠唯一死"了。在"元祐大臣"中,苏轼是受处罚最重的一个。但他在惠州渐趋平淡闲远的心情和诗风,却也因此事的刺激,而变得天骨迥出,气节凛然起来。一路上,他体会到自己被命走向蛮荒的海岛,乃是"天其以我为箕子"。昔周武王封箕子于朝鲜,箕子就把中华的礼乐文明带到了那儿，使其地得到开化。苏轼说自己也要成为海岛上的箕子了，不过，此行不是受了什么圣君的赋命，也非由政敌遣发而来，而是受命于天。昔鲁平公欲见孟子，被小人臧仓所阻，孟子曰："吾之不遇鲁侯，天也，臧氏之子焉能使余不遇哉！"（《孟子·梁惠王下》）苏轼说他此去海岛，自是天教为箕子，政敌虽善于迫害，亦与此何干！

海南的生活当然比惠州更其艰苦，东坡给友人的信中说："此间食无肉，病无药，居无室，出无友，冬无炭，夏无寒泉，然亦未易悉数，大率皆无耳。"（《与程秀才三首》之一）他到儋州（昌化军）后，先住在官舍里，但次年元符元年（1098），朝廷派人按察岭外，将他逐出了官舍。之前，苏辙也因在雷州被地方官礼遇，而被移至循州（今广东惠州东）安置。这样，兄弟间隔海通信的便利也被剥夺，对于苏轼的打击之大是不言而喻的。

但苏轼马上就在海南的黎族人民中间找到了家的感觉，他贬居越久，对淳朴的乡人间流淌着的深厚情味就体会越深。黎族学生帮他在城南的桄榔林下筑起土

房,而他自己也戴了黎族的藤帽,著上花缦,赤着双脚渡
水穿林,觉得自己本来就是一个黎民。他吃着苏过用山
芋做的"玉糁羹",听着邻家孩子的诵书声,虽不精通棋
艺,却爱坐在一旁看别人下棋,看一天都不觉得厌倦。
虽曾答应过苏辙的戒酒劝告,但不久他又喝起来了,并
且自酿"天门冬"酒,漉酒的时候竟一边漉一边品尝,结
果大醉一场。苏辙虽离开了雷州,但天意凑巧,却把东
坡最为关心的秦观再贬到了雷州,得以复通音信。这也
算得不幸中之大幸了。更令人感怀的是,当时还有一些
读书人不喜"新学",不远万里奔赴海岛来向他请教学
问文章。他的眉山老乡巢谷,以73岁高龄,自眉山徒步
远访苏氏兄弟,先见苏辙于循州,又欲访苏轼于海南,不
幸病死于半途。这些都令东坡深为感动。

东坡在海南岛贬居整整三年。这三年里,他除了写
作诗歌和不少小品题跋外,还对自己一生的学术思想作
了总结,既修订了他在黄州所作的《易传》、《论语说》,
又以主要的精力完成《书传》。他还打算写作一部史学
批评专著《志林》,却未能全部完成。他能在海南进行

著述,颇得力于广东的朋友郑嘉会(字靖老)借给他的千余卷书籍,通过海舶运到儋州。至于他著书的目的,则自云"稍欲惩荆舒"(《和陶赠羊长史并引》)。这"荆舒"二字出自《诗经·宫》,原指蛮夷之邦,但由于王安石初封舒国公,后改封荆国公,所以苏轼此语显然是针对王安石而发。自绍圣以来,新党树王安石为偶像,以"新学"为儒学的标准解释,树为"国是",来钳制天下的学术,也使"新学"本身成为教条。在此环境下,东坡奋力著述以"惩荆舒",其用心在于反对绍圣诸臣借"新学"独断学术,以捍卫学术思想的自由、独立原则。

号称"绍述"父志的宋哲宗,其实不了解他的父亲。神宗虽也惩罚官员,那只是为了实施政策,并不是真正与那些官员为敌,所以事情过去以后,仍可获得谅解。哲宗的情况很特别,他寡言少语,似乎熟思良久,却冒出一句任性的话。这个不满25岁就去世的皇帝,表现出许多早熟的特征,却并没有真正心智成熟。对于从小教导过他的那些老师,始终充满了怨恨,朝臣们甚至听到他愤愤地念着苏轼的名字。新党利用了他这种难以理喻的对老师的仇恨心理,将"元祐党人"一半贬死在南疆瘴疠之地,另一半则在哲宗去世以后才获北归。哲宗的统治使岭海之间充满了逐臣,创造了中国历史上最高水平的"贬谪文化"。海南岛是当时贬谪士人的极限,而在这天涯海角,食芋饮水、著书写诗以自乐的东坡居士,则为"贬谪文化"创造了一种最高的典范。

南康望湖亭①

八月渡长湖②,萧条万象疏。

秋风片帆急,暮霭一山孤③。

许国心犹在④,康时术已虚⑤。

岷峨家万里,投老得归无⑥?

① 南康:宋南康军,治所在今江西星子。望湖亭:在星子南吴城山上。

② 八月:宋哲宗绍圣元年(1094)八月。长湖:鄱阳湖。

③ 暮霭:傍晚的暮气。

④ 许国：为国效命。

⑤ 康时：即"匡时"，救正时弊。宋代避太祖赵匡胤名讳，以"康"代"匡"。

⑥ 投老：到老，临老。

绍圣元年（1094）四月至六月，苏轼连续五次受到贬责。四月份最初的贬责制书，虽谩骂其"行污而丑正，学僻而欺愚"，大体犹是数落其罪过。至六月份贬为宁远军节度副使、惠州安置的制书，则云："忘国大恩，敢以怨报。若讥朕过失，何所不容；仍代予言，诬诋圣考。乖父子之恩，害君臣之义。在于行路，犹不戴天；顾视士民，复何面目。"全是对付仇敌的口吻了。接着说："宥尔万死，窜之遐服。虽轼辩足惑众，文足饰非，自绝君亲，又将奚怼？"意谓你苏轼再有才华，也是自取灭亡。制书的最后，甚至说出"保尔余息，毋重后悔"的话，就是：好好去苟延你的残喘，再不老实就有更厉害的够你受。——君臣之间，一至于此，不能不令人叹息。当然，有足够的材料证明，前一篇制书是蔡卞所为，后一篇则出自苏轼的朋友林希之手。据说苏轼看过制书后，说了句"林大亦能作文章耶"。在他的时代，原也有过许多会做文章的人，不过那些人的文章多已灰飞烟灭了。

被皇帝视为不共戴天的苏轼，在八月初渡过鄱阳湖，走向南荒之地。他留在湖畔一块木牌上的这首诗，至南宋时还被《清波杂志》的作者周煇看到。在秋天的一片萧疏凄清的氛围中，傍晚的秋风又吹得帆船急驶，此时的苏轼仍然怀抱着"许国"之心，感叹着自己的"康时"之术都被废弃虚掷。可是，这分明也是一种严正的宣告：你说我是"辩足惑众，文足饰非"，而我实是许国心在，康时术虚而已。

十月二日初到惠州①

仿佛曾游岂梦中，欣然鸡犬识新丰②。
吏民惊怪坐何事③，父老相携迎此翁④。
苏武岂知还漠北⑤，管宁自欲老辽东⑥。
岭南万户皆春色⑦，会有幽人客寓公⑧。

① 十月：绍圣元年十月。惠州：治所在今广东惠阳东。

② 新丰：在今陕西临潼东北。汉高祖刘邦是沛县丰邑人，他
在长安称帝后，因其父思念故乡，遂命人在陕西建造新丰，
一一仿效丰邑格局。随迁而来的丰邑百姓各入其室，连鸡
犬也各识其家。苏轼这里是说，惠州的风物很亲切，简直
像故乡一样。

③ 吏民：官吏和百姓。坐：因为。

④ 此翁：苏轼自指。

⑤ 苏武：西汉武帝时人，出使匈奴被拘留，十九年后才回到汉
朝。还漠北：从大漠之北（匈奴居地）回来。

⑥ 管宁：三国时人，曾避乱于辽东三十九年。苏轼用苏武、管
宁两个典故，表示无意北归，准备老死在惠州。

⑦ 岭南句：作者自注："岭南万户酒。"谓惠州家家户户都有好
酒。春色，指酒。

⑧ 会有句：谓会有高士来招我去作客饮酒。幽人，这里指隐
居民间的高士。寓公，留居他乡的客人，作者自指。

　　这仿佛是十五年前《初到黄州》诗的重现，而对于
"十月二日"这准确时间的记录，则恐怕于隐约之间包

含了将身世是非付与历史评说的意味。所以,虽处忧患之中,诗语却从容不迫。

一路行来,半途早有人向苏轼介绍惠州的风土人情之美,故来到此地后,并无陌生之感,仿佛曾经来过,就如故乡一般。倒是当地的官民父老,却奇怪这么一个大文豪怎会万里远来,赶紧出门迎接。当这个被皇帝放逐的罪臣却受到百姓的欢迎时,他也许知道自己已经找到了真正的归宿。他决定终老于此,相信马上会有乡人请他去家里喝酒。这岭南虽是远荒之地,却是家家酿有好酒,"自笑平生为口忙"(《初到黄州》)的苏轼,仿佛已经闻到酒香,而感觉这南国的初冬已是一片春色了。

不久,苏轼自己也学会了酿酒。岭南的风情,从此被苏轼带入诗歌史。

记 游 松 风 亭

余尝寓居惠州嘉祐寺①,纵步松风亭下②。

足力疲乏,思欲就林止息③。望亭宇尚在木末④,意谓是如何得到⑤?良久,忽曰:"此间有甚么歇不得处!"由是如挂钩之鱼,忽得解脱。若人悟此,虽兵阵相接,鼓声如雷霆,进则死敌,退则死法⑥,当恁么时也不妨熟歇⑦。

① 嘉祐寺:旧址在今广东惠阳东江南岸,白鹤峰南侧,其近处有松风亭。

② 纵步:放步。

③ 就:依,从。

④ 望亭宇句:眺望松风亭犹在高高的树梢上。木末,树梢。

⑤ 是:这,指松风亭。如何得到:如何才能到达。

⑥ 进则死敌,退则死法:前进的话,会被敌人杀死;后退的话,也会被军法处死。

⑦ 恁么时:那样的时刻。熟歇:好好歇息一番。

苏轼到惠州后不久,即被迫从合江楼迁出,寓居于嘉祐寺,这篇小品文写的就是他在居处附近的一次小小游历。游玩的过程全无交代，只是一点心理感受：因为预先确定了游玩的目标，所以为到达不了那里而不胜其苦；一旦放弃这个目标，就如鱼脱钩，释去羁绊，轻松自在。从而，苏轼悟出了一个人生的哲理：人们在生活中要善于摆脱自我限制，获得心灵的完全自由。进一步，生死也可置之度外，即便万分危急之时，也可以突然醒悟："此间有甚么歇不得处！"

如果联想到苏轼是被迫迁居的，则"此间有甚么歇不得处"或许带着一点倔强的抗议：这嘉祐寺有甚么住不得！如果再想到他谪居岭南的处境，那么或许他也借此向朝廷宣告：这惠州有甚么住不得！不过，他悟出的道理实在带有更大的普遍性。由于世俗总有许多标准、习惯或定型的心理，要分别高低好坏，所以人们在生活中不免趋高舍低，贪好厌坏，为之奋斗不息，其实未必符合自己的情况，等于自己给自己无端戴上很多枷锁，困死其中而不自知。彻底粉碎这些枷锁，获得自我解放，其实也只在一念间：就眼前这个样子，又有甚么不好！

四月十一日初食荔支①

南村诸杨北村卢②，白华青叶冬不枯③。
垂黄缀紫烟雨里④，特与荔子为先驱⑤。海山
仙人绛罗襦，红纱中单白玉肤⑥。不须更待妃
子笑，风骨自是倾城姝⑦。不知天公有意无，遣
此尤物生海隅⑧。云山得伴松桧老，霜雪自困
櫨梨粗⑨。先生洗盏酌桂醑⑩，冰盘荐此赪虬
珠⑪。似开江鳐斫玉柱，更洗河豚烹腹腴⑫。
我生涉世本为口，一官久已轻莼鲈⑬。人间何
者非梦幻，南来万里真良图⑭。

① 四月：绍圣二年（1095）四月。

② 南村句：作者自注："谓杨梅、卢橘也。"卢橘是一种与橘相
似的果品，时间一久，果皮变黑。卢，黑。

③ 华：花。

④ 垂黄缀紫：指树枝上挂满了杨梅和卢橘。

⑤ 特：只。先驱：谓杨梅、卢橘比荔支早熟，但不及荔支味

美，故比作先驱。

⑥ 海山二句：将荔支比为仙女，外穿深红色罗袄，内着红色纱衣，肤色晶莹洁白。海山，大海中的蓬莱、方丈、瀛洲三山，传说为仙人所居之处。绛，深红色。襦，短袄。中单，贴身的内衣。

⑦ 不须二句：说荔支本身自有美丽的风韵，不必专等杨贵妃的喜爱而闻名。妃子，指杨贵妃。由于她喜食荔支，遂命南方进贡，为保新鲜，须快马送到长安，要累死好几匹骏马。唐代诗人杜牧曾批评道："一骑红尘妃子笑，无人知是荔支来。"倾城，形容貌美。姝，美女。

⑧ 尤物：杰出优异的人和物，此指荔支。海隅：海角，沿海地区。

⑨ 云山二句：荔支长在南方的山上，得与松桧同老，不像北方的山楂、梨树，因困于霜雪而果质粗糙。云山，云雾缭绕的高山。松桧，广东一带常把荔支与松树、桧树夹杂种植。楂，即"楂"，山楂。

⑩ 洗盏：往酒杯里倒酒。酌桂醑：斟上桂花美酒。

⑪ 冰盘：谓白色或玉色的盘子。荐：用盘子盛东西。赪虬珠：赤龙眼珠，比喻荔支。赪，红色。

⑫ 似开二句：作者自注："予尝谓荔支厚味、高格两绝，果中无比，唯江鳐柱、河豚鱼近之耳。"江鳐，一种贝类，壳内有肉柱，是名贵的海味，即今之干贝。斫，用刀剖开。玉柱，即江鳐壳内的肉柱。烹，煮。腹腴，鱼腹下的肥肉。

⑬ 莼鲈：指莼菜羹、鲈鱼脍。晋代张翰见秋风起，想起家乡的莼菜羹、鲈鱼脍，便弃官还乡。苏轼意谓自己贪恋当官，久已不思故乡。

⑭ 图：计划。

　　绍圣二年（1095）四月，苏轼第一次吃到了因博得过杨贵妃的一笑而闻名的荔支。经他的品赏，荔支本身就被比作了穿着绛罗襦和红纱内衫的海山仙人、倾城美女，不是给"妃子笑"作陪衬的物品了。相反在诗里，妃子倒过来只成了荔支的陪衬，一起作为陪衬的还有山楂和梨，都被荔支比下去了。与荔支同享赞美的是作为荔支伴侣的松、桧和品味相像的江鳐柱、河豚鱼，而杨梅和卢橘则因为比荔支稍为早熟，许其为"先驱"。东坡先生一边喝着桂花酒，一边饶有兴致地作着点评，令人感到情趣盎然，而细读之下，却又寓意良深。荔支的"厚味"和"高格"原是东坡先生的人格像喻，"不须更待妃子笑，风骨自是倾城姝"，寓含着不需要皇家的赏鉴，其自身的美便具有价值的意思。

　　与黄州时期咏海棠的诗相比，虽然都是以物自比，借物抒怀，但含义很不相同。海棠诗是一片凄清寂寞的氛围，诗人与海棠孤独相对，同病相怜；此诗却显得热闹，为荔支找了许多先驱、陪衬和伴侣，仿佛并不孤独。海棠是那种流落异邦、得不到欣赏的美，荔支则是自具风姿、远处南方的云山之上与松桧同老、不必等待欣赏的美。所以，写海棠诗的苏轼心怀孤傲不平之气，写荔支诗的苏轼则找到了自己的归宿，颇为放达自适。所谓"南来万里真良图"，这远离朝廷、没有霜雪打击的南方，才是适宜于荔支生长之地，回顾北方的霜雪之下被困的山楂和梨，真是粗俗之物了。

　　因此，作此诗的次年，苏轼再次吃到荔支的时候，就更明快地表示："日啖荔支三百颗，不辞长作岭南人。"（《食荔支二首》之二）

西 江 月

梅 花

玉骨那愁瘴雾^①，冰姿自有仙风^②。海仙时遣探芳丛，倒挂绿毛幺凤^③。　　素面常嫌粉浼^④，洗妆不褪唇红^⑤。高情已逐晓云空，不与梨花同梦^⑥。

① 玉骨：洁白的枝干。那愁：哪怕，不怕。瘴雾：指南方的瘴疠之气，湿热蒸发致人疾病的雾气。

② 冰姿：高洁耐寒的姿态。仙风：超尘脱俗的仙人风姿。

③ 海仙二句：说海上的仙人时时派遣绿毛的小凤鸟倒挂子到百花丛中探访梅花。海仙，海上仙人。时遣，时时派遣。芳丛，花丛。倒挂，倒挂子，岭南的一种珍禽，绿毛红嘴，形状如鹦鹉而小，栖息时倒挂在树枝上。苏轼认为此鸟"自东海来，非尘埃中物"。幺凤，凤凰类中的最小者，此即指倒挂子。

④ 素面：不施粉黛的面容。浼：污染、弄脏。

⑤ 洗妆句：谓洗去残妆后，天生的唇红不会褪色。以上两句

皆喻花色出自天然。

⑥ 高情二句：说梅花的高洁情操，已随着清晨的晓雾一同散
　 去，她不屑与梨花同入一梦。句末作者自注："诗人王昌龄
　 梦中作《梅花》诗。"其诗云："落落寞寞路不分，梦中唤作梨
　 花云。"（或以为是王建的诗）苏轼反用其义，谓梅花独开独
　 谢，不与梨花同时。

　　本篇的词题，有的《东坡词》版本作"古梅"，或作
"惠州咏梅"等，也有的版本无题。按宋代许多笔记的
说法，是以吟咏梅花来寄寓悼念朝云的意思。朝云是东
坡的侍妾，姓王，字子霞，杭州人，在东坡任杭州通判时
开始跟随他，最后远赴岭南，绍圣三年（1096）七月在惠
州染病去世。她是东坡文学作品中提到最多的一位女
性，从这些作品中可以看出她年轻时能歌善舞，晚年则
能与东坡一起参禅，所谓"舞衫歌扇旧因缘"、"天女维
摩总解禅"（《朝云诗》），与东坡之间有很高的精神沟
通，不仅仅是为其生平增添一份浪漫色彩而已。

　　此词总体上是以花喻人，词句间却又以人喻花，显

示出人和花的交融一体。词中塑造了在恶劣环境中保持玉骨仙风、不假修饰而天生丽质的高洁形象，又以珍禽的探访为衬托，尤见其超尘脱俗。最后，热情的赞美转为向往之不可及，"高情已逐晓云空，不与梨花同梦"，已经永久逝去的美丽，飘向云端，随着晓云瞬间流散而变得空无痕迹，再也不入这世俗的幻梦了。"晓云"也就是"朝云"，她确实是上天赐给谪仙的一段朝云，可惜比谪仙早一点"乘风归去"了。

纵　　笔[①]

白头萧散满霜风[②]，小阁藤床寄病容。
报道先生春睡美，道人轻打五更钟[③]。

① 纵笔：放笔而写。

② 萧散：萧疏零落的样子，形容头发稀少。

③ 报道二句：谓听到有人报告说苏轼睡得很甜美，僧人就轻轻敲钟，以免惊醒他。报道，报告说。先生，苏轼自指。道

人,和尚。

绍圣四年(1097)二月,东坡在惠州白鹤峰下建成
新居,其《白鹤新居上梁文》中有一首歌词:"儿郎伟,抛
梁东,乔木参天梵释宫。尽道先生春睡美,道人轻打五
更钟。"后两句与这一首《纵笔》诗相同,当是同时之作。
诗以白描手法、写意笔触,寥寥数语便勾画出一位饱经
风霜、老病缠身,却安闲自适、淡然处之的自我形象,尤
其是后两句的俏皮,更是令人莞尔,大概东坡自己也颇
为得意,故两处用之。

也许因为此诗作于再贬儋州的前夕,所以南宋时的
《艇斋诗话》记了这样的传闻:新党的宰相章惇读到了
"春睡美"的句子,觉得苏子瞻居然还如此快活,大为恼
怒,便将他再贬儋州。这当然只是因为人们喜欢苏轼这
首诗,而给它制造的传闻。绍圣四年再贬"元祐党人"
达三四十人,并非专对苏轼一人而来。其原因,比较可
信的记载是:在绍圣三年的年底,元祐宰相吕大防的哥
哥吕大忠自渭州入朝,哲宗接见他时问到了吕大防的情

况,并表示了好感,说不久可以再相见。此事引起了新党的恐慌,就兴起再贬之议,不让旧党有翻身的机会。大概哲宗皇帝嘴上讲"绍述",其实是以个人好恶来对待"元祐大臣"的。他曾说过,当时的大臣们都只向太皇太后奏事,把皇帝晾在一边,令"朕只见臀背",只有苏颂一人总会转头再向皇帝报告,比较"有礼"。所以,他曾明确表示对苏颂有好感,与"只见臀背"的那些人要区别开来。对吕大防,可能也是这种情况。但这样以个人印象来区别对待"元祐党人"的做法,当然会遭到章惇、蔡卞等力主"国是"的新党大臣的反对,他们坚持路线斗争要大于皇帝的个人感情,故绍圣四年的再贬之举,乃是"国是"论者强硬态度的胜利。这当然与章惇、苏轼的个人感情无关。

然而,南宋的陆游却又在这次再贬之举中看出奇异之点,他说,苏轼字子瞻,贬儋州;苏辙字子由,贬雷州;刘挚字莘老,贬新州,"皆戏取其字之偏旁也"(《老学庵笔记》卷四)。后来罗大经《鹤林玉露》又继续说黄庭坚贬宜州,也是因为黄字鲁直,"宜"与"直"字形相近。此纯是画蛇添足,黄庭坚贬宜州是宋徽宗上台后的事,并不属于绍圣四年的再贬之举。唯陆游举出的三例,却确有恶作剧的嫌疑。总之,这次再贬,可以说具有将"元祐党人"置之死地的目的,比较重要的大臣都贬过了岭南,而本来已在岭南的苏轼就只好出海了。

清代的王文诰说,惠州的东坡祠有"睡美处"三间,他曾经亲到其地。这"睡美处"应该就是东坡"春睡美"的地方,被热爱东坡的乡人保留下来,以为纪念。可惜后来被一个官吏割占,进了私宅,"惠人深愤其事"。王文诰说,"后有畏义知耻者至,终当复之"。

和 陶 止 酒①

丁丑岁②,予谪海南,子由亦贬雷州。五月十一日相遇于藤③,同行至雷。六月十一日相别渡海。余时病痔呻吟④,子由亦终夕不寐。因诵渊明诗,劝余止酒。乃和原韵,因以赠别,庶几真止矣⑤。

时来与物逝,路穷非我止⑥。与子各意

行⑦，同落百蛮里⑧。萧然两别驾⑨，各携一稚子⑩。子室有孟光⑪，我室惟法喜⑫。相逢山谷间，一月同卧起。茫茫海南北⑬，粗亦足生理⑭。劝我师渊明⑮，力薄且为己⑯。微疴坐杯酌⑰，止酒则瘳矣⑱。望道虽未济，隐约见津涘⑲。从今东坡室，不立杜康祀⑳。

① 和陶止酒：和陶渊明的《止酒》诗。止酒，戒酒。

② 丁丑岁：绍圣四年（1097）。

③ 藤：藤州，今广西藤县。

④ 痔：痔疮。

⑤ 庶几：也许可以。

⑥ 时来二句：这两句貌似平淡而含义艰深，大意是，时运来的时候，我跟着事物本身的发展一起前进，没有路的时候，我就停下来；无论前进还是停留，都不是我主观上硬要如此，只是顺其自然，随运而已。

⑦ 子：你，指苏辙。意行：按照自己真实的意愿来处世。

⑧ 百蛮里：指南方蛮族聚居之地。

⑨ 萧然：空荡荡的样子。两别驾：指自己和苏辙，分别被贬为琼州别驾和化州别驾。

⑩ 稚子：幼子。苏轼、苏辙再贬时，各带着最小的儿子苏过和苏远赴贬所。

⑪ 孟光：汉代梁鸿的妻子，对丈夫举案齐眉，为自古贤妻的典范。这里是指苏辙的妻子史氏。

⑫ 法喜：闻佛法而生欢喜之心。佛家以法喜为妻，慈悲为子。此时苏轼夫人、侍妾俱殁，意谓只与佛法为伴。

⑬ 海南北：儋州和雷州分别在琼州海峡的南北侧，隔海相望。

⑭ 生理：生活。

⑮ 师：学习。

⑯ 力薄句：就是"穷则独善其身"的意思。

⑰ 微疴：小病，指所患痔疮。坐：因为。杯酌：谓喝酒。

⑱ 瘳：病愈。

⑲ 望道二句：对于养生之道，就如渡河那样，虽然还没有渡过，但已找到水边了。津涘，水边。

⑳ 杜康：周代人，传说他善于酿酒，故后世将他作为制酒的创始人来祭祀。苏轼谓他的家里从此不再祭祀杜康，就是戒酒的意思。

据东坡自云，他在扬州知州任上时，开始作和陶诗，至惠州后，打算把陶渊明集中的诗都和一遍。不过，还没来得及等他遍和陶诗，就碰上了绍圣四年朝廷再贬"元祐党人"，于是这和陶的活动就被他从惠州带到了儋州，而且一路上也没停下，这里选的一首就是在雷州和苏辙相伴一月后告别时所作。由于这实际上是兄弟二人最后一次执手告别，所以语淡而情深的《和陶止酒》有了非常特别的意义。

陶诗朴实无华，苏轼认为其"外枯而中膏"，貌似枯淡，而内涵甚为丰富深厚，故和陶之诗也模仿这种风格。一向善于驾驭典故、熔铸伟词、发挥想象、纵横开阔的苏轼，如今虚心静气作起朴实之语，正所谓"绚烂之极，归于平淡"。其实，这平淡也并不是随意，而是经过艰苦锤炼的结果。比如开篇的两句，"时来与物逝，路穷非我止"，十个字看上去全是平淡无奇，却包含了复杂的意思：首先是"时来而逝，路穷而止"，就是有时机的时候就发展，没路了便停下；其次是"与物"，随着事物本身的变化而发展，随着路的穷尽而停下；再次是"非我",并非我主观上强求发展或强要停下,从反面强调了"与物"的意思。苏轼巧妙地利用了对偶句"互文相足"之法,将复杂的哲理和人生体验浓缩于看来并不深奥、实际上非常精要的十字之中。细细品味,真可谓"外枯而中膏",甚至可以说是一个语言的奇迹。作者仿佛玩魔方一般,把这十个极普通的字拼在一起,就将如此复杂的含义巧妙地呈现出来,若非精思入神,加以语言技巧的娴熟,决不能有这样出神入化的诗句。

行琼儋间肩舆坐睡梦中得句云千山动鳞甲万谷酣笙钟觉而遇清风急雨戏作此数句①

四州环一岛②,百洞蟠其中③。我行西北隅,如度月半弓④。登高望中原,但见积水空。此生当安归? 四顾真途穷! 眇观大瀛海⑤,坐咏谈天翁⑥。茫茫太仓中,一米谁雌雄⑦。幽

怀忽破散,永啸来天风⑧。千山动鳞甲,万谷酣
笙钟。安知非群仙,钧天宴未终⑨。喜我归有
期⑩,举酒属青童⑪。急雨岂无意,催诗走群
龙⑫。梦云忽变色,笑电亦改容⑬。应怪东坡
老,颜衰语徒工⑭。久矣此妙声,不闻蓬莱宫⑮。

① 琼儋:琼州和儋州,即今海南的海口和儋县。肩舆:轿子。
　千山动鳞甲:意思是风雨之中,山上的草木如鳞甲一样翻
　动。万谷酣笙钟:山谷里响起回声,像笙钟在酣畅地演奏。
　笙,是一种乐器。

② 四州:海南岛上的琼州、崖州、儋州和万安州。环:环列。

③ 百洞:海南岛中央的五指山,洞穴盘结,故称。蟠:盘曲。

④ 我行二句:谓作者自琼州登岛,先向西,再折向南,赴儋州,
　正好经过海南岛的西北部,走了一条弧线。

⑤ 眇观:远望。眇,眯着眼看。大瀛海:传说中的古地名,此
　指大海。战国时的阴阳家邹衍认为,大地上像中国这样的
　地方有九个,合称九州,每一州都有一小海环绕,与别的州
　隔绝,九州之外有大瀛海环绕,是天地相接之处。

⑥ 谈天翁：即邹衍，因他善谈宇宙天地之事，人称"谈天衍"。

⑦ 茫茫二句：用《庄子·秋水》语："计中国之在海内，不似稊米之在太仓乎？"太仓是古代京城的大粮仓，谓中国在宇宙当中，也不过如一粒米之在太仓，有谁来评说它的大小巨细？雌雄，谓比较评说。

⑧ 永啸：长啸，形容风声。此二句谓呼啸不止的天外来风，吹破了我的怀古幽绪。

⑨ 钧天宴：指神仙的宴会，钧天在天的中央，传说为天帝所居。

⑩ 归有期：马上就要归去了。苏轼被人们称为"谪仙"，原本在天上当神仙，暂谪凡世，不久当要归去，故如此说。

⑪ 属：劝酒。青童：即青童君，神仙名。

⑫ 急雨二句：说急雨骤下，岂是无意，那一定是神仙们让群龙飞舞作雨，来催我做诗的。走群龙，谓群龙飞舞，古人认为龙是行雨的。

⑬ 梦云二句：说为了我将要做诗，如梦的云彩、似笑的闪电都变色改容了。梦云，形容云的形状变化莫测，如梦一般。笑电，传说神仙们在天上投壶（一种游戏，类似现在的投圈），如有投不中的，天帝就会发笑，便是闪电。

⑭ 颜衰：面貌衰老。语：指诗句。徒：徒然。工：工巧精妙。

⑮ 久矣二句：说自从我谪到人间来以后，仙宫里已经好久没有听到过这样精妙的诗句了。蓬莱宫，仙宫。

　　绍圣四年的夏天，苏轼渡过茫茫大海，登上海南岛，前往贬地儋州，路上遇到一场"清风急雨"，遂作此诗。前半部分写他飘落海外的境遇和感受，因为隔着大海望不到中原，四顾途穷，恐怕回归无望，所以只好用邹衍关于"大九州"、"大瀛海"的说法来排遣心情。如果中国（中原）也只是海水环绕的九州之一，那么与这座落海中的岛屿也没有根本的区别吧。虽然有大小之分，不过对于整个宇宙来说，都只像太仓中的一粒米而已，谁还去管这些米之间的大小呢？从"幽怀忽破散"以下，写一阵天风吹来，千山草木翻动，万谷回声顿起，场面迅速改观，变得雄浑浩荡，而且一切都似乎活了起来。作者开始驰骋其丰富奇特的想象，谓此乃神仙们饮酒于天上，想起了昔日的同伴苏轼，于是群龙受他们的派遣，飞舞着兴风行雨，来催苏轼作诗。苏轼于是洋洋自得，说神仙们看了诗后怕要觉得奇怪,我这衰弱的老头怎么还能写出如此精妙的诗句,自从"谪仙"下凡以来,仙宫里应该好久都没有听到这样好的诗句了。

海上的风涛奇幻怪谲,东坡的神思更是天马行空。海外一行给他提供了全新的感受,使他的心胸更为开阔,气象更为博大,创作艺术又迈进到新的境界,如天风海雨一般,令当年与他齐名的苏辙、黄庭坚等人都望洋兴叹。在中国诗歌史上,东坡过海后诗,是与杜甫夔州以后诗并称的最高艺术典范,标志着一种永远不可企及的炉火纯青的境界,真所谓"久矣此妙声,不闻蓬莱宫"。

试 笔 自 书

吾始至南海①,环视天水无际,凄然伤之,曰:"何时得出此岛耶?"已而思之,天地在积水中②,九州在大瀛海中,中国在四海中,有生孰不在岛者③?覆盆水于地,芥浮于水④,蚁附于芥,茫然不知所济⑤。少焉水涸⑥,蚁即径去,见其类⑦,出涕曰:"几不复与子相见。岂知俯仰之间,有方轨八达之路乎⑧!"念此可以一笑。戊寅九月十二日⑨,与客饮薄酒小醉,信笔书此纸⑩。

① 南海:指海南岛。

② 天地句:据东汉张衡《浑天仪注》介绍的"浑天说",天地就像一个鸡蛋,地是蛋黄,天是蛋壳,而壳(天)的内外都是水。

③ 有生:生物。孰:谁。

④ 芥:小草。

⑤ 济:渡。

⑥ 少焉水涸:过了一会儿,水干了。

⑦ 类:同类,即蚂蚁。

⑧ 几不复三句:差点不能跟你再见了,谁知顷刻之间,却出现了这么宽广的大路呀。方轨,两车并行。八达,可以通向八面。

⑨ 戊寅:元符元年(1098)。

⑩ 信笔：随意写去。

　　这是苏轼到海南的第二年即元符元年（1098）九月所作的一篇随笔。大概自从来到岛上以后，苏轼的脑中就一直想着邹衍的"大九州"、"大瀛海"的说法，以此来排解困居海岛的愁苦。这在上面那首诗里已经看到，而此篇则又触类旁通，加上了蚂蚁附于盆水浮芥的设想。从"大九州"看海岛，是以大比小；从蚂蚁浮芥看海岛，又是以小喻大，视点的灵活转变反映了苏轼观察人生的通达眼光和超脱智慧。不过，到"少焉水涸，蚁即径去"为止，这个比喻所要说明的道理已经呈现出来，下面让蚂蚁与它的同类见面诉说，完全是"信笔"而下，增强其故事性的延伸。但这一延伸，确实妙趣横生，露出东坡居士俏皮诙谐的真面目。

书上元夜游①

　　己卯上元②，余在儋州。有老书生数人来

过③,曰:"良月嘉夜,先生能一出乎?"予欣然从之。步西城,入僧舍,历小巷,民夷杂揉④,屠沽纷然⑤,归舍已三鼓矣⑥。舍中掩关熟睡⑦,已再鼾矣⑧。放杖而笑,孰为得失⑨?过问先生何笑⑩,盖自笑也;然亦笑韩退之钓鱼无得,更欲远去⑪,不知走海者未必得大鱼也⑫。

① 上元:旧历正月十五日。

② 己卯:元符二年(1099)。

③ 过:访问。

④ 民夷:谓汉族和当地的少数民族。杂揉:混杂相处。

⑤ 屠沽:卖肉的、卖酒的。泛指市井中的生意人。纷然:杂乱众多的样子。

⑥ 三鼓:三更天。

⑦ 掩关:闭门。

⑧ 再鼾:打起第二阵鼾声,指醒过复睡。

⑨ 孰为得失:谓游玩和睡觉,谁得谁失。

⑩ 过：苏过，字叔党，苏轼幼子，当时跟从苏轼贬居海南。先
　　生：苏轼自指。

⑪ 然亦笑二句：韩愈《赠侯喜》诗谓，侯喜约他去钓鱼，结果从
　　下午到傍晚，手疲目劳，只钓得一寸左右的小鱼。韩愈因
　　此就认为"我今行事尽如此，此事正好为吾规"，并希望去
　　远处深水中钓大鱼。

⑫ 走海者：走到大海上的人，这里指来到海南岛的苏轼自己。

　　得与失的问题是这篇小品的中心论题。元宵节的
夜游其实还算气氛热烈，苏轼的游兴似乎也颇高，但归
来看到家人的酣睡正美，却觉得自己空兜了大半夜，除
了疲劳之外一无所得，还不如躺在家里睡觉。不过，倘
若一直睡觉，岂不也辜负了"良月嘉夜"？这"游"和
"睡"到底谁得谁失呢？苏轼不禁自笑起来：为什么要
去考虑得失呢？

　　我们该记得苏轼早年过龟山时的诗句："身行万里
半天下，僧卧一庵初白头。"现在正是同样的情况：汲汲
奔走而一事无成，与本无一事而静卧不动，"孰为得

失"？如果上元夜游的得失难以判断，那么人生动静的得失其实也没有固定的标准，而患得患失之心，本来就是自寻烦恼。对于人生的得失尚能了然超脱的苏轼，居然为"游"与"睡"的得失考虑起来，当然只好"自笑"了。"自笑"之后，便又笑起韩愈来，他钓鱼无所得，又欲远去，分明也是在比喻人生，但由于得失的观念一直牢固地横在心中，故没有想到远去也未必就能钓到大鱼。

这是一种成熟的人生态度。颇有事业心的苏轼，他并不因为自己从事的事业较大，就把自己的生存看得比其他人（包括不做一事的僧人）更具重要的意义，同时，他也不因为对其他人的生存方式的肯定或赞赏而放弃自己的生存方式。他有一种平等的生命价值观，相信每一种生存方式都能使人生获得自己的一份意义，关键在于心中应该超越得失计较，因为计较人生的得失，和计较"游"与"睡"的得失没有什么不同。如果因为觉得所得甚小，就要去远走高飞，追求更大的，那就是"不知走海者未必得大鱼"了。

被酒独行遍至子云威徽先觉
四黎之舍三首①（选二）

半醒半醉问诸黎②，竹刺藤梢步步迷。
但寻牛矢觅归路③，家在牛栏西复西。

① 被酒：刚喝过酒，带着醉意。四黎：子云、威、徽、先觉四人
　　都是黎族人，姓黎，故称"四黎"。

② 问：访问。诸黎：即前述"四黎"。

③ 牛矢：牛粪。

总角黎家三四童①，口吹葱叶送迎翁②。
莫作天涯万里意，溪边自有舞雩风③。

① 总角：古代儿童发式，即在头顶的左右两旁各扎一个小髻。

② 口吹葱叶：小孩卷葱叶吹着玩。翁：苏轼自称。

③ 莫作二句：意思是不要感到自己是浪迹天涯、万里为客，小
　　溪的边上也可以乘风纳凉，就像曾点在舞雩台上那样。舞

雩,古代祭天求雨的场所。《论语·先进》载孔子弟子曾点说:在暮春时节,与好友在沂水边沐浴,到舞雩台上迎风乘凉,然后唱着歌回家,是其人生的志向。曾点的这种人生态度得到孔子的赞许。

"随遇而安"是个常用的成语,但真正能做到的人并不多。对于宋代士人来说,宦游也好,贬谪也好,总要不断迁徙,在一个地方长住的可能性并不大,所以,贬谪中的士人也经常是赁屋而居,随时准备离开的。但苏轼则不同,在黄州、在惠州、在儋州,他都要造房子,都准备在那里终老。他的经济生活并不太好,有时候要靠苏辙接济,他也并非不怀着北归的希望,但每到一个地方总是竭尽财力造房安家,做着长住的打算,这在宋代士人中显得比较特别。他是一个真正四海为家、随遇而安的人。

元符二年(1099),是东坡到海南的第三年,随遇而安的人生态度,使他与当地的黎族人民早已打成一片。从本组诗里可以看出,他与"诸黎"是很好的朋友,常来常往,连小孩们都跟他亲密无间。而且,他完全地融入了这种乡村的生活，访友归来，循着地上的牛粪去找到牛栏，因为记得自己的家是在牛栏的西面。在他的诗词里，"万里家在岷峨"，是他出生的四川老家；"家在江南黄叶村"，是他买田置产的宜兴之家；而这"家在牛栏西复西"，则是他在天涯海角的安身之家。他走到哪里，就把"家"带到哪里，于是山河大地处处有家，实现了他自己关于水的一种比喻："如水之在地中，无所往而不在也。"只要抱着曾点那种胸襟洒落的人生态度，天涯万里的海南岛也自有舞雩之风，可以乐在其中。

相比之下，在当年的执政苏辙的东府官署里，他却一直有"客"的感觉，"客去莫叹息，主人亦是客"，没有把那里当作"家"。魏阙之下与江湖之上，苏东坡的归宿感更多地属于后者。

千　秋　岁

次　韵　少　游①

岛边天外，未老身先退。珠泪溅，丹衷

碎②。声摇苍玉佩,色重黄金带③。一万里,斜
阳正与长安对④。　　道远谁云会⑤,罪大天
能盖⑥。君命重,臣节在⑦。新恩犹可觊⑧,旧
学终难改⑨。吾已矣,乘桴且恁浮于海⑩。

① 少游：秦观字少游。

② 丹衷：赤诚的心。

③ 声摇二句：腰间的青色玉佩泠泠作响,金黄色的腰带色彩
　　凝重。此表示仪表端严。佩,古人腰间常佩带的玉饰。

④ 长安：唐代首都,此借指北宋首都开封府。

⑤ 道远句：路途遥远,谁说还能相会。

⑥ 天能盖：形容"罪"之大,只有天能包容。

⑦ 臣节：大臣的气概节操。

⑧ 新恩：皇帝的新恩典,指赦免。觊：期待。

⑨ 旧学：指自己从来一贯的见解。

⑩ 乘桴句：《论语·公冶长》载孔子语："道不行,乘桴浮于
　　海。"意谓其学说、见解不被采纳,就乘着木船,浮海远去。
　　桴,浮木,船。恁,如此,这样。

绍圣四年朝廷再贬"元祐党人"之时,秦观从郴州
(今属湖南)被再贬横州(今广西横县),途经衡州(今湖
南衡阳)时,将他的一首《千秋岁》词抄赠朋友孔平仲:

> 水边沙外,城郭春寒退。花影乱,莺声碎。飘
> 零疏酒盏,离别宽衣带。人不见,碧云暮合空相对。
> 忆昔西池会,鹭同飞盖。携手处,今谁在? 日边清
> 梦断,镜里朱颜改。春去也,飞红万点愁如海。

此词为秦观的名作,表现了一种浓烈得惊人的悲
哀,甚至被认为是少游将不久于世的预兆。孔平仲读了
以后感到担忧,当即唱和一首,想排解少游的悲伤情
绪,但自己的用词也不免低调,只叫他看得开些而已。
然后,随着秦词的传播,苏轼、黄庭坚、李之仪、惠洪等
纷纷唱和,成为贬谪中的"元祐党人"及其同情者的一
次心灵交流。苏轼的这一首,据推测,约是元符二年
之作。因他的侄孙苏元老把秦、孔两词寄给他,故有
感而发。

对于秦、孔的悲哀、低调的情绪,历经更大磨难的苏

轼却断然超越之。他曾多少次在诗词中说自己"老"
了,但这一次却明确地说"未老身先退",不是因为老而
退,而是政见不同而被退。远贬海外当然不免伤感,但
溅起的珠泪、破碎的丹衷,都是那么的具有质感,透出一
份凝重。青色的玉佩、金色的腰带,依然是大臣的端严
仪表,不因漂泊流离而变得苟且随便。对于政治局势也
依然密切关注,万里之外的斜阳里远远凝望着首都的所
在。虽然可能没有再会之期,虽然被认为罪大难容,虽
然君主的惩罚如此严重,但一个大臣的气概节操仍值得
坚守。即使赦免的君恩犹可期待,自己一贯的见解也决
不会改变。如果政见不被采纳,就乘着小船如此漂浮于
大海之上,只有超越,决无屈服。在这里,苏轼既没有被
贬谪的打击所摧垮,也不回避严酷的政治环境,他直面
惨淡的现实,坚持自己的独立见解,肯定自我的操守,顽
强地追求生命价值的实现。

　　这是苏轼生平的最后一首词作,一首豪放词作。是
对沉溺于悲哀的门下弟子的教诲,是自己一生的政治气
节和人生态度的自白,是"贬谪文化"中的最强音。

纵 笔 三 首

寂寂东坡一病翁,白须萧散满霜风。

小儿误喜朱颜在,一笑那知是酒红①。

① 小儿二句:小孩子误以为我脸色红润健康,我笑他们不知
　　这是喝酒红了脸。

父老争看乌角巾,应缘曾现宰官身①。

溪边古路三叉口,独立斜阳数过人。

① 父老二句:说大概因为我曾经当过大官,所以现在一戴起
　　隐士的乌角巾,父老们就觉得稀奇,争相来观看。乌角巾,
　　黑色的方巾,古代隐士或闲居官吏的头巾。应缘,应该是
　　由于。宰官身,有官职的人。《法华经》上说,观音菩萨能
　　现出各种身形,如居士身、宰官身等,以便为各种身份的人
　　说法。

北船不到米如珠①,醉饱萧条半月无②。

明日东家当祭灶③,只鸡斗酒定膰吾④。

① 北船:北来的粮船。米如珠:谓米价昂贵。

② 醉饱句:谓半月以来生活萧条清苦,没有一次喝醉吃饱过。

③ 祭灶:民间习俗,腊月二十三日或二十四日送灶神上天,谓之祭灶。

④ 膰(fán):祭祀用的烤肉。此谓一定会请我吃鸡喝酒、享用烤肉的。

这三首《纵笔》作于元符二年(1099)接近年底的时候,语调灵活而多戏谑,谐趣横生。仔细看来,其实作者的生活状态并不好,从第一首可见其衰老多病,第二首可见其无聊打发时间,第三首更可见其吃喝不足,萧条清苦。但由于心情的作用,苏轼的妙笔一转,都写成了可喜之状。衰老的脸上因为喝酒而显出了"朱颜",导致小孩的误解,令作者偷偷得意。从前戴过官帽的头现在戴起了乌角巾,引来父老的观看,那就站到路口去数过路人,让大家看个够。半月以来未曾吃饱喝足,那就想象明天会有好吃好喝。将琐细的生活情状裁成小诗,虽是宋代文人的普遍习惯,但如果没有心灵的作用去点化生色,便仍是琐细的陈列,不能转变为艺术。生活的艺术化,就要靠这样灵机一动的智慧,化平淡为神采。

八、走向生命的完成(1100—1101)

章惇、蔡卞主持的绍圣、元符之政,以力主"国是",严厉打击"元祐党人"为特征。这并不只为报复私憾,也为了政策的延续,使之不因皇帝的更换而改变。他们意识到宫闱的势力不可以忽视,所以,一度想利用哲宗皇帝仇视长辈的心理,废掉太皇太后高氏的名分,此虽未实现,但高氏作主给哲宗娶的孟皇后却被废去。在朝政方面,章、蔡也越来越表现出专断的倾向。然而,元符三年(1100)正月哲宗暴崩之际,在皇位继承人的问题上,企图控制局势的章惇还是与宫闱发生了冲突,并告失败。

原来,哲宗虽然是神宗的长子,却并非神宗正官皇后向氏所生。这向氏虽无子,其正后的身份并不动摇,在哲宗朝也依然高居太后之位。哲宗没有儿子,势必要从他的弟弟中挑选继承人。为了有利于哲宗"绍述"政策的延续,章惇主张由哲宗的母弟,即其生母朱太妃的另一个儿子来继承。但这势必令朱太妃的地位威胁到向太后,所以向太后坚持认为,朱太妃的儿子与神宗其他的儿子没有身份上的区别,应该按照年龄的顺序,由端王赵佶来继承皇位。赵的生母已经去世,他显然是向太后眼里的最佳人选,但章惇认为他是个"浪子",明确反对。此时新党中比较温和的一派首领曾布支持了向太后,导致章惇失败。赵佶顺利继位,就是著名的"浪子"皇帝宋徽宗,然后马上在全国范围内发起一场批判章惇的政治运动。为了打击章惇所领导的政治力量,被章惇迫害的元祐旧党便渐获起用,政局于是又一次发生逆转,再次"更化"的声浪也逐渐涌动起来。

而在这个时候,如果真要再次"更化",则具有当年司马光的地位和影响,适合主持其事的人,不是苏轼,就是苏辙。

　　静如处子的苏辙表现出他动如脱兔的一面,此年二月朝廷将他从循州(今广东龙川)移置永州(今属湖南),他马上动身北上,四月又移置岳州(今湖南岳阳),他接到命令时已经身在虔州(今江西赣州),到十一月,更许他任便居住,于是他在年底之前便到达京师附近的颍昌府(今河南许昌)。其行动如此迅速,当然是要寻机归朝。相比之下,苏轼却没有那么急迫,二月份诏移廉州(今广西合浦)安置,四月份又移永州居住,而他六月份才离开海南岛。十一月朝廷许其任便居住,他接到命令时尚在广东境内的英州(今广东英德),直到这年的年底,他还没有越过南岭。兄弟二人北归的迟速不同,也许反映出他们对于政治局势的不同判断,或者对于重新卷入党争的不同态度。但这竟使他们失去再次见面的机会。

　　一般情况下,新皇帝继位的第二年才会改年号,徽宗也不例外,而这一次所改的年号与政策倾向密切相关,曰"建中靖国",意思是要在新、旧二党之间取一条中间路线,以图结束党争,安定国家局面。这是在章惇被徽宗排斥的情况下，曾布乘机掌握了相权的结果。曾布是古文家曾巩的弟弟，早年跟随王安石搞"新法"，但在"新党"内部长期与章惇不和，此时终于借拥立徽宗而击败了章惇。为了与章惇立异，便设计出一条中间路线，而得到徽宗的信任。为了保证这中间路线的实施，在新旧两党人物被兼收并蓄的同时，两党中的"极端"人物也要被压制，新党立场鲜明的蔡京、蔡卞兄弟被放离京城，而苏轼、苏辙兄弟便被认作旧党立场最为鲜明的"极端"人物，并不在收用之列。因此，徽宗和曾布取得的共识是："左不可用轼、辙，右不可用京、卞。"也就是说，"建中靖国"的局面是以蔡氏兄弟与苏氏兄弟同时出局为代价的。这就使迅速北归的苏辙只能停留在距京城一步之遥的地方，不能再继续前进。

就在这建中靖国元年（1101）的正月，苏轼终于越过大庾岭，进入今江西境内。然后，经虔州（今赣州）、庐陵（今吉安），从赣水过鄱阳湖入长江，再东行至当涂、金陵（今南京）、仪真（今仪征）、金山等地，直至他终焉之地的常州。据说，他"初复中原日，人争拜马蹄"

（释道潜《东坡先生挽词》），引起人们极大的关注。当他舟行至常州时，"病暑，著小冠，披半臂，坐船中。夹运河岸，千万人随观之。东坡顾坐客曰：'莫看杀轼否？'其为人爱慕如此。"（邵博《邵氏闻见后录》卷二十）仿佛颇有一点当年司马光回京的声势，但他本人应该越来越清楚"建中"之政的内在含义，知道朝廷并不需要和欢迎他上京去"更化"。所以，越往北走，他的步伐就越变得滞重。他逐渐确定此行的终点在颍昌府，以便与苏辙会聚。

但时局的变化说明定居颍昌府还是奢望。在"建中"路线下被重新起用的旧党人物有着强烈的"邪正"观念，在他们看来，新党的人物都是"小人"，不可共事的。他们一旦被起用，所表达的愿望就不仅仅是"建中"而已。这不但违背了曾布的意愿，也引起徽宗皇帝的反感，因为他虽然讨厌章惇，但以庶子入嗣大统的他绝不能落下任何不尊敬神宗的口实。于是新党臣僚再次酝酿起"绍述"之议，以迎合徽宗，使政局再度转向不利于旧党的方向。在此期间，据说蔡京对徽宗宠信的宦官童贯做了有效的工作,这可能也是局面转向"绍述"的原因之一。当苏轼获取了这些信息后,便只好放弃定居颍昌府的打算,因为那里离京城太近,容易招惹麻烦。

同时,苏轼的身体状况也不允许他再投入严酷的政治斗争了。66岁的年龄,在当时已算高寿;又从瘴疠之地的岭南返回,已身染瘴毒;一年来行走道途,以舟楫为家,生活极不安定;时值盛暑,河道熏污,秽气侵人——他终于病倒了。

自建中靖国元年六月一日在长江上饮冷过度,中夜暴下(痢疾)起,他就处于与病魔搏斗的状态。他懂得医术,能自己用药,吃了黄蓍粥,觉得稍为平复。但几天后到仪真,"瘴毒大作",腹泻不止。从此又胃部闷胀,不思饮食,也不能平卧,只能端坐喂蚊子,病情增重。以后病况时增时减,到六月十五日舟赴常州,赁居于孙氏馆(即今常州市内延陵西路的"藤花旧馆"遗址),便向朝廷上表要求"致仕"(即退休),作了退出政界的最后打算。转眼至七月,天虽大旱,但苏轼的病势却在立秋日(十二日)和十三日递减,实非吉象,而是回光返照。

果然至十五日病势转重，一夜之间发起高烧，齿间出血无数，到天亮才停止。他认为这是热毒，当以清凉药医治，于是用人参、茯苓、麦门冬三味煮浓汁饮下。但药物不灵，气浸上逆，无法平卧。晋陵县令陆元光送来"懒版"，类似于今日的躺椅。七月二十八日，一代文宗就在这"懒版"上溘然长逝。

据清代林昌彝《射鹰楼诗话》卷七的说法，苏轼自病自诊，用药有误。他认为苏轼原本中有热毒，却因饮冷过度而受病，乃是"阳气为阴所包"，应以服"大顺散"为主，"而公乃服黄蓍粥，致邪气内郁，岂不误哉？……后乃牙龈出血，系前失调达之剂，暑邪内干胃腑，法宜甘露饮、犀角地黄汤主之，乃又服麦门冬饮子，及人参、茯苓、麦冬三味，药不对病，已至伤生，窃为坡公惜之。"其说可备参考。也许，苏轼用药有误是加速死亡之一因吧。

不过，苏轼给自己开出药方的同时，也是做好了走向生命完成之准备的，在此时与友人往来的许多书简中，我们可以不止一次地看到他清醒地直面着生死大事。到弥留之际,除了因不能与苏辙面辞而感到痛苦外,其他一无牵挂。后来苏辙在《亡兄子瞻端明墓志铭》里记述其临终情状云:"未终旬日,独以诸子侍侧,曰:'吾生无恶,死必不坠,慎无哭泣以怛化。'问以后事,不答,湛然而逝。"面对死亡,他平静地回顾自己的一生,光明磊落,无怨无悔,自信死亡也不会令他坠落黑暗之中,所以告诫家人不必哭泣,以免生命化去之际徒受惊扰。他只愿以最平淡安详的方式无牵无挂地告别人世。当时黄庭坚也听常州来人相告后说:"东坡病亟时,索沐浴,改朝衣,谈笑而化,其胸中固无憾矣。"(《与王庠周彦书》)他对生命意义的透辟理解,他对人类自身终极关怀的深刻领悟,消融了濒死的痛苦和对死亡的恐惧。"湛然而逝"、"谈笑而化",他的确毫无遗憾地走向自己人生旅途的终点。他有个最好的完成。

苏轼去世以后,所谓"建中"之政也在当年结束,次年改元"崇宁",即尊崇熙宁之政,新党大获全胜,蔡京入朝,将"元祐党人"的名单刻石颁布,曰"元祐奸党碑",苏轼列名于显要的位置,其文集、著作皆遭禁毁。

而此时的苏轼,已安眠于汝州郏城县小峨眉山,这是苏辙遵其兄长生前的遗嘱主持安葬的。十余年夜雨萧瑟之后,苏辙亦安葬此地,兄弟终于团聚。

澄迈驿通潮阁二首①(选一)

余生欲老海南村,帝遣巫阳招我魂②。

杳杳天低鹘没处③,青山一发是中原④。

① 澄迈驿:设在澄迈县(在今海南北部)的驿站。通潮阁:又名通明阁,在澄迈西,是驿站上的建筑。

② 帝遣句:比喻朝廷召作者回归内地。帝,天帝。巫阳,《楚辞·招魂》中的女巫名。

③ 杳杳:遥远而无迹可辨。鹘没处:鹰隼飞得看不见影踪之处,谓极远处。

④ 一发:形容远处的山脉细如一根发丝。

元符三年(1100)六月,苏轼将告别谪居三年的海南岛,再渡琼州海峡,返回大陆,在登舟前夕作此诗。虽说本已打算在海南终老,但他的目光却是向北远远地眺望着中原。眼前是荒僻无物的海岛和茫茫大海,可以放目四极,视线一无阻碍,但苏轼的目光捕捉到的只有矫健的鹰隼,飞向细如发丝的山脉延绵之处——那便是中原。此时此刻,遍布岭海之间的"元祐党人"都像他一样,仿佛听到来自京城的"招魂"之声,都期待着被召唤回去重理朝政,而先他一步北去的苏辙,正如诗中矫健的鹰隼一般,挟着海上风涛之势,凌厉无比地扑向中原。虽然能否成功尚未可知,但于公于私,满头白发的东坡老人都应该归心似箭吧。

六月二十日夜渡海①

参横斗转欲三更②,苦雨终风也解晴③。

云散月明谁点缀,天容海色本澄清④。

空余鲁叟乘桴意⑤,粗识轩辕奏乐声⑥。

九死南荒吾不恨⑦,兹游奇绝冠平生⑧。

① 六月:元符三年(1100)六月。渡海:谓渡过琼州海峡赴
　　大陆。

② 参横斗转:参星横斜,北斗星转向,说明时值夜深。参、斗,
　　皆星宿名;横、转,指星座位置的移动。

③ 苦雨:久雨不停。终风:终日刮的风。

④ 云散二句:说月色明朗,遮蔽的浮云散去以后,展现出青天
　　碧海原本就是澄清透明的。点缀,此指遮蔽。

⑤ 鲁叟:孔子。乘桴:见前《千秋岁·次韵少游》词注。

⑥ 轩辕:黄帝。奏乐声:《庄子·天运》谓,黄帝在洞庭湖边
　　演奏乐曲,并借音乐说了一番哲理。这里以轩辕奏乐声形
　　容海涛,也隐指道家哲理。

⑦ 九死:用屈原《离骚》语:"亦余心之所善兮,虽九死其犹未
　　悔。"南荒:极远的南方。恨:悔恨。

⑧ 兹游:这次海南之游,实指贬谪经历。

　　诗题中记下准确的时日,大抵表示这时日对于作
者来说具有特别的意义,如本书所选的《正月二十日
与潘郭二生出郊寻春忽记去年是日同至女王城作诗
乃和前韵》、《四月十一日初食荔支》等,就是东坡有意

要留下准确时间以为纪念的,至于《辛丑十一月十九日既与子由别于郑州西门之外马上赋诗一篇寄之》和《十月二日初到惠州》之类,则更具有标志生命某一阶段开始的里程碑式的意义。这首诗里的"(元符三年)六月二十日",对于东坡来说也显然是又一次新生的标志。所以,前四句以同样的句式排比对偶而下,一气呵成,似是以活泼欢快的节奏唱出生命澄澈的欢歌。一次一次悲喜交迭的遭逢,仿佛是对灵魂的洗礼,终于呈现一尘不染的本来面目。甚至儒学圣人乘桴浮海的那份道德守持也被超越,苏轼在大海上听到的是民族文化始祖轩辕黄帝的奏乐之声。来自太古幽深之处的这种乐声,是混沌未分、天人合一的音响,是包括人在内的自然本身的完满和谐,它使东坡老人又一次从道德境界迈向天地境界。因此,回顾这海南一游,乃是生命中最壮丽的奇遇,虽九死而不恨。这是政治上的自我平反,也是人格上的壁立千仞,而更是以生命之歌融入天地自然之乐章,成为遍彻时空的交响。

书合浦舟行①

余自海康适合浦②,遭连日大雨,桥梁尽坏,水无津涯③。自兴廉村净行院下④,乘小舟至官寨。闻自此以西皆涨水,无复桥船。或劝乘蜑舟并海即白石⑤。是日六月晦⑥,无月。碇宿大海中⑦,天水相接,疏星满天。起坐四顾太息:"吾何数乘此险也!已济徐闻⑧,复厄于此乎⑨?"过子在傍鼾睡⑩,呼不应。所撰《易》、《书》、《论语》皆以自随⑪,世未有别本,抚之而叹曰:"天未丧斯文⑫,吾辈必济⑬!"已而果然。七月四日合浦记,时元符三年也。

① 合浦:今属广西,即廉州。苏轼从海南岛北归,以琼州别驾的身份被调往廉州安置,故乘舟赴其地。

② 海康:今属广东,即雷州。适:往,到。

③ 津涯:边岸。

④ 兴廉村净行院:在海康之西,苏轼曾留宿于此,有《自雷适

廉宿于兴廉村净行院》、《雨夜宿净行院》诗。

⑤ 蜑舟：蜑人的船。蜑是当时南粤一带的少数民族，以船为家，以捕鱼或采珠为业。并海：沿海。即：到达。白石：在合浦东北，其地有白石山，山石皆白，故名。

⑥ 晦：旧历每月的最后一天。

⑦ 碇宿：船只抛锚停宿。碇，原指石块，在船停泊时，将石块沉落水中以稳定船身。

⑧ 济：渡过。徐闻：县名，今属广东。苏轼渡过琼州海峡，在徐闻登陆，再经海康去合浦。

⑨ 厄：遇到灾祸。

⑩ 过子：苏轼幼子苏过。

⑪ 所撰《易》、《书》、《论语》：指苏轼在海南最后修订完成的《易传》、《书传》、《论语说》三部著作。

⑫ 天未丧句：用《论语·子罕》"天之将丧斯文也"语，谓如果天不想让这些文籍毁掉。

⑬ 济：渡过。

即便对于现代的人来说，海洋也充满着不安全的因素，千年以前以小舟横绝琼州海峡的苏轼，无疑要作好海上遇险的心理准备。在徐闻顺利登陆后,他应该感到庆幸,而不愿意再涉险境。但苏轼却于元符三年六月底再入大海,取道雷州半岛西侧的北部湾海域,前往广西合浦,并且夜半停泊于茫茫海面,又一次体会到历险的滋味。这篇小小的记文写下了他当时的心理。"我已经顺利渡过了琼州海峡,难道在这里便过不去了吗?"这大概是普通人都会有的想法,所以读来很感亲切。但重要的是他又以自己生存的意义来与天交流:这生存的意义就是用著作来延续文化,如果天不想毁灭这文化,就不会让其遇险。

确实,天很少毁灭有价值的东西,价值的承担者之所以蒙受灾难,多数是人的原因。苏轼说过:"人无所不至,惟天不容伪。"对他来说,人才是可怕的,而天令他感到亲切。

答谢民师书①

轼启:近奉违②,亟辱问讯③,具审起居佳

胜④,感慰深矣。轼受性刚简⑤,学迂材下⑥,坐废累年⑦,不敢复齿搢绅⑧。自还海北⑨,见平生亲旧,惘然如隔世人⑩,况与左右无一日之雅而敢求交乎⑪?数赐见临⑫,倾盖如故⑬,幸甚过望⑭,不可言也。

所示书教及诗赋杂文⑮,观之熟矣。大略如行云流水,初无定质⑯,但常行于所当行,常止于所不可不止,文理自然,姿态横生。孔子曰:"言之不文,行而不远⑰。"又曰:"辞达而已矣⑱。"夫言止于达意⑲,则疑若不文⑳,是大不然㉑。求物之妙㉒,如系风捕影,能使是物了然於心者㉓,盖千万人而不一遇也㉔,而况能使了然于口与手者乎?是之谓辞达。辞至于能达,则文不可胜用矣㉕。

扬雄好为艰深之辞㉖,以文浅易之说㉗,若正言之㉘,则人人知之矣。此正所谓"雕虫篆刻"者㉙,其《太玄》、《法言》皆是类也㉚,而独悔于赋，何哉？终身雕虫而独变其音节[31]，便谓之经[32]，可乎？屈原作《离骚经》，盖风雅之再变者[33]，虽与日月争光可也，可以其似赋而谓之"雕虫"乎？使贾谊见孔子[34]，升堂有余矣[35]，而乃以赋鄙之[36]，至与司马相如同科[37]。雄之陋如此比者甚众[38]，可与知者道，难与俗人言也。因论文，偶及之耳。欧阳文忠公言[39]："文章如精金美玉，市有定价，非人所能以口舌定贵贱也。"纷纷多言，岂能有益于左右？愧悚不已[40]。

所须惠力"法雨堂"字[41]，轼本不善作大字，强作终不佳，又舟中局迫难写[42]，未能如教。然轼方过临江[43]，当往游焉。或僧欲有所记录[44]，当为作数句留院中，慰左右念亲之意[45]。今已至峡山寺[46]，少留即去[47]。愈远[48]，惟万万以时自爱[49]，不宣[50]。

① 谢民师：名举廉，新淦（今江西新干）人。元符三年，他在广东做幕僚，遇到苏轼从海南岛北归，彼此书信往返，结交为友。

② 奉违：离别。奉，表示尊敬的用语。

③ 亟：屡次。辱：承蒙。问讯：写信问候。

④ 具：完全。审：明白。起居：指日常生活。

⑤ 受性：秉性，天生的性格。刚简：刚直简慢。

⑥ 学迂：学问迂阔，不合时宜。材下：才智低下。

⑦ 坐废：因事贬谪。累年：多年。

⑧ 复齿搢绅：再进入士大夫的行列。齿，列。搢绅，古代官员的装束，将笏插在腰带里。

⑨ 海北：指琼州海峡以北。

⑩ 惘然：失意的样子。

⑪ 左右：对受信者的敬词，意谓不敢直接干犯对方，而由其左右转致。雅：指交情。

⑫ 数：多次。赐：上对下的给予。见临：谓对方来看望自己。

⑬ 倾盖如故：一见就像老朋友。倾盖，两人乘车偶遇，并车对话，彼此的车盖都向中间斜倾，比喻偶遇便很亲切。

⑭ 过望：出于望外。

⑮ 书教：指书信，谓此书信对我很成教诲。杂文：各类文章。

⑯ 初无定质：本来没有一定的形态。

⑰ 言之不文，行而不远：语言没有文采，传播就不会远。原话见《左传·襄公二十五年》。

⑱ 辞达而已：文章只要把意思表达清楚就足够了。语出《论语·卫灵公》。

⑲ 止于达意：只到达意的程度。

⑳ 疑若不文：谓容易被误认为文采不足。

㉑ 大不然：远非如此。

㉒ 妙：指微妙之处。

㉓ 了然：彻底明白。

㉔ 千万人而不一遇：千万人中也找不到一个。

㉕ 不可胜用：谓足够丰富了。

㉖ 扬雄：字子云，西汉著名学者、文学家。好：喜欢。

㉗ 文：文饰。说：指内容。

㉘ 正言之：直截了当地讲出来。

㉙ 雕虫篆刻：意谓雕琢字句。扬雄做了许多赋后，又后悔，认为这是幼时的雕虫小技，长大后就不屑去作了。

㉚ 《太玄》、《法言》：扬雄的著作，分别模仿《周易》和《论语》

而写，他后悔作赋后就去写这样的书。皆是类：都是这一类雕琢字句的东西。

㉛ 终身雕虫：谓扬雄一生，无论作赋还是写《太玄》、《法言》，实际上都在雕琢字句，前后并无分别。独变其音节：单单改变文字的句法形式，指《太玄》、《法言》的文体与赋不同。

㉜ 经：经典。扬雄后悔作赋，转而模仿经典。苏轼认为经典与赋的区别在内容而不在语句形式上。

㉝ 风雅：诗经的《风》和《雅》，代指《诗经》。再变：谓继承发扬《诗经》的传统。

㉞ 使：假使。

㉟ 升堂：古人以入门、升堂、入室比喻学问由浅至深的三个境界。

㊱ 以赋鄙之：指扬雄因为贾谊曾经作过赋而轻视他。

㊲ 至与句：竟至于把贾谊和司马相如看成同类人物。司马相如，字长卿，西汉著名词赋家。扬雄在《法言》中说，从赋的角度看，司马相如是"入室"，贾谊是"升堂"。但苏轼认为贾谊的见识、抱负更大，不该与司马相如并提。

㊳ 陋：指见识低下。比：类。众：多。

㊴ 欧阳文忠公：欧阳修。

㊵ 愧悚：惭愧和害怕。

㊶ 惠力：寺名。谢民师替该寺向苏轼请求"法雨堂"题匾。

㊷ 局迫：局促，狭窄。

㊸ 方：将。临江：今江西清江，北宋称临江军。

㊹ 或：也许。

㊺ 左右：您。念亲：对乡亲的思念。谢民师是江西人，故云。

㊻ 峡山寺：即广庆寺，在今广东清远，是古代有名的寺庙。

㊼ 少留：稍作停留。

㊽ 愈远：离您越来越远了。

㊾ 以时自爱：随时保重自己。

㊿ 不宣：旧时书信末尾的常用套语，不一一陈述的意思。

　　苏轼于逝世前一年所作的这封书简，今天看来既是他在文艺批评方面的最后一次较集中的论述，也是他一生创作心得的总结，所以特别受到现代研究者的重视。其中对扬雄的评价虽然不能得到所有人的赞同，但也很有影响；而他用来赞誉谢民师文章的一段话，看来表达了他自己的艺术追求，故此段经常被今人用来评论东坡自己的创作。

　　理论性更强的是关于"辞达"的论述,在中国文学批评史上也应该占有一席之地。苏轼将孔子的"辞达而已矣"一语作了深刻的阐发,从"了然于心"和"了然于口与手"两方面来说明"辞达"的要旨。"了然于心"就是对事物的真切把握,苏轼指出了这种真切把握的困难,也许外形可以摹写得到,但每一事物内在的微妙之处,就很不容易捕捉,那是像捕捉风和影一样困难的。这里没有讲到如何去把握的方法,但我们也许可以用他的"成竹在胸"之说来补充之。至于"了然于口与手",那就是说,不但要心里能够把握,而且要有效地表达出来,这便不能不经过技巧上的训练和长期的体会积累了,这方面我们或许也可以用他的"传神论"来作具体例证。

　　这种"辞达"说的优点是统一了表达的有效性和艺术性。长期以来,"文"即艺术性是被流放在表达的有效性之外的,认为它只是一种附加的润饰,去掉以后只是显得枯燥一点,并不影响表达功能的实现;而在东坡看来,这样就没有做到真正意义上的表达,不能把事物的微妙之处传神地呈现出来，其有效性是很低的。真正的有效性必须包含艺术性在内，因为从事物本身的微妙性质，到心灵对它的捕捉、掌握，再到用语言文字进行表达，这全过程中都贯穿着一种对理想状态的追求，而有效性的理想状态就是艺术性，"是之为辞达"。

答径山琳长老①

与君皆丙子②，各已三万日③。
一日一千偈④，电往那容诘⑤。
大患缘有身⑥，无身则无疾。
平生笑罗什⑦，神咒真浪出⑧。

① 径山：杭州的禅宗名山。琳长老：径山维琳，湖州人，云门宗禅僧，参寥子道潜的师兄能诗。长老，对僧人的尊称。

② 与君句：意谓苏轼与维琳都是丙子年出生的。丙子，宋仁宗景祐三年（1036）。

③ 三万日：苏轼与维琳各已生活两万三千多日，举成数为

三万。

④ 一日句：每天诵读一千首偈语。《晋书·鸠摩罗什传》谓其
　　"日诵千偈"。

⑤ 电往：像闪电那样过去，形容生命流逝之迅速。诘：问。

⑥ 大患句：用《老子》语："吾所以有大患者，为吾有身。及吾
　　无身，吾有何患？"患，忧患、祸患。身，身体。

⑦ 罗什：鸠摩罗什，印度僧人，十六国时来到中国，传播大乘
　　佛教。

⑧ 神咒：神奇的咒语。鸠摩罗什临终，出神咒，令弟子们朗
　　诵，据说是想用神咒来延续生命，但没有成功。浪出：虚
　　出，谓不该作此无益之举。

　　建中靖国元年（1101）七月二十三日，苏轼临终前
几天，他的方外朋友径山维琳来访，两人于夜凉时对榻
倾谈。维琳已经了解东坡的病情，他是专程为东坡的生
死大事而来的。二十五日，苏轼手书一纸给维琳云：
"某岭海万里不死，而归宿田里，遂有不起之忧，岂非命
也夫！然死生亦细故尔，无足道者。"（《与径山维琳二
首》之二）已觉大限将至，而心态平和。二十六日，维琳

以偈语问疾，东坡也次韵作答，就是这首《答径山琳长老》。此是东坡绝笔。

他清楚地记得维琳与他同年，所以先粗略地计算了一下他们生命的长度，三万日不为不多，但此时回顾，则如闪电一般，迅疾而去了。对此无奈之事，东坡表现得甚为平静。

五六两句才是正式回答"问疾"的。疾病就是人身的机体出了问题，所以要追查这人身的来历。人身本来就是自然的一部分，由自然的各种元素构成，其本质与自然无异，原不该与自然产生各种矛盾，当然也无所谓疾病。但这些元素一旦汇合为一个人身，这个人身却产生了意志、欲望，把自己从自然中分离出去，通过种种方式来破坏和占有自然物，并且幻想长久拥有这身体，从而不但与自然产生矛盾，与同类也产生矛盾，患得患失，而不可避免地遭受疾病。故关键在于"有身"，即因此身存在的自我意识而引起的种种满足自身的欲望。只有消去人身上这些与自然不符合的东西，才能根本地解脱疾病，而回归生命与自然的本来和谐。

　　结尾"平生笑罗什"两句，维琳看了后觉得难以理解，苏轼索笔一挥而就："昔鸠摩罗什病亟，出西域神咒，三番令弟子诵以免难，不及事而终。"这表示他认为用不自然的方法勉强延续生命是无益的。

　　据宋代傅藻的《东坡纪年录》、周煇的《清波杂志》等书记载，东坡七月二十八日去世之际，是"闻根先离"，即听觉先失的，当时维琳对着他的耳朵大声喊："端明宜勿忘西方！"大概维琳这位禅僧已经颇混同于净土宗的观念，故要在苏轼临死时提醒他及时想念西方极乐世界，以便他能够超生。不过东坡似乎更理解南禅宗"无念"的本旨，喃喃回应道："西方不无，但个里着力不得。"在旁的钱氏朋友说："固先生平时践履至此，更须着力！"东坡又答道："着力即差。"语毕而逝。既然像鸠摩罗什那样以不自然的方法来延续生命是徒劳的，那么致力于超生的想念，不自然的"着力"也是徒劳的，东坡更愿意以了无挂碍的心态乘风化去。

《中国古代文史经典读本》（文学类）书目

诗经楚辞选评／徐志啸撰

古诗十九首与乐府诗选评／曹旭撰

三曹诗选评／陈庆元撰

陶渊明谢灵运鲍照诗文选评／曹明纲撰

谢朓庾信及其他诗人诗文选评／杨明、杨焄撰

高适岑参诗选评／陈铁民撰

王维孟浩然诗选评／刘宁撰

李白诗选评／赵昌平撰

杜甫诗选评／葛晓音撰

韩愈诗文选评／孙昌武撰

柳宗元诗文选评／尚永亮撰

刘禹锡白居易诗选评／肖瑞峰、彭万隆撰

李贺诗选评／陈允吉、吴海勇撰

杜牧诗文选评／吴在庆撰

李商隐诗选评／刘学锴、李翰撰

柳永词选评／谢桃坊撰

欧阳修诗词文选评／黄进德撰

王安石诗文选评／高克勤撰

苏轼诗词文选评／王水照、朱刚撰

黄庭坚诗词文选评／黄宝华撰

秦观诗词文选评／徐培均、罗立刚撰

周邦彦词选评／刘扬忠撰

李清照诗词文选评／陈祖美撰

辛弃疾词选评／施议对撰

关汉卿戏曲选评／翁敏华撰

西厢记选评／李梦生撰

牡丹亭选评／赵山林撰

长生殿选评／谭帆、杨坤撰

桃花扇选评／翁敏华撰